Der Seelenbrecher

SEBASTIAN FITZEK

DER SEELENBRECHER

Thriller

Weltbild

Besuchen Sie uns im Internet:
www.weltbild.de

Genehmigte Lizenzausgabe für Verlagsgruppe Weltbild GmbH,
Steinerne Furt, 86167 Augsburg

Ein Unternehmen der Droemerschen Verlagsanstalt
Th. Knaur Nachf. GmbH & Co. KG, München
Ein Projekt der AVA international GmbH
Autoren- und Verlagsagentur, www.ava-international.de
Umschlaggestaltung: Jarzina Kommunikations-Design, Holzkirchen
Umschlagmotiv: Corbis, Düsseldorf (© Kurt Stier)
Gesamtherstellung: CPI Moravia Books, s.r.o., Pohorelice
Printed in the EU

ISBN 978-3-8289-9329-7

2011 2010 2009 2008
Die letzte Jahreszahl gibt die aktuelle Lizenzausgabe an.

Für Gerlinde

Ich habe keine Angst vor dem Tod.
Ich möchte nur nicht dabei sein, wenn es passiert.
Woody Allen

71 Tage vor der Angst

Seite 1 ff. der
Patientenakte Nr. 131071/VL

Zum Glück war alles nur ein Traum. Sie war nicht nackt. Und ihre Beine waren auch nicht an diesen vorsintflutlichen Gynäkologenstuhl gefesselt, während der Wahnsinnige auf einem verrosteten Beistelltisch seine Instrumente sortierte. Als er sich umdrehte, konnte sie zunächst nicht erkennen, was er in seiner blutverkrusteten Hand hielt. Dann, als sie es sah, wollte sie die Augen schließen, doch es gelang ihr nicht. Sie konnte den Blick nicht von dem glühenden Lötkolben wenden, der sich langsam ihrer Körpermitte näherte. Der Fremde mit dem verbrühten Gesicht hatte ihre beiden Lider nach oben geklappt und mit einem Drucklufttacker in den Augenhöhlen fixiert. Sie dachte, größere Schmerzen würde sie in dem kurzen Rest ihres Lebens nicht mehr spüren. Doch als der Lötkolben aus ihrem Gesichtsfeld verschwand und es zwischen ihren Beinen immer heißer wurde, ahnte sie, dass die Qualen der letzten Stunden nur ein Vorspiel gewesen waren.

Dann, in einem Moment, in dem sie bereits glaubte, den Geruch versengten Fleisches zu riechen, wurde alles durchsichtig. Der nasskalte Keller, in den man sie verschleppt hatte, die zitternde Halogenlampe über ihrem Kopf, der Folterstuhl und der Metalltisch verflüchtigten sich – zurück blieb ein schwarzes Nichts.

Gott sei Dank, dachte sie, *nur ein Traum*. Sie schlug die Augen auf. Und begriff nichts.

Der Alptraum, in dem sie eben noch gefangen gewesen war, hatte seine Gestalt nicht verloren, sondern nur verändert.

Wo bin ich?

Der Inneneinrichtung nach war es ein heruntergekommenes Hotelzimmer. Die fleckige Tagesdecke auf dem altersschwachen Doppelbett war ähnlich verdreckt und mit ebenso vielen Brandlöchern übersät wie die grünbräunliche Auslegeware. Die Tatsache, dass sie die rauhen Teppichfasern unter ihren Füßen spüren konnte, ließ sie auf dem unbequemen Holzstuhl noch mehr verkrampfen.

Ich bin barfuß. Warum trage ich keine Schuhe? Und wieso sitze ich in einer Hinterhofabsteige und starre auf das verschneite Testbild eines Schwarzweißfernsehers?

Die Fragen knallten wie Billardkugeln an die Banden ihrer Schädeldecke. Plötzlich zuckte sie zusammen, als hätte ihr jemand einen Schlag verpasst. Dann sah sie zur Lärmquelle. Zur Zimmertür. Sie bebte einmal, dann erneut, und schließlich flog sie auf. Zwei Polizisten stürmten herein. Beide uniformiert, beide bewaffnet, so viel konnte sie erkennen. Zuerst zielten ihre Waffen auf ihren Oberkörper, doch dann senkten sie sie langsam, und die angespannte Nervosität in ihren Gesichtern wich fassungslosem Entsetzen.

»Verdammt, was ist denn hier passiert?«, hörte sie den kleineren der beiden fragen, der die Tür eingetreten hatte und zuerst hereingestürmt war. »Sanitäter«, brüllte der andere. »Ein Arzt. Wir brauchen sofort Hilfe!«

Gott sei Dank, dachte sie nun zum zweiten Mal innerhalb weniger Sekunden. Sie konnte vor Angst kaum atmen, der ganze Körper tat ihr weh, und sie roch nach Kot und Urin. Das alles und die Tatsache, dass sie nicht wusste, wie sie hierhergekommen war, ließ sie fast wahnsinnig werden, aber immerhin standen jetzt zwei Polizisten vor ihr und wollten medizinische Hilfe holen. Das war nicht gut, aber immer noch wesentlich besser als der Irre mit dem Lötkolben.

Es dauerte nur wenige Sekunden, da stürmte ein kahlköpfiger Rettungsarzt mit einem Ohrring in das Zimmer und kniete neben ihr nieder. Offenbar waren die Einsatzkräfte bereits mit einem Unfallwagen angerückt. Auch kein gutes Zeichen.

»Können Sie mich hören?«

»Ja…«, antwortete sie dem Arzt, dessen Augenringe so aussahen, als wären sie auf ewig in sein Gesicht tätowiert. »Sie scheint mich nicht zu verstehen.«

»Doch, doch.« Sie wollte ihren Arm heben, doch ihre Muskeln gehorchten ihr nicht.

»Wie heißen Sie?« Der Arzt nahm eine Kugelschreibertaschenlampe aus der Brusttasche seines Hemdes und leuchtete ihr in die Augen.

»Vanessa«, krächzte sie und ergänzte dann: »Vanessa Strassmann.«

»Ist sie tot?«, hörte sie einen der Polizisten von hinten fragen.

»Verdammt, die Pupillen reagieren kaum auf Licht. Und sie scheint uns weder zu hören noch zu sehen. Sie ist katatonisch, vielleicht komatös.«

»Aber das ist doch Blödsinn«, schrie Vanessa jetzt und wollte aufstehen, doch sie konnte noch nicht einmal ihren Arm heben.

Was geht hier vor?

Sie wiederholte den Gedanken laut und gab sich Mühe, so deutlich wie möglich zu sprechen. Niemand schien ihr zuhören zu wollen. Stattdessen wandten sich alle von ihr ab und redeten mit jemandem, den sie bislang noch gar nicht gesehen hatte.

»Und wie lange, sagten Sie, hat sie dieses Zimmer nicht mehr verlassen?«

Der Kopf des Rettungsarztes versperrte ihr die Sicht zur Tür. Von dort kam jetzt die Stimme einer jungen Frau: »Bestimmt seit drei Tagen. Vielleicht auch länger. Hab mir schon gedacht, dass mit der was nicht stimmt, als die eincheckte. Aber sie hat gesagt, sie will nicht gestört werden.«

Was erzählt die für einen Quatsch? Vanessa schüttelte den Kopf. *Ich würde nie freiwillig hier absteigen. Nicht eine Nacht!*

»Ich hätte sie ja auch nicht gerufen, aber dieses schreckliche Röcheln wurde immer lauter, und …«

»Schauen Sie mal!« Das war die Stimme des kleineren Polizisten, direkt neben ihrem Ohr.

»Was?«

»Da ist doch was. Da.«

Vanessa spürte, wie der Arzt ihre Finger auseinanderbog und vorsichtig mit der Pinzette etwas aus ihrer linken Hand entfernte.
»Was ist das?«, fragte der Polizist.
Sie war ebenso erstaunt wie alle anderen im Zimmer. Vanessa hatte gar nicht gemerkt, dass sie überhaupt etwas gehalten hatte.
»Ein Notizzettel.«
Der Arzt öffnete das in der Mitte gefaltete Papier. Vanessa verdrehte die Augen, so dass sie einen Blick darauf werfen konnte, doch sie sah nur unverständliche Hieroglyphen. Der Text war in einer ihr völlig fremden Sprache verfasst.
»Was steht drauf?«, fragte der andere Beamte von der Tür aus.
»Komisch.« Der Arzt runzelte die Stirn und las vor: »Man kauft es nur, um es gleich wieder wegzuwerfen.«
Um Himmels willen. Die Tatsache, dass der Rettungsarzt die wenigen Worte ohne zu zögern abgelesen hatte, machte ihr das ganze Ausmaß des Alptraums deutlich, der sie gefangen hielt. Aus irgendeinem Grund war ihr jegliche Kommunikationsfähigkeit abhandengekommen. Vanessa konnte in diesem Augenblick weder sprechen noch lesen, und sie ahnte, dass sie sogar das Schreiben verlernt hatte.
Der Arzt leuchtete ihr wieder direkt in die Pupillen, und auf einmal schienen auch ihre restlichen Sinne betäubt zu sein: Sie konnte den Gestank ihres Körpers nicht mehr riechen, den Teppich unter ihren nackten Füßen nicht

mehr spüren, sie merkte nur noch, wie die Angst in ihr immer größer und das Stimmengewirr um sie herum immer leiser wurde. Denn kaum hatte der Arzt den kurzen Satz auf dem Zettel vorgelesen, hatte eine unsichtbare Macht von ihr Besitz ergriffen.

»Man kauft es nur, um es gleich wieder wegzuwerfen.«

Eine Macht, die ihre kalte Hand nach ihr ausstreckte und sie hinabzog. Zurück an den Ort, den sie niemals im Leben wiedersehen wollte und den sie erst vor wenigen Minuten verlassen hatte.

Es war kein Traum. Oder doch?

Sie versuchte, dem Arzt ein Zeichen zu geben, doch als sich dessen Konturen langsam auflösten, begann sie zu begreifen, und nacktes Grauen ergriff sie. Man hatte sie wirklich nicht gehört. Weder der Arzt, noch die Frau noch die Polizisten hatten mit ihr reden können. Denn sie war nie in dieser Absteige aufgewacht. Im Gegenteil. Als die Halogenlampe über ihr wieder zu flackern begann, wusste sie es: Sie war ohnmächtig geworden, als die Folter begann. Nicht der Irre, sondern das Hotelzimmer war Teil eines Traums gewesen, der jetzt vor der grausamen Realität die Flucht ergriff.

Oder irre ich mich schon wieder? Hilfe. Helft mir! Ich kann nichts mehr unterscheiden. Was ist real? Was nicht?

Und schon war alles wieder so wie zuvor. Der nasse Keller, der Metalltisch, der gynäkologische Stuhl, auf dem sie gefesselt lag. Nackt. So nackt, dass sie den Atem des Wahnsinnigen zwischen ihren Beinen spürte. Er hauchte

sie an. Dort, wo sie am empfindlichsten war. Dann tauchte sein vernarbtes Gesicht kurz vor ihren Augen auf, und ein lippenloser Mund sagte: »Hab die Stelle nur noch mal markiert. Jetzt kann es losgehen.«
Er griff zum Lötkolben.

Heute, 10.14 Uhr – Sehr viel später, viele Jahre nach der Angst

Und, meine Damen und Herren, was sagen Sie zu dieser Einführung? Eine Frau wacht aus einem Alptraum auf und befindet sich sofort im nächsten. Interessant, oder?«

Der Professor stand von der langgestreckten Eichenholztafel auf und sah in die verstörten Gesichter seiner Studenten.

Erst jetzt fiel ihm auf, dass seine Zuhörer sich heute Morgen mehr Mühe mit ihrer Kleiderauswahl gegeben hatten als er selbst. Er hatte wie immer blind irgendeinen zerknitterten Anzug aus seinem Kleiderschrank gegriffen. Der Verkäufer hatte ihn damals zu dem sündhaft teuren Kauf überredet, weil der dunkle Zweireiher angeblich so hervorragend mit der Farbe seiner schwarzen Haare harmoniere, die er seinerzeit in einem lächerlichen Anflug postpubertärer Rebellion noch etwas länger trug.

Wenn er heute, viele Jahre später, wieder etwas kaufen wollte, was zu seiner Frisur passte, müsste der Anzug aschgrau sein, lichte Stellen haben und auf dem Rücken ein Loch wie eine Mönchstonsur aufweisen.

»Was sagen Sie?«

Er spürte ein brennendes Ziehen in seinem Meniskus, als er unvernünftigerweise einen Schritt zur Seite trat. Nur sechs hatten sich freiwillig gemeldet. Vier Frauen, zwei Männer. Typisch. Bei derartigen Versuchen waren die Frauen immer in der Überzahl. Entweder weil sie mutiger waren oder weil sie noch dringender das Geld benötigten, das er in dem Aushang am Schwarzen Brett für die Teilnahme an diesem psychiatrischen Experiment ausgelobt hatte.

»Entschuldigen Sie, habe ich das richtig verstanden?«

Linke Seite, zweiter Platz. Der Professor sah auf die Liste vor sich, um den Namen des Probanden zu ermitteln, der sich gerade zu Wort gemeldet hatte: *Florian Wessel, 3. Semester.*

Der Student hatte beim Lesen der Einführung einen perfekt gespitzten Bleistift über den Zeilen schweben lassen. Eine kleine, halbmondförmige Narbe unter dem rechten Auge deutete auf seine Mitgliedschaft in einer schlagenden Verbindung. Jetzt legte er das Schreibgerät zwischen die Seiten und schlug die Akte zu. »*Das* hier soll ein medizinisches Behandlungsprotokoll sein?«

»In der Tat.« Der Professor gab dem jungen Mann mit einem gutmütigen Lächeln zu verstehen, dass er seine Verwunderung gut nachvollziehen konnte. Sie war sozusagen Bestandteil des Experiments.

»Lötkolben? Folter? Polizei? Mit Verlaub, aber das liest sich eher wie der Beginn eines Thrillers und nicht wie eine Patientenakte.«

Mit Verlaub? Es war lange her, dass er diese antiquierte Phrase gehört hatte. Der Professor fragte sich, ob der streng gescheitelte Student immer so redete oder ob es nur die melancholische Patina ihres ungewöhnlichen Aufenthaltsorts war, die auf seinen Sprachgebrauch abfärbte. Er wusste, dass die schreckliche Geschichte des Gebäudes einige von der Teilnahme abgeschreckt hatte. Zweihundert Euro hin, zweihundert Euro her.

Aber genau darin lag ja der Reiz. Das Experiment genau hier durchzuführen und nicht woanders. Es gab für den Test keinen besseren Ort, auch wenn es im ganzen Komplex nach Schimmel roch und es so kalt war, dass sie kurzfristig überlegt hatten, ob sie nicht den Kamin von dem Müll befreien und in Gang setzen sollten. Immerhin war heute der dreiundzwanzigste Dezember, und die Temperaturen lagen deutlich unter dem Gefrierpunkt. Schließlich hatten sie zwei Ölradiatoren gemietet, die den hohen Raum jedoch nur unzureichend aufheizten.

»Sie sagen, es liest sich wie ein Thriller?«, wiederholte der Professor. »Nun, damit liegen Sie gar nicht so falsch.«

Er presste seine Handflächen in spitzer Gebetshaltung zusammen und roch an seinen verschrumpelten Fingerspitzen. Sie erinnerten ihn an die groben Hände seines Großvaters. Doch der hatte, im Gegensatz zu ihm, sein Leben lang im Freien arbeiten müssen.

»Der Arzt, in dessen Praxisnachlass man das Dokument gefunden hat, das Sie gerade in Händen halten, war einer meiner Kollegen, ein Psychiater. Viktor Larenz. Sein Name dürfte Ihnen im Laufe Ihres Studiums bereits begegnet sein.«

»Larenz? Ist der nicht tot?«, wollte ein Student wissen, der sich erst gestern für den Versuch angemeldet hatte.

Der Professor sah wieder auf die Liste und identifizierte den Mann mit den schwarzgefärbten Haaren als Patrick Hayden. Er und seine Freundin Lydia saßen dicht nebeneinander. Die Lücke zwischen ihren Körpern war so schmal, dass man selbst mit Zahnseide nur schwer dazwischengekommen wäre, was vor allem auf Patricks Initiative zurückzuführen war. Wann immer Lydia sich etwas mehr Bewegungsfreiheit verschaffen wollte, legte er den Arm noch fester um ihre Schultern und zog sie besitzergreifend wieder an sich zurück. Er trug ein Sportsweatshirt mit dem intelligenten Aufdruck »Jesus liebt dich«. Knapp darunter stand kaum leserlich: »Jeder andere denkt, du bist ein Arschloch.« Patrick hatte es schon einmal getragen, als er zu ihm gekommen war, um sich über eine schlechte Klausurnote zu beschweren.

»Viktor Larenz tut hier nichts zur Sache«, winkte der Professor ab. »Seine Geschichte ist für den Test heute Abend nicht von Relevanz.«

»Und worum geht es dann?«, wollte Patrick wissen. Er schlug die Beine unter dem Tisch zusammen. Die Schnürsenkel seiner Lederstiefel waren nicht zugebunden, damit die professionell zerrissene Jeans nicht einfach so über die umgeklappte Lasche fallen konnte. Sonst würde ja niemand das Designerlabel am Knöchel sehen.

Der Professor musste lächeln. Offene Schuhe, zerrissene Hosen, blasphemische Sweatshirts. Irgendjemand in der Modeindustrie musste es sich zur Aufgabe gemacht haben, die Alpträume seiner konservativen Eltern zu Geld zu machen.

»Nun, Sie müssen wissen …« Er setzte sich wieder an seinen Platz am Kopfende der Tafel und öffnete eine zerschlissene Ledertasche, die so aussah, als würde sie von einem Haustier als Kratzbaum benutzt.

»Das, was Sie gerade gelesen haben, ist wirklich geschehen. Die Handakten, die ich Ihnen ausgeteilt habe, sind nur einfache Kopien eines wahren Tatsachenberichts.« Der Professor zog ein altes Taschenbuch hervor. »*Das* hier ist das Original.« Er stellte den dünnen Band auf den Tisch.

Der Seelenbrecher stand in roten Lettern auf dem grünlichen Einband. Darüber zog das schemenhafte Bild eines Mannes die Aufmerksamkeit auf sich, der durch einen nebelartigen Schneesturm in ein dunkles Gebäude zu flüchten schien.

»Lassen Sie sich von der äußeren Form nicht täuschen. Es wirkt auf den ersten Blick wie ein herkömmlicher Roman. Aber es steckt sehr viel mehr dahinter.«

Er ließ die etwa dreihundert Seiten des Buches von hinten nach vorne durch seine Finger fächern.

»Viele glauben, dieses Protokoll stamme aus der Feder eines seiner Patienten. Larenz hat früher viele Künstler behandelt, darunter auch Schriftsteller.« Der Professor blinzelte. Dann fügte er leise hinzu: »Es gibt aber auch eine andere Theorie.«

Alle Studenten sahen ihn aufmerksam an.

»Eine Minderheit ist der Meinung, Viktor Larenz selbst habe das hier zu Papier gebracht.«

»Aber wieso?«

Diesmal hatte sich Lydia zu Wort gemeldet. Das Mädchen mit den dunkelblonden Haaren und dem mausgrauen Rollkragenpulli war seine beste Studentin. Was sie an dem unrasierten Langzeitstudenten neben sich anziehend fand, konnte er sich nicht erklären. Ebenso wenig begriff er, warum man ihr trotz Einserabitur ein Stipendium verwehrt hatte.

»Dieser Larenz hat seine Aufzeichnungen zu einem Thriller umgedichtet? Warum sollte er sich diese unglaubliche Mühe machen?«

»Das gilt es heute Abend herauszufinden. Das ist das Ziel des Experiments.«

Der Professor machte sich eine Notiz auf dem Schreibblock neben der Teilnehmerliste und sprach dann die Frauengruppe zu seiner Rechten an, die noch kein einziges Wort gesagt hatte.

»Wenn Sie zweifeln, dann habe ich dafür volles Verständnis, meine Damen.«

Eine Rothaarige hob den Kopf, die anderen beiden starrten weiter auf die Akte vor ihnen.

»Sie alle hier können es sich gerne noch einmal überlegen. Der eigentliche Versuch hat noch nicht begonnen. Sie können abbrechen und jetzt nach Hause gehen. Noch ist Zeit.«

Die Frauen nickten unschlüssig.

Florian beugte sich nach vorne, dann fuhr er sich nervös mit dem Zeigefinger über die Haarnarbe seines Seitenscheitels.

»Aber was ist dann mit den zweihundert Euro?«, fragte er.

»Die gibt es nur bei aktiver Teilnahme. Und auch nur dann, wenn Sie sich an den vorgeschriebenen Ablauf halten, wie er im Aushang beschrieben war. Sie müssen die gesamte Akte lesen und dürfen dabei nur wenige kurze Pausen machen.«

»Und danach? Was passiert, wenn wir durch sind?«

»Auch das ist Teil des Versuchs.«

Der Psychiater bückte sich erneut und tauchte dann mit einem kleinen Stapel Formulare wieder auf, die das Wappen der Privatuniversität schmückte.

»Alle, die bleiben, bitte ich, das hier zu unterschreiben.«

Er teilte die Einverständniserklärungen aus, mit denen die Probanden die Universität von jeder Haftung für etwaige psychosomatische Schäden freisprachen, die in dem Zusammenhang mit der freiwilligen Teilnahme an dem Versuch entstehen könnten.

Florian Wessel nahm das Blatt entgegen, hielt es gegen das Licht und schüttelte beim Anblick des Wasserzeichens der Medizinischen Fakultät energisch den Kopf. »Das ist mir zu heikel.«

Er zog seinen Bleistift wieder aus der Akte, griff sich seinen Rucksack und stand auf.

»Ich glaube, ich weiß, worauf das hier hinausläuft. Und wenn es das ist, was ich vermute, dann habe ich davor viel zu große Angst.«

»Ihre Offenheit ehrt Sie.« Der Professor sammelte Florians Vordruck wieder ein und griff nach seiner Akte. Dann sah er zu den drei Studentinnen hinüber, die gerade ihre Köpfe zusammengesteckt hatten.

»Wir wissen zwar nicht, worum es geht, aber wenn Florian abbricht, dann lassen wir besser auch die Finger davon.«

Wieder war es die Rothaarige, die als Einzige mit ihm kommunizierte.

»Wie Sie wünschen. Kein Problem.«

Er sammelte auch hier die Plastikordner ein, während die jungen Frauen ihre Wintermäntel von den Stuhllehnen nahmen. Florian stand bereits in Kapuzenjacke und Handschuhen am Ausgang und wartete.

»Und was ist mit Ihnen?«

Er sah auf Lydia und Patrick hinab, die noch unschlüssig in den Akten blätterten.

Schließlich zuckten beide synchron mit den Achseln.

»Was soll's. Hauptsache, mir wird kein Blut abgenommen«, sagte Patrick.

»Ja, was soll's.« Lydia gelang es endlich, etwas von ihrem Freund abzurücken.

»Sie sind doch die ganze Zeit bei uns, oder?«

»Ja.«

»Und wir müssen nichts weiter tun als lesen? Nicht mehr?«

»So ist es.«

Hinter ihnen fiel die Tür ins Schloss. Die Abbrecher waren grußlos gegangen.

»Dann mach ich mit. Ich kann das Geld gut gebrauchen.«

Lydia schenkte dem Professor einen Blick, der ihr nie offen ausgesprochenes Schweigegelübde erneut besiegelte.

Ich weiß, sagte er in Gedanken und nickte ihr zu. Nur knapp. Nicht zu auffällig.

Natürlich brauchst du das Geld.

Es war an einem viel zu heißen Aprilwochenende gewesen, als ihn eine Welle des Selbstmitleids in ihr Privatleben gespült hatte.

Sein einziger Freund hatte ihm den Rat gegeben, aus seinen üblichen »Erlebnisschemata« zu springen, wenn er die Vergangenheit endlich vergessen wollte. Er müsse etwas tun, was er in seinem Leben noch nie getan habe. Drei Gläser später waren sie in diese Bar gegangen. Nichts Aufregendes. Es war nur eine harmlose, langweilige Show gewesen. Abgesehen davon, dass die Mädchen oben ohne tanzten, bewegten sie sich nicht viel anzüglicher als die meisten Teenager in einer Disco. Und, soweit er es erkennen konnte, gab es auch kein Hinterzimmer.

Dennoch kam er sich wie ein asozialer alter Mann vor, als Lydia plötzlich mit der Cocktailkarte vor ihm stand. Ohne Rollkragenpulli und Haarreif, sondern im Rock einer Schulmädchenuniform. Sonst trug sie nichts.

Er bezahlte einen Cocktail, ohne ihn zu trinken, ließ seinen Freund sitzen und freute sich, sie in der nächsten Vorlesung wieder in der ersten Reihe zu sehen. Sie hatten nie ein Wort darüber verloren, und er war sich sicher, dass Patrick nichts von der Nebenbeschäftigung seiner Freundin wusste. Obwohl er selbst wie jemand aussah, der in derartigen Clubs den Barkeeper beim Namen kannte, wirkte er nicht sehr tolerant, wenn es um seine eigenen Interessen ging.

Lydia seufzte leise und setzte ihren Namenszug unter die Haftungsfreizeichnung.

»Was kann schon passieren?«, fragte sie beim Schreiben. Der Professor räusperte sich, sagte aber nichts. Stattdessen warf er einen prüfenden Blick auf beide Unterschriften und sah dann auf seine Uhr.

»Schön, dann wären wir also soweit.«

Er lächelte, obwohl ihm nicht danach zumute war.

»Das Experiment beginnt. Bitte blättern Sie auf Seite acht der Patientenakte.«

17.49 Uhr, einen Tag vor Heiligabend – Neun Stunden und neunundvierzig Minuten vor der Angst

S. 8 ff. der Patientenakte Nr. 131071/VL
Nur weiterlesen
unter medizinischer Aufsicht.

»Stellen Sie sich folgende Situation vor …«
Caspar hörte die Stimme der alten Dame, zu deren Füßen er kniete, nur dumpf, wie durch eine geschlossene Tür hindurch.
»Vater und Sohn fahren nachts auf einer verschneiten Straße durch den dunklen Wald. Der Vater verliert die Kontrolle über seinen Wagen. Die beiden prallen gegen einen Baum, und der Vater ist sofort tot. Der Junge überlebt schwerverletzt und wird in ein Krankenhaus gebracht, wo man ihn sofort in die Unfallchirurgie bringt. Der Chirurg kommt, erstarrt und sagt panisch: ›O mein Gott, diesen Jungen kann ich nicht operieren. Das ist mein Sohn!‹«
Die alte Dame auf dem Bett machte eine kurze Pause, dann fragte sie triumphierend: »Wie ist das möglich, wenn der Junge nicht zwei Väter hat?«
»Ich habe keine Ahnung.«
Caspar hielt die Augen geschlossen und verließ sich voll und ganz auf seinen Tastsinn, während er versuchte, den Fernseher zu reparieren. Daher konnte er ihr schelmisches Lächeln hinter seinem Rücken nur ahnen.

»Ach kommen Sie. Das Rätsel ist doch gar nicht so schwer für einen Mann mit Ihrer Intelligenz.«
Er zog die Hand hinter dem klobigen Röhrengerät hervor und drehte sich kopfschüttelnd zu Greta Kaminsky herum.
Die neunundsiebzigjährige Bankierswitwe hatte erst vor fünf Minuten an seine Tür geklopft und ihn gebeten, ob er nicht mal nach ihrem »Quatschkasten« schauen könne. So nannte sie den monströsen Standfernseher, der für ihr kleines Krankenzimmer im Dachgeschoss der Teufelsbergklinik viel zu groß dimensioniert war. Natürlich hatte er ihr den Gefallen getan, obwohl Professor Raßfeld ihm das strengstens untersagt hatte. Der Klinikleiter wollte nicht, dass Caspar ohne Aufsicht sein Einzelzimmer verließ.
»Ich fürchte, Rätsel sind nicht ganz so mein Ding, Greta.«
Er atmete etwas Staub ein, der sich hinter dem Fernseher angesammelt hatte, und musste husten.
»Außerdem bin ich keine Frau. Ich kann nicht zwei Dinge auf einmal erledigen.«
Er presste den Kopf wieder seitlich gegen den Fernseher und versuchte blind auf der Rückseite die winzige Steckdose für das Antennenkabel zu finden. Das klobige Ding ließ sich nicht einen Millimeter von der Wand rücken.
»Papperlapapp!«
Greta klopfte zweimal mit der flachen Hand auf die Matratze. »Stellen Sie sich nicht so an, Caspar!«
Caspar.
Die Pfleger hatten ihm diesen Spitznamen verpasst.

Irgendwie musste man ihn ja ansprechen, solange man nicht wusste, wie er wirklich hieß.

»Versuchen Sie es doch mal! Vielleicht entpuppen Sie sich noch als Rätselkönig. Wer weiß, Sie können sich doch an nichts mehr erinnern!«

»Falsch«, stöhnte er und schob seine Hand noch etwas weiter in den Spalt zwischen Fernseher und Rauhfasertapete.

»Ich weiß, wie man sich eine Krawatte bindet, ein Buch liest oder Fahrrad fährt. Nur meine Erlebnisse sind nicht mehr da.«

»Ihr Faktenwissen ist zum größten Teil unversehrt«, hatte ihm Dr. Sophia Dorn, seine behandelnde Psychiaterin, gleich zu Beginn ihrer ersten Sitzung erklärt. *»Aber alles, was Sie emotional definiert, also das, was Ihre Persönlichkeit ausmacht, ist leider verschwunden.«*

Retrograde Amnesie. Gedächtnisverlust.

Er konnte sich weder an seinen Namen noch an seine Familie oder seinen Beruf erinnern. Er wusste noch nicht einmal, wie er überhaupt in dieses luxuriöse Privatkrankenhaus gelangt war. Das alte Gebäude der Teufelsbergklinik stand am Rand der Stadt, auf dem höchsten Berg Berlins, künstlich aufgeschüttet aus den Trümmern der Häuser, die den Bomben des Zweiten Weltkrieges zum Opfer gefallen waren. Heute war der Teufelsberg eine begrünte Deponie, auf dessen Spitze die US-Armee in den Zeiten des Kalten Krieges ihre Abhöranlagen installiert hatte. Die vierstöckige Krankenhausvilla, in der Caspar behandelt wurde, hatte als Offizierscasino der Geheimdienstangehörigen fungiert, bis es nach dem Fall der Mauer von dem renommierten Psychiater und Neuroradiologen Professor Samuel Raßfeld ersteigert, luxusmodernisiert und zu einem der führenden Krankenhäuser für psychosomatische Störungen umgebaut worden war. Jetzt thronte die Klinik wie eine von Zugbrücken abgeschirmte Burg hoch über dem Grunewald und war nur durch eine schmale private Zufahrtsstraße erreichbar, auf der man Caspar vor knapp zehn Tagen gefunden hatte. Bewusstlos, von einer dünnen Schneeschicht bedeckt und unterkühlt.

Dirk Bachmann, der Hausmeister der Teufelsbergklinik, hatte Raßfeld an jenem Abend zu einem Termin ins Westend-Krankenhaus gefahren. Wäre er nur eine Stunde später zurückgekehrt, wäre Caspar am Wegesrand erfroren. Manchmal fragte er sich, ob das einen Unterschied gemacht hätte.

Denn was ist ein Leben ohne Identität im Vergleich zum Tod?

»Sie dürfen sich nicht so quälen«, mahnte Greta leicht tadelnd, als hätte sie seine düsteren Gedanken gelesen. Sie klang dabei wie eine Ärztin und nicht wie eine Mitpatientin, die selbst unter Angstpsychosen litt, wenn sie zu lange alleine war.

»Die Erinnerung ist wie eine schöne Frau«, erklärte sie ihm, während er immer noch nach der verdammten Buchse für das Antennenkabel suchte.

»Wenn Sie ihr hinterherlaufen, wird sie sich gelangweilt abwenden. Beschäftigen Sie sich aber mit etwas anderem, wird die eifersüchtige Schönheit ganz alleine zu Ihnen zurückkommen.«

Sie kicherte hell.

»So wie unsere hübsche Therapeutin, die sich so liebevoll um Sie kümmert.«

»Wie meinen Sie das denn jetzt?«, fragte Caspar erstaunt.

»Na ja, das sieht doch selbst eine alte Oma. Ich finde Sophia und Sie passen ganz gut zusammen, Caspaarrr.«

Caspaarrr.

Mit dem langgezogenen A und dem rollenden R erinnerte Gretas Stimme an die Filmdiven der Nachkriegszeit. Seit ihr Mann vor sieben Jahren nach einem Schlaganfall auf dem Golfplatz gestorben war, verbrachte sie jedes Weihnachtsfest in der Privatklinik. Hier war sie nicht allein, wenn die Feiertagsdepression über sie hereinbrach. Und deshalb war es auch eine mittlere Katastrophe, wenn ihr Fernseher nicht mehr funktionierte. Sie ließ den »Quatschkasten« ununterbrochen laufen, um sich nicht zu einsam zu fühlen.

»Also, wenn ich noch jünger wäre, würde ich mich auch mal mit Ihnen zum Tanztee verabreden«, kicherte sie.

»Herzlichen Dank«, lachte er.

»Ich meine es ernst. Als mein Mann in Ihrem Alter war, also irgendwas Anfang vierzig, schätze ich jetzt mal, fielen ihm seine dunklen Haare auch so neckisch in die Stirn. Zudem hatte er genauso ebenmäßige Hände wie Sie, Caspar. Und ...«, Greta musste schon wieder kichern, »und er teilte meine Rätselleidenschaft!«

Sie klatschte zweimal in die Hände, als wäre sie eine Klassenlehrerin, die die Pause beendet.
»So, und deshalb versuchen wir es jetzt noch einmal ...«
Caspar stöhnte belustigt auf, während Greta ihr Rätsel wiederholte.
»Vater und Sohn haben einen Autounfall. Der Vater ist tot, der Sohn überlebt.«
Trotz des gekippten Fensters begann Caspar zu schwitzen.
Der Vormittag war im Schneeregen versunken, und gegen Mittag war die Temperatur unter den Gefrierpunkt gefallen. Hier draußen, mitten im Grunewald, musste es sogar noch zwei Grad kälter sein als in der Innenstadt. Doch davon spürte er im Moment nichts.
Ha! Sein Zeigefinger strich über einen runden Metallring im Plastikgehäuse. *Jetzt muss ich hier nur noch das Kabel einstöpseln und ...*
»Der schwerverletzte Sohn wird in die chirurgische Notaufnahme eingeliefert. Doch der Chirurg will ihn nicht operieren, weil der Junge sein Sohn ist.«
Caspar kroch hinter der klobigen Mattscheibe hervor, stand auf und griff sich die Fernbedienung.
»Wie geht das?«, fragte Greta spitzbübisch.
»So geht das«, sagte Caspar und schaltete den Fernseher ein.
Zuerst flimmerte es, dann erfüllte die sonore Stimme eines Nachrichtensprechers das Zimmer. Als sich schließlich auch das dazu passende Bild aufbaute, klatschte Greta quietschvergnügt in die Hände.

»Er funktioniert wieder. Wunderbar, Sie sind genial.«
Ich weiß nicht, was ich bin, dachte Caspar und klopfte den Staub von seiner Jeans.
»Ich geh dann mal wieder auf mein Zimmer, bevor die Schwester sauer wird …«, wollte er ansetzen, doch Greta hob ihre Hand und gebot ihm zu schweigen.
… gibt es wieder erschütternde Neuigkeiten von dem sogenannten Seelenbrecher, der jetzt schon seit mehreren Wochen die weibliche Bevölkerung in Angst und Schrecken versetzt …
Greta stellte mit der Fernbedienung die Nachrichten lauter.

17.56 Uhr

Soeben erreicht uns die Meldung, dass sein erstes Opfer, die 26-jährige Schauspielschülerin Vanessa Strassmann, heute Nachmittag auf der Intensivstation des Westend-Krankenhauses verstorben ist. Sie war vor zweieinhalb Monaten spurlos nach dem Unterricht verschwunden und wurde exakt eine Woche später in einem heruntergekommenen Autobahnmotel aufgegriffen. Nackt, verwahrlost und paralysiert.
Das Bild einer strahlenden Schönheit wurde eingeblendet, so als reichten die dramatischen Worte des Nachrichtensprechers nicht aus, um das gesamte Ausmaß der Tragödie zu verdeutlichen. Ihr Foto wich zwei weiteren Aufnahmen. Auch hier hatte sich jemand die Mühe ge-

macht, besonders attraktive Bilder aus dem Familienalbum zu organisieren.

Wie die beiden späteren Opfer, Doreen Brandt, eine erfolgreiche Anwältin, und die Grundschullehrerin Katja Adesi, war auch Vanessa Strassmann äußerlich nahezu unversehrt. Nach Aussagen der behandelnden Ärzte wurde sie weder vergewaltigt noch geschlagen oder gefoltert. Dennoch war sie innerlich zerstört und seelisch gebrochen. Bis zu ihrem heutigen Todestag reagierte sie ausschließlich auf extreme Licht- und Schallreflexe und blieb ansonsten in einem wachkomaähnlichen Zustand.

Die Fotos verschwanden und wurden durch die Außenansicht eines modernen Krankenhauskomplexes ersetzt.

Die Todesursache gibt den Medizinern ein zusätzliches Rätsel auf, weiterhin kann man sich nicht erklären, was mit den jungen Frauen in der Gewalt des Täters geschieht. Einen Hinweis könnten die kleinen Zettel geben, die man in den Händen aller drei Opfer fand, über deren Inhalt die Polizei sich aber in Schweigen hüllt. Bislang gibt es zum Glück keine weiteren Vermisstenmeldungen, und wir können nur hoffen, dass diese grauenhafte Serie nicht nur vorübergehend über die Feiertage unterbrochen ist, sondern endgültig. Das größte Weihnachtsgeschenk wäre sicherlich die Meldung über die Verhaftung des Seelenbrechers, nicht wahr, Sandra?

Der Nachrichtensprecher drehte sich mit einem professionellen Grinsen zu seiner Co-Moderatorin und leitete damit zum Wetter über.

So ist es, Paul. Jetzt drücken wir aber erst einmal die Daumen, dass auch die anderen Geschenke sicher und rechtzeitig unter den Baum kommen, denn nach den stärksten Schneefällen der letzten zwanzig Jahre bringt Blitzeis in vielen Großstädten den Verkehr zum Erliegen. Zusätzlich ist mit heftigen Stürmen zu rechnen …

Blitzeis, dachte Caspar, als er die grafischen Warnzeichen über Berlin auf der Wetterkarte sah. Und dann geschah es zum ersten Mal.

Die Wucht der Erinnerung traf ihn so unvermittelt und heftig, dass er sie kaum festzuhalten vermochte.

Echorausch

»Du kommst doch bald wieder, oder?«

»Ja. Keine Angst.« Er berührte ihre verschwitzten Haare, die ihr während der Krämpfe vor die Augen gerutscht waren.

»Du lässt mich nicht lange allein, hab ich recht?«

»Nein.«

Natürlich konnte er ihre Worte nicht hören. Die Kleine war schon seit geraumer Zeit nicht mehr in der Lage, ihre Zunge zu bewegen. Aber er spürte das wortlose Flehen des elfjährigen Mädchens in dem matten Druck ihrer Finger. Er verdrängte die quälende Frage, ob das eine bewusste Reaktion war oder nur ein Reflex, ähnlich dem des unkontrollierten Zuckens ihres rechten Augenlids.

»Ich hab solche Angst. Bitte hilf mir.«

Ihr gesamter zerbrechlicher Körper schrie nach Hilfe, und er musste sich zwingen, die Tränen zurückzuhalten. Um sich abzulenken, fixierte er einen kreisrunden Leberfleck, der wie der Punkt eines Ausrufezeichens über ihrem rechten Jochbein schwebte.

»Ich hol dich hier wieder raus«, flüsterte er. »Vertrau mir.«

Dann küsste er ihre Stirn und betete, dass es noch nicht zu spät war.

»Okay!«, flüsterte das Mädchen, ohne die Lippen zu bewegen.

»Du bist so tapfer, Liebes. Viel zu tapfer für dein Alter.«

»Ich weiß.« Ihre Finger lösten sich aus seiner Hand. »Aber beeil dich«, stöhnte sie stumm.

»Natürlich. Ich verspreche es dir. Ich werde dich befreien.«

»Ich habe Angst. Bist du denn schnell wieder zurück, Papi?«

»Das bin ich. Ich komm bald wieder, und dann wird alles gut werden, mein Schatz. Alles wird so wie früher. Mach dir keine Sorgen, Süße, okay? Ich habe einen Fehler gemacht, aber ich werde dich da wieder rausholen, und dann …«

»... oder was meinen Sie?«, fragte Greta laut und riss Caspar damit aus seinem beängstigenden Tagtraum. Er blinzelte hektisch, schluckte den Speichel hinunter, der sich in seinem Mund gesammelt hatte, und öffnete schließlich die Augen. Sie begannen sofort zu tränen, als das Licht des Fernsehers auf seine Pupillen traf. Offenbar hatte Greta seinen kurzen Aussetzer gar nicht wahrgenommen.

»Wie bitte?«

In seiner Nase hing der Geruch verbrannten Papiers, als hätte der Einschlag dieses ersten Erinnerungsfetzens eine Rauchfahne erzeugt.

Was war das? Wirklich eine Erinnerung? Ein Traum? Noch immer schockiert von den Bildern, die vor seinem geistigen Auge vorbeigezogen waren, griff er sich unbewusst an die Brust. An die Stelle, wo sich unter seinem T-Shirt die frisch verheilten Brandnarben abzeichneten, die er beim ersten Duschen in der Klinik an sich entdeckt hatte und deren Ursache ihm ebenso unerklärlich war wie seine Vergangenheit.

»Interessant«, sagte Greta aufgeregt. »Was mag da wohl draufstehen?«

Sie stellte den Ton leiser, und der Gestank in seiner Nase ließ nach.

»Worauf?«

»Na, auf den Zetteln. Die man bei den Opfern des Seelenbrechers gefunden hat. Was mag das wohl bedeuten?«

»Keine Ahnung«, sagte er abwesend. Er musste unbedingt hier raus. Sich sammeln. Überlegen, was das eben zu bedeuten hatte, und sich mit seiner Ärztin besprechen.

Habe ich eine Tochter? Wartet sie da draußen auf mich? Krank? Und allein?

»Vielleicht machen Sie jetzt besser den Fernseher aus. Bei solchen Schauermeldungen können Sie sonst nicht mehr einschlafen.« Bemüht, sich seine Verwirrung nicht anmerken zu lassen, ging er langsam zur Tür.

»Ach was. Mich wird der Seelenbrecher kaum holen.« Greta lächelte verschmitzt und legte ihre Lesebrille mit den stark angeknabberten Plastikbügeln auf den Nachttisch. »Selbst ohne das Gestell dürfte ich kaum in sein Beuteschema fallen, oder? Sie haben es doch gehört: Seine Opfer sind alle zwischen zwanzig und vierzig Jahre alt, schlank, blond und ledig. All das, was ich vielleicht vor fünfzig Jahren einmal von mir behaupten konnte.« Sie lachte.

»Aber keine Sorge, mein Lieber. Ich lasse heute beim Einschlafen einen kuscheligen Tierfilm laufen. Die zeigen ›Das Schweigen der Lämmer‹ ...«

»Das ist kein ...«, setzte Caspar zu einer Erklärung an, doch dann sah er in ihren Augen, dass sie ihn zum Narren hielt.

»Touché«, sagte er und musste trotz seines verwirrten Gemütszustands lächeln.

»Damit steht es eins zu eins.«

Er griff nach der Türklinke.

»Gleichstand? Wieso das?«, rief Greta ihm verblüfft hinterher.

»Nun, Sie haben mich reingelegt. Aber dafür habe ich Ihr Rätsel geknackt.«
»Lügner, haben Sie gar nicht.«
»Doch, der Chirurg ist eine Frau«, sagte Caspar lächelnd. »Der Chirurg im Krankenhaus ist die *Mutter* des Jungen. Deshalb will sie ihren Sohn nicht operieren.«
»Das gibt's nicht.« Greta kicherte und klatschte wieder wie ein Schulmädchen in die Hände. »Woher wissen Sie das?«
Keine Ahnung, dachte Caspar und verabschiedete sich mit einem unsicheren Lachen.
Ich habe wirklich überhaupt keine Ahnung.
Sein Lächeln erstarb bereits in dem Moment, als er die Tür hinter sich zugezogen hatte und den Flur betrat. Kurz überlegte er, ob er es noch rechtzeitig zurück zu Greta schaffen würde, bevor sie ihn hier draußen entdeckten. Doch dann hörte er seinen Namen fallen und entschied sich, den beiden Ärzten unauffällig zu folgen, die gerade mit wütenden Blicken aus seinem Zimmer gekommen waren.

18.07 Uhr

Raßfeld und Sophia waren so sehr in ihr Streitgespräch vertieft, dass sie ihn nicht bemerkten, obwohl er nur wenige Meter hinter ihnen stand. Noch hatte Caspar große Mühe, sie zu verstehen.
»... ich finde, das ist viel zu früh«, zischte Raßfeld mit

rauchiger Stimme. »Es könnte Caspar zu sehr erschüttern.«
Der Klinikleiter war stehengeblieben und nestelte an seinem Wollschal, der ihm um den Hals schlackerte. Wie immer war die Erscheinung des Chefarztes ein einziger Widerspruch. Selbst im Hochsommer trug er einen dicken Schal aus Angst vor Erkältungen, was ihn jedoch nicht davon abhielt, im Winter barfuß in Ledersandalen vor die Tür zu treten. Der Professor achtete auf manikürte Fingernägel und einen perfekt sitzenden Scheitel, ignorierte dafür aber seine restliche Gesichtsbehaarung. Der Vollbart zeigte ähnliche Wildwuchstendenzen wie die Härchen, die ihm aus Nase und Ohren sprossen. Und obwohl er sich über psychisch bedingte Fettleibigkeit habilitiert hatte, stapelten sich in seinem Büro leere Fast-Food-Schachteln zwischen den Bücher- und Aktenbergen. Er kam zwar noch lange nicht an die Leibesfülle von Bachmann heran, aber trotzdem reichte sein Bauchumfang aus, um Sophia neben ihm wie eine magersüchtige Patientin erscheinen zu lassen.
»Sie dürfen es ihm nicht zeigen!«, befahl er. Mit diesen Worten zog er die Psychiaterin den Gang hinunter, fort von dem Patientenzimmer, aus dem sie eben herausgekommen waren.
»Auf gar keinen Fall. Ist das klar? Ich verbiete es Ihnen.«
Caspar folgte ihnen vorsichtig.
»Ich sehe das anders«, flüsterte Sophia etwas weniger energisch. Sie hob ihre Hand, in der sie eine dünne Patientenakte hielt.

»Er hat ein Recht darauf, es zu sehen ...«

Der Chefarzt blieb abrupt stehen und wirkte für einen Moment so, als wolle er sich umdrehen. Caspar kniete sich rasch nieder und löste seine Schnürsenkel. Doch dann öffnete Raßfeld die Tür zur Kaffeeküche und zog Sophia mit in das kleine Nischenzimmer hinein, die Tür blieb einen Spalt offen. Von seiner knienden Position im Gang aus konnte Caspar durch den Türschlitz spähen. Raßfeld stand außerhalb seines Blickfelds.

»Also schön, es tut mir leid, Sophia«, hörte er den Professor sagen. »Ich habe mich im Ton vergriffen und überreagiert. Aber wir wissen wirklich nicht, welche Schäden diese Informationen bei ihm auslösen können.«

»Oder welche Erinnerungen.« Sophia stützte sich mit ihrer flachen Hand auf die Arbeitsplatte neben der Spüle. Wie immer war sie ungeschminkt und wirkte dadurch weniger wie eine leitende Ärztin, sondern mehr wie eine Medizinstudentin im dritten Semester. Caspar wunderte sich, weshalb er sich so zu ihr hingezogen fühlte, dass er ihr jetzt sogar heimlich hinterherschlich. Nichts an ihr war perfekt. Jedes Detail schien mit einem Makel behaftet: die Augen zu groß, die Haut zu blass, die Ohren einen Tick zu weit abstehend, und auch die Nase fand sich mit Sicherheit in keinem Katalog eines Schönheitschirurgen. Und dennoch konnte er sich an dem Gesamtbild einfach nicht sattsehen. Bei jeder Therapiesitzung entdeckte er etwas Neues an ihr, das ihn faszinierte. In diesem Augenblick war es eine einzige lockige Strähne, die ein Fragezeichen unter ihrer Schläfe formte.

»Sie sind zu ungeduldig, Sophia«, hörte er Raßfeld brummen.
Caspar überlief es kalt, als er sah, wie sich die leberfleckige Hand des Klinikleiters langsam der von Sophia nähern wollte.
Der Professor hatte jetzt einen Ton angeschlagen, der nicht nur verschwörerisch, sondern wohl auch verführerisch klingen sollte. »Alles zu seiner Zeit«, sagte er leise, »alles zu seiner ...«
Als Raßfeld mit der behaarten Rückseite seines Zeigefingers über Sophias Handgelenk strich, handelte Caspar instinktiv.
Er sprang hoch, riss die Tür auf und wich mit gespieltem Erstaunen sofort wieder in den Flur zurück.
»Was ... was haben Sie hier zu suchen?«, blaffte Raßfeld, der sich nach einer Schrecksekunde sofort wieder im Griff hatte.
»Ich wollte mir einen Kaffee holen«, erklärte Caspar und zeigte auf die silberne Thermoskanne neben Sophia.
»Habe ich Ihnen nicht verboten, Ihr Zimmer zu verlassen?«
»Hm, richtig. Muss ich wohl vergessen haben.« Caspar griff sich an den Kopf. »Sorry. Aber so was passiert mir öfter in letzter Zeit.«
»Ach so, Sie finden das also lustig, ja? Und was, wenn Sie einen Rückfall haben und unbemerkt aus der Klinik stolpern? Haben Sie mal nach draußen gesehen?«
Caspar folgte Raßfelds Handbewegung zu dem beschlagenen Küchenfenster.

»Da türmen sich zwei Meter hohe Schneeberge. Ein zweites Mal wird Bachmann Sie nicht retten können.«
Zu Caspars Überraschung sprang ihm Sophia zur Seite. »Das ist meine Schuld«, sagte sie bestimmt. Sie griff sich die Krankenakte und trat aus der Küche. »Ich habe es ihm erlaubt, Herr Professor.«
Caspar versuchte sich seine Verblüffung nicht anmerken zu lassen. Tatsächlich hatte Sophia das Gegenteil von ihm verlangt. Er sollte immer die Schwestern verständigen, selbst wenn er nur auf die Toilette wollte.
»Wenn das wahr ist ...«, Raßfeld zog ein Stofftaschentuch aus seinem Kittel und tupfte sich ärgerlich die Stirn ab, »... dann habe ich diese Entscheidung hiermit wieder aufgehoben.«
Unwirsch drängte er sich an den beiden vorbei.
»Das wird ein Nachspiel haben« hing unausgesprochen in der Luft, während der Professor wortlos zum Fahrstuhl ging.
Sophias Gesichtsausdruck entspannte sich mit jedem Schritt, den er sich von ihnen entfernte. Als er endlich um die Ecke verschwand, atmete sie aus.
»Kommen Sie. Wir müssen uns beeilen«, sagte sie nach einer kurzen Pause.
»Warum?« Caspar folgte ihr den Gang hinunter zu seinem Zimmer. »Wir hatten doch heute schon unsere Sitzung.«
»Ja, aber Sie haben Besuch bekommen.«
»Von wem?«
Sophia drehte sich zu ihm um.

»Von jemandem, der vielleicht weiß, wer Sie wirklich sind.« Caspar verkrampfte innerlich und blieb abrupt stehen.

»Wer?«

»Sie werden schon sehen.«

Sein Puls beschleunigte sich, obwohl er nun langsamer ging. »Weiß Raßfeld davon?«

Die Ärztin zog erstaunt ihre Brauen zusammen und musterte ihn misstrauisch. Ihr stechend prüfender Blick erinnerte ihn an seine ersten bewussten Sekunden auf der Intensivstation. Er war aufgewacht und hatte in das Bild eines Fremden gestarrt, das sich in Sophias wasserblauen Augen widerspiegelte. Zuerst war er von den bernsteinfarbenen Einschlägen abgelenkt gewesen, die wie Kieselsteine am Grunde eines klaren Sees ihren Pupillen zusätzliche Tiefe verliehen.

»Wer sind Sie?«, hatte sie ihn gefragt mit einer warmen Stimme, der man trotz aller Professionalität ihre Besorgnis anhörte.

Das war seine erste Erinnerung. Seitdem lebte er nur noch in der Gegenwart.

»Ich dachte, der Professor will nicht, dass Sie mich zu schnell mit der Wahrheit konfrontieren?«, fragte er.

Sophia neigte den Kopf leicht zur Seite und musterte ihn intensiv.

»Und ich glaube, Sie haben Ihren Kaffee vergessen, Caspar«, sagte sie schließlich und bemühte sich ein Lächeln zu unterdrücken. Als es ihr nicht gelang, drehte sie sich wieder um und öffnete seine Zimmertür.

18.17 Uhr

»Na, was ist?«

Er beugte sich aus dem bequemen Clubsessel nach vorne. So wie das Bett, die edle Auslegeware und die hellen Vorhänge würde man auch dieses Möbelstück eher in einem englischen Schlosshotel als in dem Krankenzimmer einer Psychoklinik erwarten.

»Erkennen Sie ihn wieder?«

Er wünschte es sich. Caspar wünschte es sich so sehr, dass er beinahe gelogen und einfach ja gesagt hätte, nur damit er endlich nicht mehr alleine wäre. Verzweifelt versuchte er sich an irgendein gemeinsames Erlebnis zu erinnern, während er dem ungewöhnlichen Besuch in sein rechtes Auge starrte. Das linke war nicht mehr vorhanden. Vermutlich ausgestochen, wenn er die Narbe richtig interpretierte.

Im Gegensatz zu ihm selbst schien der Hund keinen Zweifel zu haben. Die wuschelige Promenadenmischung erstickte beinahe vor Wiedersehensfreude an seinem eigenen Gehechel.

»Ich weiß es nicht«, seufzte Caspar und nahm die dicke Pfote, die auf seinem Knie lag, zwischen seine Hände. Das sandfarbene Fellknäuel vor ihm hatte große Schwierigkeiten, das Gleichgewicht auf seinen Hinterläufen zu halten, weil es so wild mit dem Schwanz wedelte.

»Gar nicht?«

Sophia stand direkt vor ihm, umklammerte seine Krankenakte mit beiden Händen und sah fragend zu ihm und dem Hund hinab. Der oberste Knopf ihrer Bluse hatte sich geöffnet, und der münzgroße Anhänger einer silbernen Halskette blitzte hervor.

»Ich weiß es wirklich nicht«, wiederholte Caspar und bemühte sich, nicht auf das perlmuttfarbene Amulett zu starren, damit sie seine Blicke nicht missverstand. Er seufzte erneut.

Jeden Tag konfrontierten sie ihn mit neuen Splittern aus seiner Vergangenheit. Sie wollten nichts überstürzen, damit sich seine Gedanken nicht auf eine falsche Spurrille setzten, in der sie sich festfahren würden oder leerliefen. Er nannte es die »Puzzletherapie.« Nach und nach reichte man Teilchen für Teilchen, und er fühlte sich immer mehr wie ein Versager, weil er das Gesamtbild nicht zusammenfügen konnte.

Zuerst hatten sie ihm seine verdreckten Kleidungsstücke vorgelegt.

Dann das zerknitterte Bahnticket, Hamburg–Berlin, erste Klasse, Hin- und Rückfahrt für zwei Personen; datiert auf den dreizehnten Oktober des letzten Jahres. Das einzige Dokument in seiner ansonsten leeren Brieftasche. Das und sein mittlerweile abgeschwollener Bluterguss über der rechten Schläfe deuteten darauf hin, dass er das Opfer eines Raubüberfalls geworden war.

»Wo haben Sie ihn denn gefunden?«, fragte er.

»In der Auffahrt. Vermutlich verdanken Sie ihm Ihr Leben. Bachmann heizt im Jeep ganz gern mal das Gelände hoch, wenn Raßfeld nicht im Hause ist. Hätte das Tier sich ihm nicht bellend in den Weg gestellt, wäre er sicher

nicht auf halber Strecke ausgestiegen, sondern hätte Sie gut übersehen können. Immerhin war es schon dunkel, und Sie sind abseits der Fahrbahn gelegen.«
Sophia ging in die Knie und streichelte den Hund, der ihr das Namensschild am Kittel ableckte.
»Wo ist er die letzten Tage gewesen?«
Sie kraulten nun gemeinsam das weiche Fell. Er schätzte das junge Tier auf höchstens ein Jahr.
»Beim Hausmeister.« Sophia lachte. »Bachmann sagt, es wäre ihm egal, woran Sie sich erinnern. Ich soll Ihnen ausrichten, er würde Mr. Ed nicht mehr hergeben. Sie könnten stattdessen seine Frau mit nach Hause nehmen.«
»Mr. Ed?«
Sie zuckte mit den Achseln. »Es gab mal eine Fernsehserie mit einem sprechenden Pferd, das hieß so. Bachmann meint, der Hund habe einen ebenso traurigen Blick. Und er wäre noch schlauer.« Sie stand wieder auf.
»Löst Mr. Ed denn gar keine Gefühle bei Ihnen aus?«
»Doch schon, sicher. Er ist süß. Aber vielleicht mag ich ja alle Tiere gut leiden? Ich bin mir nicht sicher.«
»Also gut …« Sophia blätterte in der Krankenakte. »Und wie ist es hiermit?«
Als sie ihm das Foto hinhielt, fühlte es sich an, als hätte sie ihn geohrfeigt. Seine Wangen brannten, und die gesamte rechte Gesichtshälfte war auf einmal taub.
»Woher …?«
Er blinzelte und konnte es dennoch nicht verhindern, dass eine kleine Träne an seinem Nasenbein hinablief.

»Haben Sie es ... Ich meine ...« Er stockte und zog die Nase hoch.
»Ja«, nahm Sophia seine Frage vorweg. »Bachmann hat es erst heute früh beim Schneeräumen gefunden. Es muss Ihnen aus der Tasche gefallen sein, und wir haben es damals übersehen.«
Sie gab ihm den vergrößerten Farbausdruck.
»Und? Erkennen Sie sie wieder?«
Das Blatt begann in Caspars Händen zu zittern.
»Ja«, hauchte er, ohne aufzusehen, »leider.«
»Wer ist sie?«, fragte Sophia.
»Ich ... ich bin mir nicht sicher.« Caspar streichelte mit seiner Fingerspitze den Leberfleck über dem Jochbein des kleinen Mädchens.
»Ich kenne ihren Namen nicht.« Er hob sein Gesicht und zwang sich, Sophia in die Augen zu sehen.
»Aber ich glaube, sie wartet da draußen auf mich.«

18.23 Uhr

Mr. Ed legte seinen Kopf zwischen die dicken Pfoten und imitierte einen Teppichvorleger, indem er sich platt auf den Bauch legte. Mit seinen aufgerichteten Ohren wirkte er wie ein aufmerksamer Zuhörer.
»Ihre Tochter? Wieso erzählen Sie mir das erst jetzt?«, fragte Sophia, nachdem er mit der Schilderung seiner mysteriösen Vision zum Ende gekommen war, die ihn in Gretas Zimmer heimgesucht hatte.

Das kleine Mädchen. Ihre zuckenden Augen. Ihr stummes Flehen.

»Es war das erste Mal. Und ich weiß selbst noch nicht so genau, ob es wirklich eine Erinnerung ist. Oder nur ein Alptraum.«

Du kommst doch bald wieder, oder?

Caspar rieb sich die müden Augen.

»Und sie sah krank aus?«, fragte Sophia.

Nein. Schlimmer.

»Vielleicht hat sie ja nur geschlafen?«, sagte er wenig hoffnungsvoll. »Ihre Bewegungen waren impulsiv, unkontrolliert, wie bei jemandem, der unruhig träumt. Aber …«

»Aber was?«, hakte sie nach.

»Ich dachte, ich müsste sie festhalten, damit sie nicht wie ein Heliumballon an die Decke schwebt, so leicht erschien sie mir. Als hätte jemand das, was ihrer Persönlichkeit Gewicht gab, entfernt und nur noch eine seelenlose Hülle zurückgelassen. Verstehen Sie?«

»Das sagen Sie oft«, stellte Sophia fest.

»Was?«

»›Verstehen Sie?‹ Sie benutzen diese Floskel häufig, wenn wir uns unterhalten. Vermutlich arbeiten Sie in einem Beruf, in dem Sie Laien komplexe Sachverhalte vermitteln müssen, zum Beispiel als Lehrer, Gutachter, Anwalt oder Ähnliches. Aber ich wollte Sie nicht unterbrechen. Können Sie sich denn erinnern, wo genau das Mädchen gelegen hat?«

»Auf einem Bett oder einer Trage. So was in der Art.«

»Wie sah das Zimmer aus?«
»Es war hell, hatte zwei große Fenster, die Sonne schien herein.«
»Waren Sie allein?«
»Schwer zu sagen. Ich habe keine weiteren Anwesenden gespürt, die sie ... «
Die was? Sie gefoltert, vergewaltigt oder vergiftet haben?
»Da waren nur Sie und dieses Mädchen?«, fragte Sophia.
»Ja. Sie lag vor mir, ihr Atem ging unregelmäßig, die Haare wirkten verschwitzt, und die Augenlider flatterten.«
»Möglicherweise die Nachwehen eines epileptischen Anfalls?«
»Vielleicht.«
Oder Gift, Schock, Folter ...
»Und dennoch hat sie mit Ihnen geredet?«
»Nein, es gab keine direkte Kommunikation. Ich konnte sie nicht hören, sondern nur spüren.«
»Telepathie?«
Caspar schüttelte energisch den Kopf.
»Ich weiß, worauf Sie hinauswollen. Aber das war kein Traum mit übersinnlichen Elementen, es sei denn, Sie zählen Elternliebe dazu. Ich habe nach der Hand meiner Tochter gegriffen und gefühlt, was sie mir sagen wollte.«
Ich hab solche Angst. Bitte hilf mir ...
»Ich glaube, sie ist irgendwo da draußen eingesperrt, von jemandem, der ihr etwas Schlimmes angetan hat, und ich

sollte jetzt besser Hilfe holen, bevor sich ihr Zustand noch weiter verschlechtert.«

»Gab es dort Gitter?«, fragte Sophia und brachte ihn damit etwas aus dem Konzept.

»Wie bitte?«

»Gitter? Vor den Fenstern? Sie sagten, die Sonne schien hindurch.«

Caspar schloss die Lider und versuchte die Erinnerung wieder abzurufen.

Ich hab solche Angst. Bitte hilf mir ...

Wie ein Gefängnis oder ein abgesichertes Versteck kam ihm der helle Raum im Nachhinein nicht vor.

»Schwer zu sagen.« Er zuckte mit den Achseln.

»Nun, wer immer dieses Mädchen ist ... «, sagte Sophia leise, aber bestimmt, »... Sie sollten sich keine allzu großen Sorgen um sie machen, Caspar.«

»Weshalb?«

»Wir haben das Foto der Kleinen den Beamten geschickt, die Ihren Fall bearbeiten. Sie sagen, es liegen keine passenden Vermisstenanzeigen vor.«

Sophia strich sich die Fragezeichensträhne hinters Ohr. Caspar lachte freudlos.

»Und was beweist das? Nach mir sucht doch auch niemand, wenn man der Polizei glauben darf. Und dennoch liege ich hier. Sie können mir also nicht garantieren, dass meine Tochter ...«, er zögerte und suchte nach den richtigen Worten, »... dass dieses Mädchen nicht in Gefahr ist. Ich meine, sie ..., ich habe ihr *versprochen,* zurückzukommen.«

Nach einer Weile fuhr er leiser fort: »Wo auch immer ›zurück‹ liegen mag.«

»Also gut.« Sophia wendete die Akte in ihren Händen. »Dann sollten wir damit jetzt doch an die Öffentlichkeit.«

»Sie meinen die Presse?«

Sie nickte.

»Ja. Auch wenn Raßfeld auf die Barrikaden gehen wird. Er wollte ja noch nicht einmal, dass ich Ihnen das Foto des Mädchens zeige. Aber ich denke, es wird höchste Zeit.«

»Einverstanden«, sagte Caspar, ohne zu zögern. Diese Scheibchentaktik und die von Raßfeld verordnete Klinikisolation wurden ihm ohnehin zunehmend suspekt. Für den Professor war er ein dankbares Untersuchungsobjekt, denn Fälle vollständiger Amnesie kamen laut Sophia in der Praxis sehr selten vor. Nur deshalb war ihm überhaupt der Aufenthalt in dieser exklusiven Klinik gestattet. Raßfeld wollte seinen Fall wissenschaftlich dokumentieren, und das setzte angeblich voraus, dass der Erkenntnisprozess von innen heraus stattfand und nicht durch äußere Einflüsse manipuliert wurde. Aus diesem Grund hatte der Psychiater sogar ein Gespräch mit der Polizei verhindert.

»Meinetwegen können die Reporter jederzeit kommen«, sagte Caspar, auch wenn ihm bewusst war, dass er sofort verlegt werden würde, wenn sein Foto auf einmal in allen Zeitungen veröffentlicht war. Denn die prominenten Patienten, die sich wegen ihrer Drogenprobleme oder Depressionen in die Teufelsbergklinik zurückzogen, legten größten Wert auf Anonymität und Ruhe. Dazu passte kein Kameratross vor dem Haupteingang.

»Gut, ich kläre das. Da ist allerdings noch eines ...« Sophia wich seinem Blick aus.

»Was?«

»Wenn der Medienrummel losgeht, werde ich nicht mehr bei Ihnen sein können. Ab morgen wird sich Raßfeld persönlich um Sie kümmern. «

Caspar überlegte kurz, dann musste er lächeln.

»Aber natürlich, ich verstehe. Ich wünsche Ihnen ein frohes Weihnachtsfest, Sophia.«

Sie sah auf und schüttelte traurig den Kopf.

»Nein. Es ist nicht wegen der Feiertage. Ich habe heute meinen letzten Tag.«

»Aha.«

»Ich höre auf.«

»Oh.«

Er fühlte sich auf einmal wie ein Trottel, der nicht mehr in ganzen Sätzen reden konnte. Deshalb also konnte sie gefahrlos die Anweisungen des Klinikchefs ignorieren. Sie wollte ihn verlassen.

»Darf ich fragen, warum ...?«

»Nein, bitte nicht«, sagte sie und drückte seine Hand, was alles noch viel schlimmer machte.

Erst jetzt merkte er, dass sie der eigentliche Grund war, weshalb er nicht schon längst seine Sachen gepackt und sich alleine auf die Suche nach seiner Identität gemacht hatte. Sophia war in den wenigen Sitzungen so etwas wie

ein Anker in der Tiefsee seines Bewusstseins geworden. Und jetzt wollte sie die Leinen kappen.
»Hat es mit Professor Raßfeld zu tun?«, fragte er, obwohl er wusste, dass er mit dieser Frage die therapeutische Beziehung verließ und privates Terrain betrat.
»Nein, nein.«
Sie schob das Foto des Mädchens wieder in ihren Hefter und setzte sich an einen kleinen Sekretär unter dem Fenster in der Dachschräge.
»Also dann.« Nachdem sie ihre letzten Behandlungsnotizen festgehalten hatte, klappte Sophia mit einem leisen Seufzer die Akte zu und stand wieder auf. Caspar spürte ihre Unsicherheit, als sie überlegte, ob sie ihm zum Abschied die Hand geben oder ihn umarmen sollte. Sie zog verlegen an dem Zeigefinger ihrer rechten Hand, trat dann einen Schritt zur Seite und blieb mit ihrem Blick an seinem Nachttisch hängen.
»Aber Sie müssen mir versprechen, regelmäßig Ihre Augentropfen zu nehmen, auch wenn ich das ab morgen nicht mehr kontrolliere, ja?«
Sie griff sich ein kleines Plastikfläschchen und schüttelte es. Caspar war Kontaktlinsenträger. Als sie ihn fanden, hatten die Linsen wie ausgetrocknete Kaugummis auf seiner Pupille geklebt – neben seiner Unterkühlung ein weiteres Indiz dafür, dass er geraume Zeit im Freien gelegen haben musste.
»Ich glaube, die brauch ich nicht mehr«, protestierte er.
»O doch, das ist wie mit Salben. Die darf man nicht absetzen, nur weil die Reizung schon abgeklungen ist.«

Sophia klopfte auf die Bettkante, und er folgte der Aufforderung, sich neben sie zu setzen.
Er hielt einen Höflichkeitsabstand, doch sie rückte näher an ihn heran. Jetzt war er es, der ihrem Blick auswich. Seit seiner Wiedergeburt vor wenigen Tagen hatte er sich noch nicht an den Fremden gewöhnt, der sich in ihren Augen spiegelte.
»Was meinen Sie? Glauben Sie, das Mädchen auf dem Foto ist meine Tochter?«, fragte er, während Sophia den Schraubverschluss der Augentropfen löste. »Sieht sie mir überhaupt ähnlich?«
Sie hielt kurz die Luft an und seufzte dann.
»Schwer zu sagen in dem Alter.«
Caspar spürte, wie sie sich bemühte, ihm weder seine erste Erinnerung noch seine letzte Hoffnung zu nehmen.
»Ich weiß nicht, was ich denken soll. Jeder wünscht sich doch so ein süßes Kind. Aber die Vorstellung, dass die Kleine gerade auf ihren Vater wartet, zerreißt mir als Mutter das Herz.«
Sein Blick streifte ihre Hände.
»Ihnen als *Mutter?*« Er sah keinen Ehering. Der einzige Schmuck, den sie trug, war die feingliedrige Kette mit dem Perlmuttanhänger um ihren schlanken Hals.
»Na ja, sagen wir mal, ich habe mich bei Marie um dieses Amt beworben und kläglich versagt.« Ihre Stimme bekam einen traurigen Unterton, den er auch während ihrer Sitzungen immer wieder einmal gespürt hatte. Doch nie war er so deutlich gewesen wie jetzt.

»Ich habe zu viel gearbeitet und meine Tochter vernachlässigt. Deshalb war es auch so leicht für ihn, sie mir wegzunehmen.«

Das ist es also, dachte Caspar. *Deshalb fühle ich mich ihr verbunden. Wir haben etwas gemeinsam.*

»Wer hat sie Ihnen weggenommen?«, fragte er sanft.

»Mein Exmann. Er hat es geschafft, dass ich nicht mehr an Marie herankomme.«

»Wie?« Er biss sich auf die Lippen, doch es war zu spät. Seine knappe Frage war zu fordernd und drängend gewesen und hatte sie daran erinnert, dass er keine Berechtigung hatte, in ihrem Privatleben herumzustochern.

»Sagen wir einfach, er hat so seine Methoden«, sagte sie knapp und wischte sich mit dem Ärmel über ihre Wange.

»Ach verdammt.« Sie räusperte sich. »Jetzt habe ich mich doch verquatscht.«

»Wir können gerne darüber reden«, versuchte er es noch einmal.

Sophia zog die Pipette heraus.

»Nein. Fehler werden durch Reden nicht besser. Man muss handeln. Deshalb höre ich hier auch auf. Um mich vorzubereiten.«

»Was haben Sie vor?«

»Ich werde kämpfen. Bald habe ich einen wichtigen Gerichtstermin. Drücken Sie mir die Daumen.«

»Das werde ich.« Caspar blinzelte ihr aufmunternd zu. »Und wer weiß, vielleicht entpuppe ich mich ja noch als Anwalt für Sorgerechtsfragen, verstehen Sie?« Er lachte.

»Dann kann ich mich für die gute Behandlung bei Ihnen revanchieren.«
»Ja, wer weiß.« Sie lächelte traurig. »Aber jetzt legen Sie bitte den Kopf nach hinten.«
Er gehorchte. Während Sophia sich über ihn beugte, löste sich wieder die Strähne hinter ihrem Ohr, und Caspar wünschte sich, sie würde ihn streichelnd berühren, so wie ihr dezentes Parfüm es schon lange tat.
So nah wie jetzt sind wir uns noch nie gewesen, dachte er, als ihr Blick ihn fixierte, während sich am Ende der Pipette der erste Tropfen bildete.

In dem Moment witterte Mr. Ed die Gefahr. Der Hund schlug an, sprang über das Bett zum Fenster und bellte die gekippte Fensterscheibe an. Seine Instinkte hatten ihn gewarnt, bevor die Schallwellen es taten. Jetzt erst konnten auch sie es hören, das Splittern. Gefolgt von einem metallischen Kreischen. Und dann, für einen kurzen grauenhaften Moment, klang es für Caspar so, als werde in der Einfahrt etwas Lebendiges in zwei Teile gerissen.

18.31 Uhr

Er überlegte kurz, ob er Sophia nachgehen sollte, die eilig mit Mr. Ed an der Leine sein Zimmer verlassen hatte. Irgendetwas war dort draußen passiert. Vermutlich ein Unfall.

Er trat dichter an das Dachfenster heran, doch von hier oben konnte er kaum etwas erkennen. Tagsüber genoss man aus dem Obergeschoss der Villa einen atemberaubenden Blick über das bewaldete Naturschutzgebiet, das sich bis zu den Ausläufern der noblen Villenrandbezirke erstreckte. Die Dunkelheit und der Schneeregen hatten aber schon lange den betongrauen Winternachmittag verschluckt, das ließ die unnatürliche Lichtquelle umso bedrohlicher wirken: Rot-blaue Notsignale zuckten in regelmäßigen Abständen zwischen vereisten Nadelbäumen hervor, die den geschwungenen Weg vom Tal bis hoch zum Empfang der Teufelsbergklinik säumten.

Caspar schob das Fenster auf und beugte sich hinaus. Der Schneeregen war stärker geworden. Aus einiger Entfernung konnte er ein monotones Brummen hören, dann ging vier Stockwerke unter ihm die schwere Eingangstür auf, und zwei Männer traten in die Kälte.

»Haben Sie gesehen, wie es passiert ist?«, hörte er den Klinikleiter fragen. Raßfeld stand außerhalb des spärlichen Lichtkegels, der vom Empfangsbereich nach draußen fiel, war aber an seiner rauchigen Stimme eindeutig zu erkennen.

»Nein, ich hab gerade Pause gemacht«, antwortete Bachmann. »War in der Bibliothek. Sie wissen schon. Hab das Rhetorik-Buch zurückgebracht, das Sie mir empfohlen haben.«

Rhetorik?, wunderte sich Caspar.

Normalerweise versuchte der Hausmeister bei jeder Gelegenheit, die Patienten mit einem albernen Witz aufzu-

heitern. In Raßfelds Gegenwart klang er jetzt wie ein verunsicherter Schüler, der ohne Entschuldigungsschreiben seiner Eltern zu spät zum Unterricht kommt.
»Verdammtes Blitzeis«, grummelte der Professor unwirsch. »Ist jemand verletzt?«
»Schwer zu sagen. Das Ding liegt quer in der Einfahrt. Die Überwachungskameras haben nicht alles im Bild.«
Der Wind trieb einen Schwarm feuchter Schneeflocken ins Zimmer und nahm Caspar gänzlich die Sicht.
»Und wie kommen wir jetzt da runter?«
In dem Moment schlug das Fenster mit einem lauten Rums vor seiner Nase zu.
Caspar fuhr herum und sah Linus in seinem Zimmer stehen. Der Musiker wirkte gleichzeitig erschrocken, verwirrt und neugierig, so als hätte er gerade entdeckt, dass er über telekinetische Kräfte verfügte, mit denen er Fenster schließen konnte.
»Das war nur der Wind«, nahm Caspar ihm seine Befürchtungen. »Was gibt's denn?«
»Bösefall«, murmelte Linus leise. »Uaukippto!« Der Dauerpatient lebte nicht nur in seiner eigenen Welt, er kommunizierte auch in einer selbsterfundenen Sprache.
Jahrelang hatte er seinen Kopf mit einem Cocktailmixer verwechselt, der wahlweise durch Mund oder Nase mit einem unerschöpflichen Vorrat an Tabletten, Drinks und Pulvern gefüttert werden musste. Niemand konnte genau sagen, welche Droge schließlich den Rührstab auf volle Umdrehungen gepeitscht hatte, aber nachdem der Sänger von den Notärzten hinter der Bühne reanimiert wor-

den war, war er nicht mehr in der Lage, die Wörter seiner Sätze in die richtige Reihenfolge zu setzen. Selbst die Buchstaben hatten sich verknotet.
»Fallenschit, yessalam«, rief er lächelnd. Hatte Caspar ›bösefall‹ noch mit ›böser Unfall‹ übersetzt, war er bei diesen Kunstworten ratlos.
Seinem Grinsen nach schien sich Linus über die unerwartete Ablenkung zu freuen, doch bei ihm sollte man besser nicht von der äußeren Erscheinung auf den inneren Gemütszustand schließen. Als Caspar den Musiker das letzte Mal hatte lachen hören, wurden ihm gerade die Hände ans Bett gefesselt. Man wollte verhindern, dass er sich in einem psychotischen Schub wieder einmal die Haare ausriss, um sie aufzuessen.
»Wollen wir nachsehen?«, fragte Caspar, woraufhin Linus ihn für einen kurzen Moment so ansah, als wäre er noch niemals im Leben so sehr beleidigt worden. Dann lachte er wieder und rannte wie ein übermütiges Schulkind aus dem Zimmer. Caspar zuckte mit den Achseln und folgte ihm.

18.39 Uhr

Linus hatte ihm den Fahrstuhl vor der Nase weggeschnappt, und so wählte er für seinen Abstieg die altertümliche Holztreppe, die sich wie eine Liane um den Aufzugsschacht nach unten schlängelte. Die ausgetretenen Stufen knarrten bei jedem Schritt, und da Caspar auf Socken ging, fühlte er sich wie ein Jugendlicher, der sich nachts aus der Wohnung seiner Eltern stahl.

Habe ich das früher so gemacht? Oder war ich ein braver Streber, der immer pünktlich nach Hause kam?

Seit Tagen hatte er in jeder freien Minute versucht, in der kathedralenartigen Leere seines Gedächtnisses Antworten auf die trivialsten Fragen zu finden. Wie sein erstes Kuscheltier hieß; ob er in der Schule beliebt oder ein Außenseiter gewesen war. Was für ein Auto stand in seiner Garage? Was war sein Lieblingsbuch? Gab es ein Lied, das er nur zu bestimmten Anlässen hörte? Wer war seine erste Liebe? Sein größter Feind? Er konnte es nicht sagen. Seine Erinnerungen waren wie Möbelstücke in einem leerstehenden Haus, die vom Vorbesitzer mit schweren Bettlaken verhüllt worden waren. Bis gestern noch hatte er den Staubschutz über den Fragezeichen herunterreißen wollen. Seit heute hatte er Angst, eine schreckliche Wahrheit könnte sich darunter verborgen halten.

Ich habe Angst. Bist du denn schnell wieder zurück, Papi?

Als Caspar in seinen trübsinnigen Gedanken versunken das Erdgeschoss erreichte, war Linus verschwunden. Stattdessen kam ihm Yasmin Schiller entgegen.

»Ja, ja, mach ich. Wer denn sonst?«, kommentierte die junge Krankenschwester genervt eine Bemerkung Raßfelds, der wenige Schritte entfernt in Bachmanns Pförtnerbüro stand.

Ihr Unmut, vom Chef wieder einmal zum Laufburschen

degradiert zu werden, stand Yasmin ins Gesicht geschrieben. Dann verdeckte eine hellblaue Kaugummiblase zwei Drittel der unteren Gesichtshälfte, während sie an Caspar vorbeiging, ohne ihn zu grüßen.

»Ich mach das nur übergangsweise. Bin Sängerin, keine Psychonanny«, hatte sie ihn gleich am zweiten Tag aufgeklärt, sichtlich froh darüber, dass er keine Hilfe beim Pinkeln benötigte. Und tatsächlich schien sie hier völlig fehl am Platz zu sein, mit ihrem acrylrot gefärbten Pony, dem Stacheldrahtring um ihren Daumen und der ewig schlechten Laune. Doch Caspar ahnte mittlerweile, weshalb Raßfeld sie trotz ihres Zungenpiercings und ihrer Körperbemalung in seinem elitären Umfeld duldete. Yasmin liebte ihren Job. Sie war gut darin, wollte aber nicht, dass andere das bemerkten.

Auf dem Weg zum Empfang versanken Caspars Füße in dem dicken Teppich, der sich über den gesamten Eingangsbereich erstreckte. Die Auslegeware hinterließ bei Neuankömmlingen einen anheimelnden Eindruck, ganz anders als der kliniküblich antiseptische Linoleumboden. Gleiches galt für das Büro des Hausmeisters. Dirk Bachmann liebte Weihnachten. Obwohl seine Ehe bislang kinderlos geblieben war, zelebrierte er das Familienfest mit einer detailversessenen Hingabe, als gäbe es einen Preis dafür zu gewinnen. Das teilverglaste Empfangsbüro neben dem Haupteingang war mit so vielen Weihnachtsmännern, Goldengeln, Lichterketten, Krippenfiguren und Lebkuchenhäusern zugerammelt, dass man darüber fast den lamettaüberladenen Tannenbaum

übersehen konnte, der zwischen einem Metallschreibtisch und dem Schlüsselschrank klemmte.
»Herr Professor ...?«, fragte Caspar leise, um den Klinikleiter nicht zu erschrecken. Trotzdem fuhr der Chefarzt zusammen.
»Sie schon wieder?« In Raßfelds Blick lag etwas Schuldbewusstes, was sich aber schnell wieder verflüchtigte.
»Ich dachte, ich hätte mich vorhin deutlich genug ausgedrückt. Sie gehören ins Bett.«
So wie Sie, dachte Caspar und bemühte sich, nicht auf die nachtschwarzen Augenringe des Klinikleiters zu starren.
»Die anderen sind sehr aufgeregt«, log Caspar. Tatsächlich gab es außer ihm nur noch Greta und Linus als Patienten. Und während die alte Dame in voller Lautstärke das wieder empfangbare Vorabendprogramm verfolgte, schien der Musiker sein Interesse an den jüngsten Ereignissen bereits verloren zu haben. Jedenfalls war er hier unten nicht mehr zu sehen.
»Was ist da draußen los?«
Raßfeld zögerte, schüttelte dann widerwillig den Kopf und deutete dabei auf den Monitor. Anscheinend hoffte er, Caspar schneller loszuwerden, wenn er ihm wenigstens eine seiner Fragen beantwortete.
»Irgendein Krankenwagen ist vor unserer Einfahrt vom Weg abgekommen, hat einen Telefonkasten gerammt und ist dann umgekippt.«
Caspar warf einen flüchtigen Blick auf den flackernden Bildschirm. Das waren also die Lichter, die durch die

Bäume gezuckt waren. Das Blaulicht des Rettungswagens rotierte immer noch auf dem Dach.

Wenn die Einfahrt videoüberwacht wird, müsste es doch auch eine Aufnahme davon geben, wie ich hier raufgekommen bin?, dachte er, entschied aber, dass jetzt kaum der richtige Zeitpunkt war, um Raßfeld danach zu fragen.

»Kann ich irgendwie helfen?«, sagte er stattdessen.

Das Haus war heute Abend unterbelegt. Da die Klinik nur mit drei Patienten besetzt war, hatten sich bis auf Sophia alle Ärzte freigenommen. Der große Ansturm der Feiertagsdepressiven wurde erst für morgen Nachmittag erwartet. In letzter Sekunde. Dann, wenn die Vorstellung, den Heiligen Abend schon wieder alleine verbringen zu müssen, zur unerträglichen Gewissheit wurde.

»Nein danke. So weit kommt es noch.« Raßfeld rang sich ein spöttisches Lächeln ab. »Wir kommen schon alleine klar. Frau Dr. Dorn und Herr Bachmann sind mit dem Schneeräumgerät nach unten gefahren.«

Wie zum Beweis erschien erst Sophia und dann der Hausmeister im Bild der Überwachungskamera.

»Anders kommt man bei dem Eis den Abhang auch gar nicht mehr runter, geschweige denn wieder herauf.«

Ein Funkgerät in der Aufladestation neben dem Monitor knackte, und Bachmanns Stimme war zu hören.

»Ich glaube, es ist nur einer.«

Raßfeld zog das blinkende Walkie-Talkie aus der Halterung.

»Ist er verletzt?«

»Schwer zu sagen.« Jetzt sprach Sophia. »Ich vermute, der Fahrer steht unter Schock. Der Mann sitzt neben dem zerstörten Telefonkasten. Moment mal.«

Caspar konnte auf dem Bildschirm nichts mehr erkennen, da Raßfelds Rücken die gesamte Fläche verdeckte.

»Verdammt, hier ist noch jemand«, knackte es aus dem Funkgerät. »Das war ein Patiententransport.«

Caspar stellte sich auf die Zehenspitzen.

Das seitliche Milchglasfenster des Kastenwagens war zersplittert, und wenn er sich nicht völlig täuschte, hatte er gerade eine blutige Hand gesehen, die hilflos nach draußen winkte.

Raßfeld wich erschrocken einen Schritt zurück.

»Bringen Sie die beiden rauf«, befahl er in das Funkgerät.

»Tja, ich weiß nicht. Sollten wir nicht besser …?«

»Was?«, herrschte er Sophia an. »Einen Hubschrauber holen? Die Feuerwehr rufen? Sie wissen doch genauso gut wie ich, dass der Wagen die Telefonanlage zerstört hat.«

Und auf dem Klinikgelände funktionieren keine Handys.

Caspars Mund wurde trocken, und er musste plötzlich husten, als hätte er sich an dem Gedanken verschluckt. Die Gegend hier war einer der letzten weißen Flecke auf den Karten der Mobilfunknetzbetreiber. Ein Standortvorteil in Raßfelds Augen, bestand ein wichtiger Teil der psychologischen Behandlung doch darin, die Patienten von negativen äußeren Einflüssen abzuschirmen.

Das Funkgerät begann wieder zu blinken.

»Dirk hat die Türen aufgestemmt, und ich bin jetzt bei dem Patienten, und ich, o nein ... großer Gott.«

»Was? Was ist denn?« Raßfeld starrte auf den Monitor und versuchte, etwas zu erkennen.

»Entschuldigen Sie, dem Patienten steckt ein Messer im Hals.«

»Ist er tot?«

»Nein, die Luftröhre wurde perforiert, doch er ist bei Bewusstsein und atmet gleichmäßig, aber ...«

»Aber was?«, fragte Raßfeld vollends entnervt und gab Caspar ein unwirsches Handzeichen, endlich zu verschwinden.

»Sie werden nicht glauben, um wen es sich hier handelt.«

18.56 Uhr

Yasmin war zurückgekommen und hatte ihn nach einer barschen Anweisung Raßfelds wieder auf sein Zimmer begleitet, wo auf dem Schreibtisch bereits ein Tablett mit dem Abendessen auf ihn wartete. Wie immer hatte sich die Köchin, Sybille Patzwalk, mit der Dekoration fast mehr Mühe als mit den Speisen selbst gegeben. Eine kunstvoll zu einem Schwan gefaltete Leinenserviette umschmeichelte das schwere Silberbesteck, der Suppenteller war mit Petersilie verziert, und neben dem Wasserglas lag eine weiße Orchidee. Caspar nahm das Tuch von dem Brotkorb, und der Hunger in ihm schlug an wie ein

Wachhund, der Witterung aufgenommen hat. Seit Stunden hatte er nichts mehr zu sich genommen.
Kaum führte er den ersten Bissen zum Mund, wurde draußen vor dem Fenster ein rasenmäherartiges Brummen lauter, das Caspars knurrenden Magen übertönte. Er legte das Baguette zurück und trat zum Kippfenster in der Dachschräge. Der Schneeregen war in dichte Flocken übergegangen und staute sich bereits an der unteren Kante. Bald würde er nicht mehr durch die Scheibe sehen können. Schon jetzt konnte er kaum das Schneemobil ausmachen, mit dem Sophia und Bachmann die Unfallopfer in die Klinik brachten.
Caspar öffnete das Fenster einen kleinen Spalt. Die Kälte, die ihm entgegenschlug, war so intensiv, dass er glaubte, die Tränenflüssigkeit auf seinen Augen würde gefrieren.
Was mache ich hier nur?, fragte er sich. Sein Atem, der wie Tabakqualm aus seinem Mund dampfte, erinnerte ihn an den Rauch, den er zu riechen geglaubt hatte, als er in Gretas Zimmer plötzlich an das kranke Mädchen hatte denken müssen.
Du kommst doch bald wieder, oder?
Er zog das Fenster zu, ging in die Mitte des Zimmers, drehte sich einmal um die eigene Achse und spürte, wie die innere Unruhe in ihm eine kritische Marke überschritt. Und damit fand er etwas über sich heraus, das fast noch wichtiger war als eine klare Erinnerung: Es entsprach nicht seinem Wesen, untätig abzuwarten. Diese Erkenntnis war bedeutender als die vielen kleinen Eigenheiten, die er in den letzten Tagen an sich entdeckt hatte,

wie zum Beispiel, dass er seine Uhr am rechten Handgelenk trug, dass er Essen grundsätzlich salzte, bevor er einen ersten Bissen nahm, oder dass er Schwierigkeiten hatte, seine eigene Handschrift zu lesen.

Die Tatsache, dass alles in ihm danach schrie, sofort diese Klinik zu verlassen, bedeutete auch, dass er sich leicht etwas vormachen konnte. Er hatte es vorgezogen, auf ein Behandlungswunder zu warten, anstatt die Dinge selbst in die Hand zu nehmen. In Wirklichkeit aber hatte er sich versteckt, und zwar nicht hier in der Klinik, sondern an einem Ort, an dem ihn niemand finden konnte: in sich selbst.

Caspar öffnete seinen Schrank. Von den acht Kleiderbügeln waren nur vier belegt. Und das auch nur, weil er Jackett und Anzughose getrennt aufgehängt hatte. Viel Gepäck würde er also nicht bei sich haben, wenn er sich heute Abend aus dem Staub machte.

Er seufzte, während er seine wenigen Habseligkeiten auf dem Bett ausbreitete. Das meiste war vom Krankenhaus geborgt oder von Sophia in der Stadt gekauft worden, damit er wenigstens etwas zum Wechseln besaß: ein halbes Dutzend Socken und Unterwäsche, zwei Pyjamas, ein Trainingsanzug und Badelatschen, mehrere Toilettenartikel sowie einen historischen Roman von Peter Prange, den er eigentlich in die Krankenhausbibliothek zurückbringen müsste.

Mein Leben passt in eine Plastiktüte, dachte er, nachdem Caspar alles, was er nicht am eigenen Körper tragen wollte, in einem festen Müllsack verstaut hatte. Einen Ruck-

sack oder eine andere Tasche besaß er nicht, und so musste er die Tüte aus dem Abfalleimer benutzen.
Danach zog er den schwarzen Anzug an, den er am Tag seiner Ankunft getragen hatte. Den gefütterten Wintermantel legte er sich über den Arm, mit dem er die Tüte trug. In der anderen Hand hielt er seine schweren Schnürstiefel. Er wollte sie erst anziehen, wenn er die hölzerne Treppe hinter sich gelassen hatte.
Also dann.
Caspar vermied es, noch einen letzten Blick in sein gemütliches Zimmer zu werfen. Er löschte das Licht und trat in den stillen Flur hinaus mit der Absicht, nie wieder zurückzukehren.

19.06 Uhr

Langsam schlich er sich die Treppe hinunter, glücklich über den Umstand, dass die Klinik so schlecht belegt war und ihm deshalb kaum jemand begegnen würde. Doch schon im ersten Stock musste er erkennen, dass er sich den denkbar ungünstigsten Zeitpunkt ausgesucht hatte, um unbemerkt durch die Empfangshalle nach draußen zu spazieren. Caspar beugte sich über die Balustrade des Treppengeländers. Von unten hörte er eine laute, ihm unbekannte Stimme. Offensichtlich war es die des Sanitäters, der entgegen Sophias erster Vermutung ganz und gar nicht unter Schock zu stehen schien, dafür sprach er viel zu flüssig.

»Jonathan Bruck, siebenundvierzig Jahre alt, ein Meter fünfundachtzig groß, etwa neunzig Kilo«, leierte der Mann herunter. Sein angenehmer Bariton klang ähnlich seriös wie die Stimme eines Nachrichtensprechers, wären da nicht die irritierenden Nebengeräusche gewesen, die sie begleiteten und die Caspar an das Rasseln einer Kaffeemaschine erinnerten.

»Steht vermutlich unter Alkohol- oder Drogeneinfluss. Der Besitzer des Teufelsseemotels hat den Krankenwagen gerufen, nachdem die Putzfrau Bruck bewusstlos in seinem Zimmer gefunden hat.«

Caspar hörte das Gestänge einer Metallliege klappern, deren blockierende Räder vermutlich gerade tiefe Rillen durch die cremefarbene Auslegeware zogen, dann wurde ihm schlagartig klar, was das gluckernde Rasseln zu bedeuten hatte. Es kam aus der Kehle des Patienten.

»Und die Tracheotomie?«, fragte Raßfeld wie zur Bestätigung.

»Selbstverstümmelung. Ich dachte ja, er pennt. War meine letzte Tour, wollte ihn nur schnell ins Westend bringen. Doch dann, wir passieren gerade Ihre Einfahrt da unten, schaue ich in den Rückspiegel und denke, ich seh nicht recht. Der Irre steht auf, schreit wie ein Bekloppter und rammt sich das Taschenmesser in den Hals. Ich trete auf die Bremse, komm ins Schlingern und ramme den Trafokasten oder was das da war. Na ja, den Rest kennen Sie ja.«

Während der Zusammenfassung waren Raßfeld und der Sanitäter zum Fahrstuhl gegangen und standen jetzt direkt unter der Balustrade. Caspar befand sich nur wenige Meter über ihren Köpfen, so dicht, dass er Brucks Atem hören konnte, dessen Züge so klangen, als würde man mit einem Strohhalm den letzten Tropfen aus einem Pappbecher saugen.

»Ich würde Sie bitten, den Patienten nicht als *Irren* zu bezeichnen«, sagte Raßfeld und klang dabei so, als sei er persönlich beleidigt worden.

Caspar zuckte zusammen, da er in seiner unmittelbaren Nähe eine Bewegung ausmachte.

Dann erkannte er, dass es sich nur um eine Reflexion in der großen Panoramafensterscheibe handelte, die einige Stufen unter ihm auf dem Treppenabsatz in die Außenmauer eingelassen war. Der Sturm da draußen hatte sich in nur wenigen Minuten zu einem regelrechten Blizzard ausgewachsen. Die schwachen Strahlen der Gartenlampen des Klinikparks hatten den münzgroßen Schneeflocken wenig entgegenzusetzen. Sie prallten an den Verwehungen ab und erzeugten bei Caspar kurzfristig die unangenehme Vision von einem weißen Bienenschwarm, der vor seinen Augen zu einer einheitlichen Masse verschmolz. Dann, als er sich ganz auf die Reflexion in der Fensterscheibe konzentrierte, sah er für den Bruchteil eines Wimpernschlags ein unheimliches Gruppenbild im Spiegel: Zwei kräftige Männer flankierten eine Trage, auf der eine reglose Gestalt lag, aus deren Hals ein Schweizer Taschenmesser ragte. Die Fahrstuhltüren öffneten sich mit einem entrüsteten Quietschen, und das Bild verschwand so schnell, wie der Geruch in Caspars

Nase schoss. Der Geruch von Feuer. Von Verbranntem. Rauch.

Sind das etwa wieder die Vorboten einer Erinnerung?

Caspar trat unbewusst einen Schritt vom Fahrstuhl zurück, als könne die Erinnerung mit dem Lift zu ihm nach oben fahren, um ihn unvermittelt aus der Aufzugskabine anzuspringen. Er fröstelte. Und dann schrie er auf, genau in dem Moment, in dem er rücklings auf die hagere Gestalt prallte, die ihn schon die ganze Zeit aus dem Dunkeln heraus heimlich beobachtet hatte.

19.10 Uhr

Der Mann kaute Kaugummi und trug dünne Lederhandschuhe über den Fingern, doch seine frisch gewaschenen Haare verrieten ihn. Da half es auch nicht, dass er seine Zigarette bei geöffnetem Fenster geraucht haben musste. Der Qualm hatte sich in den wenigen Strähnen verfangen, die ihm noch geblieben waren, und als er jetzt hektisch den Kopf schüttelte, verteilte er den leicht abgestanden Geruch um sich herum.

»Okay, ist schon gut, ich verpfeif dich nicht.«

In der gesamten Klinik galt absolutes Rauchverbot, und es zeugte durchaus von Humor, dass Linus sich ausgerechnet auf der Sport- und Wellnessetage der Villa eine Zigarette angesteckt hatte.

Also doch keine Vorboten. Keine weitere Erinnerung.

»Koit, ichs's dwa zen!« Linus' Mundwinkel zuckten, und

er klang ängstlich. Zu ängstlich dafür, dass er lediglich die Hausordnung überschritten hatte. Er wedelte unruhig mit den Händen, als versuche er sich in Zeichensprache, was angesichts seiner eingeschränkten Kommunikationsfähigkeit in Caspars Augen kein schlechter Einfall war.

»Was ist los?«, fragte er.

Statt einer Antwort griff Linus nach seiner Hand mit der Tüte und zog ihn hinter sich her. Er öffnete die gegenüberliegende Tür, über der tatsächlich ein Schild mit dem Hinweis »Fitnesscenter« hing. In jeder anderen Anstalt wäre das schlicht und einfach der Raum für die Krankengymnastik.

Caspar hatte sich bislang noch nicht hierher verirrt und war deshalb etwas überrascht über die modernen Hightechgeräte, die in dem verspiegelten Sportsaal standen. Sein Blick wanderte über Laufbänder, Ruder- und Hantelbänke, und er fragte sich gerade, wozu die blinkende Gummitreppe in der Ecke wohl gut war, als Linus den Finger an die Lippen legte und das Licht löschte. Dann öffnete er eine Glastür, die zu einem kleinen Austritt führte. Plötzlich wurde es heller, doch das war eine optische Täuschung, ausgelöst durch die Schneeflocken, die jetzt um ihre Füße wirbelten und die zuckenden Lichter der elektronischen Sportgeräte reflektierten.

Okay, hier hast du dir also eine Zigarette reingezogen, dachte Caspar und blieb stehen. Linus fuchtelte wieder mit dem Arm. Offenbar wollte er, dass er ihm weiter folgte. Hinaus auf den von Schneematsch und vereisten Regentropfen überzogenen Holzfußboden des Balkons.

»Hey, Kumpel, siehst du das hier?« Caspar zeigte kopfschüttelnd auf seine Füße. »Ich latsch doch nicht auf Socken in die Kälte.«

»Ichs's dwa zen«, zischte Linus. Dieses Mal noch ungeduldiger und ängstlicher. Dann ging er einen Schritt rückwärts, nickte Caspar noch einmal zu und war eine Sekunde später in der Dunkelheit verschwunden.

»Komm zurück«, rief Caspar. *Du holst dir den Tod.* Der Gedanke ließ ihn erschauern, bevor er ihn aussprechen konnte.

Und jetzt?

Er hatte keine Zeit zu verlieren. Im Augenblick waren Raßfeld und der Rest der Belegschaft durch den Neuzugang abgelenkt. Ein günstiger Zeitpunkt, um sich unbemerkt aus der Klinik zu schleichen. Andererseits glaubte Caspar auf einmal, das babylonische Kauderwelsch von Linus übersetzen zu können.

Koit, ichs's dwa zen – Komm mit. Ich muss dir was zeigen.

Verdammt. Womöglich würde Linus ihm lärmend hinterherrennen, wenn er jetzt nicht nachgab, und auf diese Form der Aufmerksamkeit konnte er gut und gerne verzichten.

Er schlüpfte in seine Stiefel und zog den Mantel über. Die Jalousien vor den Fenstern waren fast zu einem Drittel herabgelassen, und Caspar war zwei Köpfe größer als Linus, also musste er sich bücken, um ihm zu folgen. Der eisige Wind stemmte sich ihm wie ein unsichtbarer Türsteher entgegen, der Unbefugte am Eintritt in sein Reich der Kälte hindern will. Caspar duckte sich noch mehr und schlang die Arme um seinen Oberkörper. Der Wind wurde schwächer dank dem Erkervorsprung links neben ihm, der zwar vor den Schneeverwehungen schützte, nicht aber vor den sibirischen Temperaturen. Auch Linus hielt sich in dem Windschatten und presste sich erneut einen Finger vor die Lippen.

»Dunten«, flüsterte er und deutete auf das rote Schneemobil, das schräg vor der Eingangstür parkte. Der größte Teil des Fahrzeugs stand unter dem schützenden Baldachin des Empfangsbereichs. Nur die spitz zulaufende Vorderschnauze ragte in den verschneiten Weg hinaus. Sie war noch warm, so dass sich die Flocken sofort nach ihrem Aufprall darauf verflüssigten.

»Was meinst du?« Caspar beugte sich nach vorne, wodurch er aber noch weniger sah, weil er aus dem Windschatten geriet. Der Schnee wehte ihm direkt in die Augen. Caspar blinzelte, neigte den Kopf schräg und ärgerte sich über seine Unvernunft. Statt sich an Bachmann vorbei aus der Klinik zu schleichen, stand er nun mit einem psychotischen Patienten in der Dunkelheit auf einem vereisten Balkon.

Er wollte gerade den Rückzug antreten, als der Wind sich drehte. Und mit ihm verschob sich auch die Wahrnehmung Caspars. Auf einmal sah er ihn.

Den Fleck. Im Schnee. Er hatte seinen Ursprung direkt neben dem rechten Hinterreifen des Fahrzeugs, von wo aus er sich in Richtung Klinikeingang ausbreitete. In dem matten Licht, das aus der Pförtnerloge fiel, sah er aus wie eine goldgelbe Urinpfütze, doch Caspar wusste sofort, um was es sich tatsächlich handelte.

Benzin.

Entweder der Schlauch des Tanks hatte sich von alleine gelöst, oder jemand hatte nachgeholfen.

Aber wieso? Weshalb sollte jemand das einzige Transportmittel außer Kraft setzen, das in der Lage war, sich durch dieses Unwetter zu kämpfen?

Er wollte Linus gerade fragen, ob er wusste, wer sich an dem Fahrzeug zu schaffen gemacht hatte, als der Musiker ihn in den Schatten des Erkers zurückriss. Gerade noch rechtzeitig, bevor Bachmann zu ihnen nach oben schauen konnte, nachdem er so plötzlich hinter dem Schneemobil aufgetaucht war.

19.18 Uhr

Eigentlich war er nur in sein Zimmer zurückgekehrt, um abzuwarten, bis der Hausmeister endlich den Eingangsbereich verließ und mit seinem Rundgang begann. Doch heute schien nichts in gewohnten Bahnen zu verlaufen, und Caspar erkannte, dass seine Flucht, wenn es denn überhaupt eine war, immer schwieriger wurde. Er saß hier fest, abgeschnitten von sämtlichen Möglichkeiten der Telekommunikation, und jetzt hatte der Hausmeister aus irgendeinem Grund auch noch das Transportfahrzeug manipuliert, das er sich für seinen Abstieg durch das Unwetter hatte ausborgen wollen. Egal. Er würde es auch so

nach unten schaffen, notfalls im Sitzen auf seiner Plastiktüte.
Unter keinen Umständen würde er noch eine weitere Nacht hier verbringen. Und das lag nicht nur an dem grauenhaften Gedanken, womöglich irgendwo seine hilfebedürftige Tochter im Stich gelassen zu haben. Er spürte darüber hinaus, dass mit den geheimnisvollen Neuankömmlingen noch etwas anderes in die Klinik gelangt war, dem er besser aus dem Weg ging. Eine Bedrohung, so unsichtbar wie ein Virus. Sie breitete sich aus, störte die eingespielte vorabendliche Routine des kleinen Krankenhauses und schien, wie er jetzt entdeckte, sogar den Weg in sein Einzelzimmer gefunden zu haben.
Was geht hier vor?
Caspar verlangsamte seine Schritte, je näher er der Tür kam. Sie stand offen, und das Licht brannte, obwohl er es erst vor wenigen Minuten gelöscht hatte.
Was zum Teufel ist hier los?
Zwei aufgeregte Stimmen schwappten auf den Flur hinaus. Eine von beiden gehörte zu Sophia, die mit der Frage »Was fällt Ihnen ein?« Caspar aus der Seele sprach. Auch er konnte sich keinen Reim auf den Anblick machen, der sich ihm bot, als er die Tür seines Zimmers erreicht hatte. Warum stand dieser Kerl mit dreckigen Stiefeln auf seinem Schreibtisch und hielt eine Hand vor das Fenster?
»Ich glaub, eben hatte ich noch einen Pömpel«, lachte der junge Mann.
Caspar erkannte den Sanitäter an seiner Stimme wieder,

die so gar nicht zu seinem Äußeren passen wollte. Irgendwie hatte er sich den Fahrer ganz anders vorgestellt. Grobschlächtiger, mit müden, tränensackschweren Augen, die von nächtelangen Notfalleinsätzen zeugen. Doch vor ihm stand der Prototyp eines verwöhnten Yuppies, den man eher in einem narzisstischen Zweisitzer als hinter dem Steuer eines Krankenwagens vermutete.

»Einen *Pömpel?*«, fragte Sophia.

»Na ja, oder wie man diese Balken im Display nennt.« Der Sanitäter sprang von dem Tisch und zeigte Sophia ein winziges Handy. »Ich dachte, hier unter dem Dach hätte ich vielleicht ein Signal. Sorry.« Er gönnte Caspar einen kumpelhaften Blick, doch sofort wanderten seine Augen wieder zu der Ärztin.

»Die Tür war offen, hab nur mal kurz gecheckt, ob ich hier Empfang habe.«

Sophia schnalzte kaum merklich mit der Zunge und klopfte missbilligend den Stiefeldreck von der Schreibtischplatte.

»Mobiltelefone funktionieren auf dem gesamten Klinikgelände nicht, ganz egal, welche Verrenkungen Sie anstellen.« Sophias angespannte Körperhaltung verriet, was sie von dem Sanitäter hielt.

Und auch Caspar musterte den Kerl, als handele es sich um einen Gegner beim Boxkampf. Dabei wirkte der schlanke Mann eigentlich ganz harmlos, dank seines fehlenden Bartansatzes und einer Frisur, die im Strubbellook nach vorne gegelt war. Normalerweise würde Caspar

den Jüngling gar nicht beachten, doch ihm missfiel das neckische Augenzwinkern, mit dem er Sophia pausenlos bedachte.
»Bitte gehen Sie wieder nach unten und lassen Sie sich von Herrn Bachmann Ihr Zimmer zeigen«, sagte sie.
Der junge Mann lächelte. »Sie wollen also wirklich, dass wir die Nacht hier gemeinsam verbringen, Frau Doktor?«
Die Ärztin verdrehte kaum merklich die Augen.
»Von Wünschen kann da keine Rede sein, Herr Schadeck. Wir hängen hier leider fest.«
Zu Caspars Freude ignorierte sie die Bitte des Pflegers, Tom genannt zu werden.
»Aber Ihre Einsatzleitung wird ja sicherlich jemanden zum Krankenwagen schicken, wenn Sie sich heute nicht rechtzeitig zurückmelden?«
»Kaum.« Schadeck schüttelte den Kopf. »Das war meine letzte Fahrt, und ich sollte den Kasten danach mit nach Hause nehmen. Ich werde erst morgen Mittag wieder in der Zentrale erwartet.«
Sophia zuckte bedauernd mit den Achseln.
»Nun, wie dem auch sei. Es scheint wenig sinnvoll, sich allein im Dunkeln durch den Schneesturm zu schlagen. Laut Vorhersage werden sich morgen früh die Wetterverhältnisse gebessert haben und die Straßen bald geräumt und gestreut sein. Bei Tageslicht können wir uns dann gemeinsam auf den Weg nach unten machen.«
Nach unten, dachte Caspar und stellte die Plastiktüte neben das Bett.

Aus Sophias Mund klang es so, als befänden sie sich auf einer schwindelerregend hohen Spitze einer schroffen Steilküste, an deren Fuß die Wellen eines dunklen Ozeans zusammenschlugen.

»Also ist das kein Witz? Ich soll hier wirklich über Nacht bleiben? Hier in dieser …« Man merkte deutlich, wie schwer es Tom fiel, das Wort »Klapsmühle« wieder herunterzuschlucken, das er bereits auf der Zungenspitze balanciert hatte.

»*Müssen* tun Sie gar nichts«, entgegnete Sophia. »Sie können es ja mal versuchen. Wir sind keine halbe Stunde Fußmarsch von dem nächsten Haus entfernt, doch ich schätze, den Weg müssten Sie auf allen vieren durch den Wald zurücklegen. Bei minus sieben Grad. Tendenz fallend.«

»Und was, wenn etwas passiert?«

»Wie meinen Sie das?«

»Wenn es Bruck schlechter geht. Wie holen wir dann Hilfe?«

Schadecks Frage klang plausibel, doch Caspar ahnte, dass der Sanitäter eigentlich auf etwas anderes hatte anspielen wollen.

»Keine Sorge. Wir sind bestens ausgerüstet«, antwortete Sophia. »So wie es aussieht, hat das Messer keine inneren Verletzungen verursacht. Schlimmstenfalls sind die Stimmbänder beschädigt. Im Moment versorgt der Professor die Wunde, und Dr. Bruck wird Medikamente bekommen, damit die Luftröhre nicht zuschwillt. Wenn er aufwacht, wird er Schmerzen haben und wahrscheinlich nicht sprechen können, aber er wird es auf jeden Fall überleben.«

Dr. Bruck?

»Wenn ich jetzt bitten dürfte?«

Sophia nickte mit dem Kopf zur Tür, und Tom lächelte, als hätte sie ihn gerade auf ein Date eingeladen.

»Sehr gerne.« Der Sanitäter tippte sich zum Abschied an die Stirn. »Aber vielleicht werde ich mir den Schneepflug ausborgen und wenigstens zu meinem Funkgerät fahren.«

»Viel Glück«, wünschte ihm Caspar und ließ den Moment verstreichen, in dem er die Benzinlache hätte erwähnen können, die Linus ihm eben gezeigt hatte.

Sophia blieb zwei Schritte hinter Tom und griff nach Caspars Hand, als sie an ihm vorbeiging.

»Tut mir leid wegen der Störung«, flüsterte sie und schenkte ihm ein trauriges Lächeln.

Seine melancholische Stimmung war verschwunden, wenn auch nur für einen kurzen Moment, denn sie meldete sich schlagartig zurück, als sich Tom in der Tür noch einmal umdrehte.

»Oder kann ich vielleicht bei Ihnen einziehen, Frau Doktor? Ich hab nämlich Angst allein im Dunkeln.«

Dann lachte er und hob beide Hände wie bei einem Banküberfall.

»Hey, war nur ein Scherz.«

Caspar wollte etwas Passendes erwidern, war dann aber zu sehr von den Brandnarben auf der Innenseite von Toms rechter Hand abgelenkt. Sie ähnelten denen, die seinen eigenen Oberkörper überzogen. Nur dass sie im Gegensatz zu den zufälligen Hautverwerfungen seiner Brust bei Schadeck ein geometrisches Muster bildeten. Caspar war sich nicht sicher, aber für ihn sah es so aus, als hätte Tom sich auf ziemlich stümperhafte Art eine alte Hakenkreuztätowierung ausbrennen lassen.

19.24 Uhr

Sie hatten ihn erst eine Minute allein gelassen, als Sophia noch einmal den Kopf hereinsteckte.

»Das gilt übrigens auch für Sie!«

»Was?«, fragte er und schob mit dem Fuß die Plastiktüte unter sein Bett. Zu spät. Sophia trat ein und deutete erst auf seine Stiefel, dann auf den Wintermantel, den er vergessen hatte in den Schrank zurückzuhängen.

»Machen Sie heute Abend bitte keine Dummheiten.«

Caspar versuchte gar nicht erst, seine Absichten zu leugnen.

»Ich muss, Sophia. Ich bin schon viel zu lange hiergeblieben.«

»Und wo wollen Sie hin? Bei dem Wetter? In Ihrem Aufzug? Ohne Geld?«

»Ich geh zur Polizei«, erläuterte er einen Plan, den er erst in dieser Sekunde gefasst hatte. Vorausschauendes Denken zählte wahrscheinlich nicht zu seinen auffälligsten Charaktereigenschaften, gestand er sich ein.

»Aber das haben wir doch heute besprochen. Raßfeld hat

zugestimmt, dass Sie persönlich mit der Polizei und der Presse reden.«

»Wann?« Caspar stand von seinem Bett auf und kratzte an einer Brandnarbe unter seinem T-Shirt.

»Morgen? Übermorgen? Nach Weihnachten? Das dauert mir alles viel zu lange. So viel Zeit habe ich vielleicht nicht mehr.«

Sophias Haare fielen ihr in die Stirn, so heftig schüttelte sie jetzt den Kopf.

»Hören Sie, ich bin auch kein Freund von Raßfelds Hinhaltetaktik. Aber in einem Punkt teile ich seine Einschätzung: Es ist noch viel zu gefährlich, wenn Sie in Ihrem Zustand unbeaufsichtigt die Klinik verlassen.«

»Mag sein. Aber ich darf nicht nur an mich denken.«

»Sie sprechen von dem Mädchen?«

Caspar nickte. »Es tut mir leid, aber seitdem ich ihr Bild gesehen habe, glaube ich, hier drinnen zu ersticken. Ich muss sofort raus.«

»Wir wissen doch gar nicht, ob es wirklich Ihre Tochter ist. Vielleicht ist sie noch nicht einmal real?«

»Möglich, aber ...« Caspar überlegte kurz, ob er mit seinem nächsten Satz eine Grenze überschritt. »Aber wenn Sie morgen gehen, bin ich doch ohnehin allein. Dann gibt es hier niemanden mehr, dem ich vertrauen kann.«

Sophia sah ihn lange an, dann lächelte sie traurig.

Das Telefon in ihrer Kitteltasche signalisierte einen internen Anruf, den sie ignorierte. Offenbar war die Hausleitung noch intakt.

»Ich verstehe«, sagte sie, als das Klingeln geendet hatte.

»Dennoch möchte ich Sie um einen Gefallen bitten, Caspar.«
»Welchen?«
Sie deutete auf das Kippfenster in der Dachschräge. Der Schnee hatte sich wie eine blickdichte Jalousie auf die Scheibe gelegt.
»Schlafen Sie noch eine stürmische Nacht darüber. Wir sprechen uns dann morgen ein letztes Mal, bevor ich gehe.«
»Wozu soll das gut sein?«
»Wenn Sie morgen früh immer noch fest entschlossen sind, dann werde ich Sie nicht aufhalten.«
»Aber …?«
»Aber ich werde Ihnen eine Information geben, ohne die Sie die Klinik unter keinen Umständen verlassen dürfen. Schon gar nicht, wenn Sie zur Polizei wollen.«
Caspar öffnete sprachlos den Mund. Gleich darauf setzte ein Fiepen ein, als wäre ein winziges Blutgefäß in seinem Ohr geplatzt. Auf einmal fühlte er sich völlig hilflos. So als hätte ihm ein Arzt gesagt, er habe nicht mehr lange zu leben.
»Was denn für eine Information?«, flüsterte er.
Sophia schüttelte erneut den Kopf und sah nun doch auf das Telefon, das schon wieder energisch läutete.
»Morgen früh, Caspar. Nicht jetzt.«
Das Fiepen in seinem Ohr wurde lauter, ebenso wie seine Stimme.
»Ich will es sofort wissen!«
»Ich weiß, aber das geht nicht.«

»Wieso nicht?«
»Ich muss mich erst noch vergewissern.«
»Worüber?«
Sowohl Caspar als auch Sophia schreckten zusammen, als sie eine dritte Stimme in der Tür hörten.
Wegen des Telefonklingelns hatten sie Raßfeld nicht kommen hören.
»Wessen wollen Sie sich vergewissern?«, fragte der Chefarzt noch einmal misstrauisch und streckte ihnen anklagend ein schnurloses Telefon entgegen. Während Caspar noch trocken schluckte, schien Sophia sich wieder gefangen zu haben.
»Er ... ähhm ... also der Patient wollte noch ein Schlafmittel für heute Nacht, aber ich sagte, ich muss erst mit Ihnen Rücksprache halten.«
Raßfeld nickte zustimmend, offenbar zufrieden, dass seine Autorität nicht untergraben werden sollte.
»Gut, aber das kann jetzt wirklich warten, Frau Dorn«, sagte er mit einer Stimme, die keinen Widerspruch duldete, und begleitete die Ärztin aus dem Zimmer.
»Ich versuche Sie schon die ganze Zeit zu erreichen. Sie werden im OP gebraucht.«

Lange nachdem Raßfeld und Sophia ihn mit seinen quälenden Fragen zurückgelassen hatten, hallte das mysteriöse Versprechen der Ärztin immer noch in seinem Kopf:
»Ich werde Ihnen eine Information geben, ohne die Sie die Klinik unter keinen Umständen verlassen dürfen.«
Sophias Stimme wurde auch dann nicht leiser, als er sich

zwei Stunden später auf das Bett legte und die Augen schloss, um seine Gedanken zu sortieren. Was alles befand sich noch in seiner Akte, deren Inhalt Raßfeld nur so zögerlich preisgeben wollte?

Ich muss mich erst noch vergewissern.

Er wollte gerade wieder aufstehen, um Sophia in der Klinik zu suchen, als er merkte, dass er seine Augen nicht mehr öffnen konnte.

Caspar versuchte es ein letztes Mal mit aller Willensanstrengung. Vergeblich. Die Ereignisse des Tages hatten seinen ohnehin erschöpften Geist zu sehr strapaziert. Er war bereits eingeschlafen.

00.26 Uhr, Heiligabend – Drei Stunden und zwölf Minuten vor der Angst

Der Rauch war ein lebendiges Wesen. Ein Schwarm mikroskopisch kleiner Zellen, die durch seine Haut drangen, um ihn von innen heraus zu zersetzen.
Besonders auf seine Lunge hatten es die Partikel abgesehen, die seine Luftröhre hinab bis in die Bronchien vorstießen. Er hustete.
Normalerweise war das der Moment, in dem er aus diesem Alptraum erwachte; in eine Welt, in der seine Erinnerungen nur die vergangenen zehn Tage zurückreichten. Doch heute schlief er weiter, als ob ihn das brennende Auto, in dem er gefangen war, diese Nacht nicht freigeben wollte.
Nicht, bevor er einen Blick auf das Foto geworfen hatte, das auf dem Beifahrersitz lag. Neben der Flasche. Die Hitze war bereits so unerträglich, dass das Bild sich an den Rändern nach oben wellte, wodurch das Männergesicht darauf noch schwerer zu erkennen war.
Caspar strampelte unruhig mit den Beinen. Er befand sich in dem unangenehmen Schwebemoment zwischen Schlafen und Erwachen. Ein Zustand, in dem das zähflüssige Bewusstsein nur langsam in die Realität zurückgleitet. Er wollte die Metamorphose beschleunigen und sich selbst aus dem Alptraum befreien.
Deshalb schnallte er seinen Gurt ab und beobachtete die

Flammen. Sie züngelten direkt vor ihm in Brusthöhe aus dem Armaturenbrett und begannen schon an seinem Hemd zu lecken. Für einen Moment blitzte die vernarbte Innenfläche von Toms Hand vor seinem geistigen Auge auf, als er in das Feuer greifen wollte, damit der imaginäre Schmerz ihn endlich aus diesem klebrigen Schlaf riss.

Doch am Ende war es ein realer Druck, ein heftiges Rütteln, das ihn weckte.

Caspar schlug die Augen auf, das brennende Auto war verschwunden, stattdessen beugte sich Linus mit angstgeweiteten Augen über seinen Kopf. Seine Nasenspitze war so nah, dass er sie mit der Zunge hätte berühren können.

»Sophil«, sagte er. Es war kaum mehr als ein Krächzen, ein Klang, in den die Stimme umschlägt, wenn man flüstert, obwohl man eigentlich schreien will.

»Nicht schon wieder«, gähnte Caspar müde. Linus litt unter Schlafstörungen und wanderte nachts durch die Klinik, wenn er nicht einschlafen konnte.

»Sophilpatiöten.« Der Musiker riss jetzt an seinem Arm, wollte ihn aus dem Bett ziehen. Dass er halbnackt und nur mit einer fleckigen Pyjamahose bekleidet war, die kaum Halt auf seinen dürren Hüftknochen fand, ließ die Situation noch absurder erscheinen.

»Hör mal, du kannst doch nicht …«, wollte Caspar ansetzen. Doch dann hörte er es auch: das dumpfe Poltern, ein Stockwerk unter ihnen. Es klang, als würde jemand einen schweren Tisch immer wieder anheben und auf das Parkett zurückkrachen lassen. Caspar sah auf die Uhr.

Null Uhr siebenundzwanzig. Kaum die passende Zeit, um Möbelstücke zu verrücken.

»Was ist da los?«, fragte er und überlegte gleichzeitig, wer oder was sich eine Etage unter ihm befand.

»…öten …öten …« Linus wiederholte das Wort mehrfach, ließ dafür aber Caspars Arm los, als er sah, wie dieser sich aus seinen zerfurchten Laken wand, um endlich aufzustehen.

»Ommit.«

»Ja, ja, ich komm ja mit.«

Caspar suchte nach seinen Hausschuhen. Doch dann ging das Poltern unter ihm in ein dumpfes Schleifgeräusch über, so als wolle jemand einen nassen Teppich unter größten Mühen von einem Zimmer in ein anderes ziehen. Also beschloss er, keine Zeit mehr zu verlieren.

Während Linus polternd die Treppe hinunterlief, bemühte sich Caspar, nicht allzu laut zu sein, falls es eine harmlose Erklärung für die nächtlichen Geräusche gab. Doch nach den Ereignissen der letzten Stunden wollte er selbst nicht daran glauben, zumal ihm auf dem ersten Treppenabsatz das Wort wieder durch den Kopf schoss, mit dem Linus ihn geweckt hatte.

Sophil.

Jetzt rannte auch er schneller. *Sophia … Hilfe.*

Er bog um die Ecke in den dunklen Flur und wunderte sich, warum hier die Bewegungsmelder nicht funktionierten. Normalerweise ging die Deckenbeleuchtung automatisch an, wenn jemand den Gang betrat. Doch jetzt drang das einzige Licht aus einem der hinteren Zimmer hervor, vor dessen weit geöffneter Tür Linus mit über dem Kopf zusammengeschlagenen Händen stand und heftig zitterte.

Und dann, in dem Augenblick, in dem er die schneidende Kälte spürte, die aus dem Zimmer in den Flur drang, konnte er auch den Rest des kryptischen Kauderwelschs übersetzen: ›Patiöten‹.

Patient. Töten.

Er sah in das Zimmer. Natürlich. Hier im dritten Stock befanden sich die »schweren« Fälle. Die intensivmedizinische Betreuung. Abschließbare Räume mit hydraulischen Betten und elektronischen Messgeräten neben dem Nachttisch.

Sophia. Hilfe. Patient. Töten.

Caspar erschauerte, als er den Infusionsständer sah, der wie ein stummer Diener mit herabhängenden Schläuchen neben dem verwaisten Krankenbett stand. Er nahm seinen dampfenden Atem wahr – dann verlangsamte sich alles. Jetzt fühlte er sich wie ein unbeteiligter Beobachter, der interessiert ein Fotoalbum betrachtet, bei dem man jedes Mal eine Seite umblättern muss, bevor das Auge ein neues, schreckliches Bild an das Gehirn weiterreichen kann:

Das geöffnete Fenster – Der Mann – Ein Bein auf der Heizung, das andere bereits draußen – Linus, der sich an Caspar vorbeidrängen will – Das zu einem schmerzhaften Grinsen verzerrte Gesicht des Mannes, der sich noch einmal umdreht – Auf seinen Halsverband zeigt – Den Kopf schüttelt – Und sich dann in die Tiefe fallen lässt.

In dem Moment, als die schneeverwehte Dunkelheit den flüchtenden Patienten verschluckte, beschleunigte sich wieder alles, und die erste greifbare Erinnerung verfing sich in dem löchrigen Gedächtnisnetz seines Gehirns. Caspar kannte die Gestalt, die soeben aus dem Fenster gesprungen war. Ihr Gesicht war ihm so vertraut wie der Geruch verbrannten Papiers, der gerade wieder seine Nase füllte. Er hatte Jonathan Bruck schon oft gesehen. Das letzte Mal vor wenigen Minuten, kurz bevor Linus ihn aus dem Schlaf gerissen hatte. Sein Gesicht prangte auf der Oberseite des Fotos, das Nacht für Nacht in seinen Alpträumen auf dem Beifahrersitz verbrannte.

»Was ist hier los?«, fragte er Linus, der sich über das Fensterbrett beugte. Caspar war sich nicht sicher, ob dessen Zittern eine Begleiterscheinung der Kälte oder Furcht war.

»Sophilpatiöten«, lautete die stereotype Antwort, doch Caspar konnte die Ärztin nirgends entdecken. Was war mit Sophia? Er verstand weder Linus noch sich selbst. Wieso kannte er den Mann? Weshalb war Bruck nur mit einem dünnen Krankenhausnachthemd in den Schneesturm geflüchtet? Und wieso rannte Linus jetzt schon wieder mit Todesangst in den Augen aus dem Zimmer hinaus?

Es dauerte geraume Zeit, bis er die Antwort hörte. Später konnte er nicht mehr sagen, ob der Hahn im Badezimmer schon die ganze Zeit über gerauscht hatte. Das dumpfe, unregelmäßige Wummern hinter der Tür jedenfalls hatte erst in dieser Sekunde eingesetzt.

00.34 Uhr

Und dennoch war sie schön. Im ersten Moment hatte sich Caspar so gefühlt, als betrachte er eine seelenlose Statue, die von einem untalentierten, offenbar geisteskranken Künstler in dem kleinen Badezimmer in Szene gesetzt worden war.

Doch dann sah er es. Obwohl ihr Gesicht zu einer ausdruckslosen Maske erstarrt war und ihr rechtes Bein unkontrolliert in der Wanne zuckte, konnte er Sophias Schönheit erkennen, und gerade das machte den Anblick ihrer Qualen so unerträglich.

»Sophia?«, fragte Caspar viel zu leise. Seine brüchige Stimme wurde von dem rauschenden Wasserstrahl in den Abfluss gespült. Die Therapeutin schien weder ihn noch das eiskalte Wasser zu spüren, das eine Pfütze unter ihren Gliedmaßen bildete.

»Was ist mit Ihnen?«, schrie Caspar jetzt beinahe, doch Sophia blinzelte noch nicht einmal. Nur ihr Kopf kippte in eine gefährliche Schräglage, und ihre Augen schienen einen imaginären Punkt weit hinter den Fliesen der Badezimmerwand zu fixieren. Ihr durchnässter Oberkörper steckte in einem nach oben gerutschten weißen Nachthemd, unter dem sich ihre Brustwarzen abzeichneten. Der Schambereich wurde nur unzureichend von einem zerrissenen Slip bedeckt.

»Können Sie mich hören?«, fragte Caspar. Es war, als kommuniziere er mit einer Leiche. Zwar gab es nirgendwo Blut, er konnte keine äußeren Verletzungen erkennen, und sie atmete auch noch. Und trotzdem wirkte sie tot. Selbst dass ihr Fuß in unregelmäßigen Abständen gegen das Emaille schlug, war kein zuverlässiges Lebenszeichen, sondern erinnerte an die letzten reflexartigen Zuckungen eines Unfallopfers, bei dem die Nervenbahnen zwischen Gehirn und Rückenmark bereits gekappt waren.

Ein schrecklicher Gedanke schoss ihm durch den Kopf, als ihm die Parallelität zwischen seiner Erinnerung an das kleine Mädchen und der grausamen Gegenwart in diesem Badezimmer bewusst wurde.

Du kommst doch bald wieder, oder?

Ja. Keine Angst.

Auf einmal hatte er einen Titel für das Bild des Grauens, das der psychotische Künstler hier ausgestellt hatte: *Lebendig begraben.*

Genau das war sie. Zum Sterben eingemauert, und zwar in ihrem eigenen Körper.

Caspar streckte seine Hand nach ihrem Haar aus, das ihn erst vor wenigen Stunden so sanft berührt hatte und jetzt wie blonder Seetang an ihrem blassen Hals klebte. Doch dann riss er sich zusammen. Er hatte schon viel zu viel Zeit im Schock verstreichen lassen.

»Ich hol Hilfe«, flüsterte er und wollte sich gerade abwenden, als es passierte. Das Leben schoss in Sophias Körper zurück, und das war noch schrecklicher als die willenlose Apathie zuvor. Ihr gesamter Körper vibrierte auf einmal wie eine angeschlagene Stimmgabel, und Caspar wich instinktiv einen Schritt zurück, als sie ihren rechten Arm nach oben riss. Erst dachte er, sie wolle ihm etwas zeigen.

Ich muss mich erst noch vergewissern.

Er drehte sich zu der offenstehenden Badezimmertür herum. Doch da gab es nichts.

Dann fiel sein Blick auf ihren linken Arm, der fast lasziv über den Rand der Wanne baumelte. Er sah die schneeweißen Knöchel ihrer Hand. Sophia schien sich selbst das Blut in der Faust abzudrücken, so heftig presste sie ihre schmalen Finger gegen den Handballen.

»Was haben Sie da …?«, setzte Caspar leise zu einer Frage an, als ein weiteres Zittern durch ihren Körper lief und sie ihre Faust öffnete – quälend langsam, wie in Zeitlupe, bis der mysteriöse Gegenstand, den sie umklammert hielt, endlich zu Boden fiel.

Noch bevor Caspar seinen furchterregenden Verdacht überprüfen konnte, wurde er von hinten an beiden Schultern gepackt, herumgerissen und mit dem Gesicht auf den gefliesten Boden gepresst.

00.36 Uhr

»Was ist denn hier los?«, hörte er Raßfeld fragen, dessen weiße Gesundheitsschuhe in sein eingeschränktes Gesichtsfeld wanderten.

»Keine Ahnung, was er mit ihr gemacht hat«, antwortete der Hausmeister, der mit dem gefühlten Gewicht eines Einbauherds auf seinem Rücken Platz genommen hatte.

»Gar nichts«, wollte Caspar rufen, doch die Luft, die er dazu benötigt hätte, befand sich nicht mehr in seinen Lungen.

»Großer Gott, Frau Dorn?« Er hörte Raßfeld mit den Fingern schnipsen, dann wurde das Wasser abgestellt, und mit einem Mal war es so ruhig, dass man die Halogenstrahler über ihren Köpfen brummen hörte.

»Verdacht auf Schlaganfall. Yasmin, bereiten Sie sofort den Kernspintomographen vor«, befahl Raßfeld mit professioneller Ruhe. »Und ich brauche ein Blutbild.«

Irgendwo hinter Caspar entfernten sich quietschende Gummisohlen, die mit jedem Schritt schneller wurden. Er spürte einen ziehenden Schmerz zwischen den Schulterblättern, als Bachmann ihn nach oben riss und in den Schwitzkasten nahm. Der massige Oberarm des Hausmeisters lag jetzt quer über seinem Gesicht, trotzdem suchte er verzweifelt den Blickkontakt zum Klinikleiter, der jetzt vor der Wanne kniete, wo er selbst gerade noch gestanden hatte. Raßfeld leuchtete mit einer kleinen Taschenlampe in Sophias Augen.

»Pupillenreflexe vorhanden«, murmelte er. »Aber was zum Teufel ...?«

Raßfeld schüttelte den Kopf und drehte sich zu Caspar um, ohne seine linke Hand von Sophias Halsschlagader zu nehmen.

»Was haben Sie ihr gegeben?«

»Nichts«, hustete er aus.

Bachmann lockerte den Griff, und endlich konnte Caspar pfeifend einatmen.

»Das war Bruck«, presste er endlich hervor.
»Bruck?«
»Sein Bett ist leer«, bestätigte Bachmann.
»Er ist durchs Fenster abgehauen.«
Raßfeld stand auf, die Augen zu Schlitzen verengt. Er musste Bachmann ein unsichtbares Zeichen gegeben haben, denn nun wurde Caspar rücklings aus dem Badezimmer gezogen. Gleichzeitig schob sich ein nach Rasierwasser duftender Schatten an ihm vorbei.
»Was wollen *Sie* denn hier?«
»Helfen!«, hörte Caspar den Schatten antworten.
Wie bei einer altmodischen Diashow schob sich das Bild Tom Schadecks vor seine Augen.
Offenbar war mittlerweile die gesamte Klinik von dem Krach geweckt worden. Raßfeld schien die helfende Hand des Sanitäters nicht abschlagen zu wollen. Ein plätscherndes Schmatzen drang zu ihnen heraus, und Caspar wurde schon von der Vorstellung übel, wie sie gerade gemeinsam versuchten, die nasse Ärztin aus der Wanne zu heben.
»Hören Sie, wir verlieren gerade wertvolle Sekunden«, erklärte er Bachmann, der ihm erlaubt hatte, sich auf das leere Bett zu setzen. Vermutlich, damit der Hausmeister beide Hände frei hatte, um den Rollstuhl, der bislang neben Brucks Bett gestanden hatte, direkt vor das Bad zu schieben.
»Wenn wir uns beeilen, erwischen wir ihn vielleicht noch.«
»Wen?«

Bachmann kratzte sich die Koteletten. Im Gegensatz zu seiner bisher sehr energischen Körpersprache wirkte sein Gesichtsausdruck eher verängstigt.

»Na Bruck«, wiederholte Caspar und deutete mit dem Kopf auf das geöffnete Fenster. Bachmann schloss es fröstelnd, trotzdem schien es im Raum schlagartig noch kälter zu werden. Denn das Bild, das sich ihnen jetzt bot, war entsetzlich: Das nasse Bündel aus Fleisch und Knochen, das Raßfeld gerade gemeinsam mit dem Sanitäter in den Rollstuhl wuchtete, wirkte mehr wie ein Beutestück als wie ein menschliches Lebewesen.

»Los, los, in den Keller«, rief Raßfeld, und Tom setzte sich mit fast gelassenem Gesichtsausdruck in Bewegung. So als schöbe er keine Patientin, sondern nur einen Einkaufswagen vor sich her.

Der Chefarzt folgte ihm, blieb dann aber in der Tür stehen, als habe er noch etwas vergessen.

»Bruck?«, fragte er ungläubig in Caspars Richtung.

»Ja.«

Raßfeld kam noch einmal zurück, bis auf drei Schritte an Caspar heran. Kleine Tröpfchen, entweder Badewasser oder Schweiß, füllten die Rillen seiner sorgenzerfurchten Stirn.

»Linus kann das bestätigen«, antwortete Caspar und war sich im gleichen Atemzug bewusst, wie lächerlich das klingen musste. Genauso gut hätte er einen Blinden als Augenzeugen benennen können.

Raßfeld atmete tief aus.

»Okay, passen Sie auf. Ich habe keine äußere Verletzung

feststellen können, trotzdem scheint Frau Dr. Dorn schwer traumatisiert zu sein. Ich will keine Zeit mit unnützen Untersuchungen verplempern. Also, wenn Sie etwas wissen – wenn Sie irgendetwas gesehen haben, dann *müssen* Sie es mir jetzt sofort sagen, oder …«

»Nein, nichts gesehen.« Caspar sprach schneller, als der Arzt sich schon wieder abwenden wollte, um in die Radiologie zu eilen.

»Aber ich habe etwas *gefunden*.«

Er öffnete die Hand und zeigte Raßfeld den Gegenstand, den er an sich genommen hatte, kurz bevor Bachmann ihn überwältigt hatte.

»Ich weiß nicht, ob es wichtig ist, aber das hier hat Sophia in der Hand gehalten.«

»O nein, bitte nicht.«

Raßfeld trat einen Schritt vor und griff fast widerwillig nach dem kleinen Zettel.

Er wirkte völlig harmlos, so wie eines dieser Papierstückchen, die Kinder zwischen einen Schnipsgummi spannen, um es durchs Klassenzimmer schießen zu können. Die geübten Finger des Psychiaters begannen zu zittern, als er das kleine, zweifach in der Mitte geknickte Notizblättchen entfaltete.

»Es ist die Wahrheit, obwohl der Name lügt«, las er flüsternd. Dann drehte er den Kopf nach oben und sah mit geschlossenen Augen an die Decke. In diesem Augenblick wurde Caspar das Ausmaß des Grauens bewusst. Vielleicht hatte Bachmanns Schwitzkasten die Erinnerung hervorgepresst. Womöglich war es auch dieser mysteriöse Satz, den Raßfeld gerade vorgelesen hatte und der ihn sowohl an die Rätselleidenschaft von Greta Kaminsky als auch an die Stimme des Nachrichtensprechers erinnerte.

Einen Hinweis könnten die kleinen Zettel geben, die man in den Händen aller drei Opfer fand, über deren Inhalt die Polizei sich aber in Schweigen hüllt.

»Der Seelenbrecher«, sprach Raßfeld den Gedanken aus, der gerade in Caspars Kopf herumbrüllte. Der Chefarzt warf einen kurzen Blick zu dem nun geschlossenen Fenster.

»Sie wissen, was Sie jetzt zu tun haben?«

Bachmann nickte langsam.

»Das Schott.«

»Ich fürchte, uns bleibt keine andere Wahl.« Der Chefarzt wischte sich erneut die faltige Stirn ab, und diesmal war es eindeutig Schweiß, der an seinem Kittel hängenblieb.

»Wir müssen es sofort herunterlassen.«

00.41 Uhr

Zum zweiten Mal innerhalb weniger Stunden stand Caspar in der Pförtnerkabine und starrte auf Bachmanns Schreibtisch.

Doch diesmal war er barfuß, und der umgekippte Krankenwagen lag mittlerweile unter einer armdicken Schneedecke begraben, die dank des Restlichtverstärkers grünlich schimmernd von den Überwachungskameras eingefangen wurde.

»Frohes Fest«, grunzte der Hausmeister.

Seine Aufmerksamkeit galt einem grauen Sicherungskasten an der Wand, der erst sichtbar geworden war, nachdem die schwere Tanne davor zur Seite gerückt worden war.

»Das Schott? Was hat Raßfeld damit gemeint?«, fragte Caspar zum wiederholten Mal, seitdem der Chefarzt ihm befohlen hatte, dem Hausmeister nicht von der Seite zu weichen. Bachmann grunzte und war überraschenderweise zu einer Auskunft bereit.

»Das Schott ist eine Sicherheitsvorkehrung. Weltweit gibt es sie nur in drei Anstalten; die Teufelsbergklinik ist die einzige in Deutschland. Hier, sehen Sie das Ding da?« Er hatte schnaufend die Plastikverkleidung des Kastens gelöst und eine Vielzahl identischer Kippschalter freigelegt. Jetzt zog er den fülligen Bauch ein, damit Caspar den grünen Hebel erkennen konnte, der als einziger aus der Reihe fiel. »GINA« hatte jemand in Großbuchstaben mit schwarzem Filzstift auf die Metallfläche daruntergeschrieben.

»Ein Ruck, und GINA verriegelt automatisch alle Ausgänge. Zwei Dutzend Massivrollläden fahren vor sämtlichen Fenstern und Eingängen herunter.«

Caspar erinnerte sich an die dicken Jalousien, unter denen er hatte hindurchkriechen müssen, als er Linus auf den Balkon folgen wollte.

»Gina?«, fragte er.

»Der Name meiner Frau«, sagte Bachmann. »Wenn's Ärger gibt, macht die auch die Schotten dicht.« Er lachte gezwungen.
»Aber wozu soll das gut sein?«, fragte Caspar.
»Um gefährliche Patienten oder Selbstmordkandidaten an der Flucht zu hindern. Ist natürlich noch nie vorgekommen. Aber wir lassen jeden Neuzugang unterschreiben, dass wir ihn im Falle des Falles einsperren dürfen.«
Caspar überlegte, ob das bei ihm auch der Fall gewesen war, und stützte sich mit einer Hand auf dem Schreibtisch ab. Unter seinen Fingerspitzen spürte er eine leise Vibration.
»Schön, aber Bruck ist doch bereits geflohen. Wir können es also nicht mehr verhindern, wenn er es bis zur nächsten Siedlung schafft und sich dort ein neues Opfer sucht.«
»Darum geht es doch gar nicht.« Bachmanns Schmerbauch wölbte sich wieder unter seinem Blaumann nach vorne und nahm Caspar erneut die Sicht auf den Sicherungskasten.
»Sondern?«
»Sie haben doch von dem Seelenbrecher gehört?«
Caspar nickte vorsichtig.
Ich kenne ihn vielleicht sogar persönlich, dachte er und entschied im gleichen Atemzug, dieses Wissen besser für sich zu behalten. Zumindest so lange, bis er herausgefunden hatte, welchen Grund es dafür geben konnte, dass Brucks Bild ihn bereits in seinen Träumen heimgesucht hatte.

»Der Professor ist von der Polizei zu Rate gezogen worden. Als psychiatrischer Experte. Er hat die Opfer untersucht. Auch die Frau, die heute gestorben ist. Er weiß also von uns allen am besten, wozu der Seelenbrecher fähig ist. Und genau aus diesem Grund soll ich das Schott runterlassen. Raßfeld will ihn nicht einsperren. Er will verhindern, dass der Irre wieder zurückkommt. Zu uns!«
Caspar räusperte sich. In dem gleichen Maße, wie er durch Bachmanns Worte beunruhigt wurde, schien auch die Intensität der Vibrationen um ihn herum zuzunehmen. Der Hausmeister trat einen Schritt vom Sicherungskasten weg, und jetzt sah Caspar, dass der grüne Hebel bereits umgelegt war.
»Hilfe!«
Der Frauenschrei gellte durch den Eingangsbereich. Erst beim zweiten Hilferuf erkannte Caspar die Stimme der jungen Krankenschwester. Yasmin rannte durch die Eingangshalle direkt auf sie zu.
»Was ist denn?«, fragte Bachmann erschrocken.
Im gedimmten Licht der Deckenfluter wirkte Yasmin wegen ihres rotgefärbten Ponys, als wäre ihre Stirn in Blut getaucht.
»Der Professor«, keuchte sie atemlos. »Raßfeld ist weg.«
»Weg?«
»Ja. Die Stöpsel waren aus, und Raßfeld hat mich losgeschickt, um neue aus dem Lager zu holen.«
Sie öffnete ihre rechte Hand und zeigte ihnen zwei gelbe Schaumstoffpfropfen, die offensichtlich dafür gedacht

waren, Sophias Ohren vor dem Lärm der Kernspinuntersuchung zu schützen.
»Als ich zurückkam, war er verschwunden.«
»Verdammt.« Bachmann trat einen Schritt zur Seite, bückte sich und riss die mittlere von drei Schreibtischschubladen auf. Etwas, das wie eine zu groß geratene, durchsichtige Spielzeugpistole aussah, erschien in seiner Hand.
»Verdammt«, stöhnte der Hausmeister nochmals, und dann rannte er los.
Caspar folgte ihm, und während sie durch die Eingangshalle hetzten, veränderte sich das Licht um sie herum. Es schien heller zu werden, doch in Wahrheit wurde die Dunkelheit von draußen ausgeschlossen. Die Strahlen der Deckenleuchten wurden plötzlich stärker reflektiert, weil sie auf einen Widerstand trafen, der sich langsam vor die großen Panoramafenster im Eingangsbereich schob. Und vor alle anderen Fenster der Teufelsbergklinik auch.
Das Schott.
Es war gerade zur Hälfte heruntergefahren, als Sophia im Keller zu schreien begann.

00.43 Uhr

Die gequälten, sich panisch überschlagenden Laute waren kaum erträglich. Noch grausamer aber war die Stille, die mitten im Höhepunkt eines Schreis so unvermittelt einsetzte, als hätte jemand Sophias Stimmbänder mit einer Schere zerschnitten.

Sie rannten nach unten. Bachmann voran, Caspar dicht hinter ihm. Seine nackten Füße klatschten auf die wuchtigen Steinstufen, die zu dem ersten Untergeschoss im Souterrain der Villa führten.

»Hallo?« Yasmin war oben stehengeblieben, doch ihr ängstliches Rufen überholte sie und erzeugte ein Echo in dem schmalen Gang, der sich am Fuß der Treppe vor ihnen zu beiden Seiten erstreckte. An seinen jeweiligen Enden wurde der schlauchartige Flur durch die Glastüren zweier Notausgänge begrenzt, hinter denen sich das Schott gerade die letzten Millimeter nach unten fraß.

Dann knackte es, die Lamellen fächerten noch einmal in die Gegenrichtung, bis die Jalousien endgültig jeden Blick durch die Scheiben versperrten.

»O nein!« Bachmann deutete auf eine blutige Fußspur am Boden. Sie rannten nach rechts, den Gang hinunter, auf die vorletzte Tür zu, über der ein schwarzgelbes Leuchtschild hing: »Röntgen – Kein Zutritt.«

Bachmanns schwere Arbeiterstiefel knallten gegen die metallbeschlagene Holztür, und er warf sich regelrecht in den Technikraum der Neuroradiologie. Caspar folgte ihm.

»Wo sind sie?«

Raßfeld, Sophia!

Ihre hektischen Blicke trafen sich für einen Moment, als sie sich unabhängig voneinander mit suchenden Augen um ihre eigene Achse drehten. Hier war niemand. Nichts,

außer der großen Glasscheibe, in der sich ihre müden Gesichter widerspiegelten. Die Scheibe!
Der Hausmeister ging zur Wand und wischte einmal mit seiner Hand über alle Lichtschalter. Ihre Spiegelbilder verschwanden und gaben die Sicht auf das frei, was hinter dem Glas im Dunkeln gelegen hatte.
Die Beine. Die rotierenden Füße.
»Ist sie das?«, fragte Caspar überflüssigerweise. Sophias schöner Körper zuckte in der Röhre des Kernspintomographen, als stünde sie in unsichtbarem Kontakt mit einer Starkstromleitung.
Caspar folgte dem Hausmeister, der wieder vorgeprescht war.
Sie beide mussten sich zwingen, den Blick nicht abzuwenden.
Die zerbrechlich wirkenden Gliedmaßen der Ärztin waren auf einem beweglichen Trageschlitten fixiert.
Bachmann zog Sophia aus der Röhre und sah, dass sich infolge der spastischen Zuckungen bereits ein Armband gelockert hatte. Jetzt wollte er auch die Klettverschlüsse lösen, mit denen Raßfeld für die Untersuchung die Manschetten an den Beinen befestigt hatte. Doch nachdem ihr linker Fuß befreit war, schlug dieser noch unkontrollierter aus. So wild, dass Caspar den Lufthauch zu spüren glaubte. Gleichzeitig begann sie zu wimmern, und ein Geruch alter Kupfermünzen lag in der Luft. Caspar ahnte, was er als Nächstes sehen würde, wenn er nach unten blickte. Seine Vermutungen bestätigten sich.
»Hier ist auch Blut.«

»Was?«

»Hier.«

Er deutete vor sich auf den Boden. Mehrere dicke Tropfen führten aus dem Kernspinraum hinaus. Zwei davon waren verwischt, als wäre jemand mit dem nackten Fuß hineingetreten.

»Okay, ich bleib bei ihr.« Bachmann tropfte der Schweiß von seinem quadratischen Schädel. »Such du Raßfeld und Linus. Und hol mir die anderen. Yasmin, den Pfleger, meinetwegen die Köchin. Wir brauchen jetzt jede ...« Er stockte.

»Was hast du?«

»Hörst du das?« Caspar neigte den Kopf zur Seite.

Was ist das?

Ein neues Geräusch überlagerte Sophias Zuckungen. In Caspars Ohren klang es, als spanne unmittelbar über ihren Köpfen ein Riese eine Drahtschlinge.

»Ist das etwa der ...?« Caspar wartete den Rest von Bachmanns Frage nicht mehr ab. Er rannte aus dem Zimmer in den Gang zurück, und das Knacken wurde lauter, je näher er der breiten Aluminiumtür kam.

Tatsächlich. Der Aufzug.

Caspar blieb vor dem Fahrstuhl stehen und beobachtete die elektronische Stockwerkanzeige. Irgendjemand fuhr gerade aus dem Keller nach oben.

00.47 Uhr

Das Seitenstechen setzte auf dem Treppenabsatz zwischen erstem und zweitem Stock ein. Trotzdem zwang er sich zum Durchhalten.

Der Lift zog sich mit Tai-Chi-hafter Langsamkeit im Schacht nach oben, doch der Kasten würde dennoch vor ihm ankommen, wenn Caspar jetzt nicht zum Endspurt ansetzte. Er biss die Zähne zusammen und nahm zwei Stufen auf einmal.

Pling.

Caspar wirbelte in der zweiten Etage aus dem Treppenhaus um die Ecke, als die helle Glocke über der Fahrstuhltür anschlug.

Geschafft. Die Freude über den knapp gewonnenen Wettlauf wich der Angst. Denn in dem Moment, als sich der Schlitz zwischen den beiden Aluminiumtüren vor seinen Augen mit Licht füllte, wurde ihm bewusst, dass er dem Seelenbrecher in wenigen Sekunden waffenlos entgegentreten würde.

Es ruckelte ein letztes Mal. Die Türen öffneten sich. Stück für Stück gaben sie die Sicht auf den großen Spiegel an der Rückseite der Kabine frei. Caspar unterdrückte seine Fluchtreflexe, hob seine Arme abwehrend vor das Gesicht und erkannte …

»Was suchst du denn hier?«

Nichts!

Er schnellte so hastig herum, dass die meisten Menschen instinktiv einen Schritt vor ihm zurückgewichen wären.

Doch Tom Schadeck blieb ungerührt stehen und blinzelte noch nicht einmal.
»Raus mit der Sprache, was suchst du hier?«
Der Sanitäter musste sich umgezogen haben. Als er vorhin Sophia im Rollstuhl nach draußen geschoben hatte, hatte er noch im Bademantel gesteckt. Jetzt trug er wieder eine weiße Jeans und den Rollkragenpulli vom Vortag. Seine Haare wirkten frisch gegelt.
»Das Gleiche könnte ich dich fragen«, antwortete Caspar. »Warst du das gerade mit dem Fahrstuhl?«
»Hä?« Der Sanitäter sah an Caspar vorbei in die leere Kabine.
»Ich meine, bist du ...« Caspar suchte nach den richtigen Worten und merkte dabei selbst, wie idiotisch er sich anhören musste. Noch dazu in seinem Aufzug. Barfuß, unrasiert und lediglich mit einer mintgrünen Pyjamahose und einem verwaschenen T-Shirt bekleidet, gab er hier auf dem Flur das Vorzeigebeispiel eines Durchgedrehten ab, der bei der Pillenausgabe am Abend übersehen worden war.
»Egal, ich erklär's dir später. Jetzt müssen wir erst mal Raßfeld finden.«
»Raßfeld?«
»Ja, er ist verschwunden.«
Caspar fröstelte.
Er sah auf seine bloßen Füße, deren Sohlen er kaum noch spürte, und erkannte seinen Irrtum. Er fror nicht wegen seiner dünnen Schlafsachen. Hier in der Teufelsbergklinik wurde gut geheizt. Er fror wegen des Luftzugs,

der wie in einem eisigen Windkanal seine Knöchel umströmte.
»Und was soll das jetzt werden?«
Caspar sah nach unten und vergaß zu antworten.
Die Blutflecke auf dem gewienerten Linoleum nahmen wieder seine ganze Aufmerksamkeit in Anspruch.
»Hey, ich rede mit dir, du Psycho.«
Er ließ Tom am Fahrstuhl stehen und folgte den rostfarbenen Spuren den Gang hinunter, der nach zwanzig großen Schritten einen Knick nach rechts machte.
Während die wütende Stimme des Pflegers hinter ihm immer leiser wurde, nahm die Kälte zu, als er um die Ecke bog. Gleichzeitig hörte er wieder ein Knacken. Doch diesmal hatte es keinen metallischen Beiklang, sondern einen knöchernen. Und dann sah er es.
Bei der Notausgangstür im hintersten Teil des Flurs war das Schott noch nicht völlig geschlossen. Wie eine Fliege, die alle zwei Sekunden vergisst, dass sie schon zum hundertsten Mal gegen die Scheibe geflogen ist, wiederholte die Jalousie ihre vergeblichen Versuche, doch ein dünner Metallstab hinderte sie daran, die letzten zwei Zentimeter vor der zerschlagenen Glasscheibe der Tür nach unten zu fahren.
Caspar drehte sich um, wollte nach Tom rufen, was sich aber als überflüssig herausstellte, da dieser bereits hinter ihm stand. Gemeinsam mit Bachmann, der ebenfalls die Treppe zu ihnen heraufgerannt sein musste.
Was ist mit Sophia?, wollte Caspar wissen, aber der Hausmeister kam ihm mit seiner Frage zuvor.

»Haben Sie Raßfeld gefunden?«

»Nein, aber seht mal.«

Caspar deutete auf den Eisenstab, mit dem sich das Außenrollo verkeilt hatte. »Damit hat er wohl das Fenster eingeschlagen.«

»Und sich an den Scherben verletzt.«

Schadeck kniete sich auf den Fußboden und tastete prüfend nach einem der zahlreichen Blutstropfen, die sich auch hier wieder fanden.

»Scheiße.« Der Rettungsfahrer sprach aus, was alle dachten.

Form und Verlauf der Kleckse ließen nur einen Schluss zu.

Der Seelenbrecher war aus seinem Zimmer gesprungen und schon ein Stockwerk tiefer auf einem Balkon gelandet. Er hatte die Scheibe dieser Notausgangstür hier eingeschlagen und mit einem Eisenstab das Rollo verkeilt, bevor es ganz nach unten fahren konnte. Nachdem er in die Klinik zurückgekrochen war, hatte er den Stab weggetreten, und das Rollo war bis auf die letzten zwei Zentimeter nach unten gefahren.

»Soll das etwa heißen, wir ...?«

»Ja«, beantwortete Caspar die unvollendete Frage Bachmanns.

»Dann fahr es wieder hoch! Sofort!«, forderte Tom und zeigte auf das Schott. Zuvor hatte er vergeblich versucht, die Jalousie mit der Stange nach oben zu biegen.

»Nein.« Der Hausmeister schüttelte den Kopf.

»Wie nein? Siehst du es denn nicht? Das Blut führt vom

Fenster weg. Wir haben den Seelenbrecher nicht aus-, sondern eingesperrt.«

Hier. Mit uns.

»Nein«, wiederholte Bachmann erneut und sah jetzt so resigniert aus, wie er klang.

»Das ist unmöglich.« Er atmete schwer aus. »Ich kann das Schott nicht einfach so wieder hochfahren.«

01.12 Uhr – Zwei Stunden und sechsundzwanzig Minuten vor der Angst

Caspar wusste, dass die Schneekristalle, die der Sturm in diesem Augenblick von außen gegen die verbarrikadierten Fenster der Teufelsbergklinik wirbelte, eine lange Reise hinter sich hatten. Hoch oben, in der minus fünfzig Grad eisigen Kälte, waren winzige Wassertröpfchen an einem Staubpartikel festgefroren. Bei ihrem Fall durch die Wolken waren die Teilchen anfangs nur einen Zehntelmillimeter groß, und deshalb reichte ihre winzige Oberfläche nicht aus, damit die Reibungswärme des Falls sie zum Schmelzen bringen konnte. Erst in dreitausend Meter Höhe, als sie eine Luftschicht von minus fünfzehn Grad passierten und immer mehr Wasserdampf um den Kondensationskern gefroren war, erhielten sie ihre typische Sternform. Caspar wusste auch, dass die sechs Zacken jedes einzelnen Sterns identisch waren. Trotz der Turbulenzen, trotz der unterschiedlichen Aufprallwinkel der Winde, die beim Fallen an ihnen gezerrt hatten. Und dennoch war noch niemals seit Anbeginn der Menschheit jemals ein Schneekristall doppelt zu Boden gefallen. Jeder einzelne war unterschiedlich. Ein Wunder der Natur, das bereits Aristoteles beschäftigt hatte. An all diese nutzlosen Fakten konnte Caspar sich erinnern. Seine Herkunft hingegen blieb ihm ein Mysterium. Wie war er in diese Villa gelangt? Weshalb kannte er den Mann, der eben versucht hatte, Sophia zu töten? Und wen hatte er mit dem Versprechen, Hilfe zu holen, da draußen alleine zurückgelassen? Caspar spürte ein Ziehen in der Brust, als ihm bewusst wurde, dass nun die äußere Situation zum Spiegelbild seiner inneren Situation geworden war. Ein Schott verhinderte, dass er aus seinem Gefängnis ausbrechen und seine namenlose Tochter suchen konnte.

»Also ich weiß nicht, wie's euch geht.«

Caspar versuchte sich auf die Ansprache des Hausmeisters zu konzentrieren, der einen bemüht lockeren Ton anschlug.

»So früh auf den Beinen an Weihnachten war ich das letzte Mal, als ich mir von meinen Eltern eine Carrera-Bahn gewünscht hatte.« Bachmanns Absicht, die unerträgliche Anspannung mit einem Scherz zu lösen, schlug fehl. Niemand lachte. Im Gegenteil. Acht misstrauische Augenpaare starrten ihn an. Während Schadeck ihn abfällig musterte, rechnete Caspar bei der Köchin jeden Augenblick mit einem Heulkrampf. Auch Yasmin hatte ihre sonst übliche Teilnahmslosigkeit abgelegt und kratzte sich nervös über die Pulsadern am Handgelenk.

»Lass den Mist, Bachi, und sag uns einfach, was der Plan ist«, forderte die Krankenschwester.

»Ganz ruhig, Yasmin. Hier in der Bibliothek sind wir fürs Erste sicher.«

Bachmann zog eine rahmenlose Lesebrille aus der Vordertasche seines Overalls und setzte sie sich auf die grobporige Nase. Vermutlich dachte er, ein etwas intellektuellerer Gesamteindruck würde seine Fähigkeiten als Krisenmanager unterstreichen. Tatsächlich wirkte die Brille auf seinem rasierten Schädel so fehl am Platz wie eine Ampel in der Wüste. Und sie lenkte auch nicht von der ängstlichen Nervosität des Hausmeisters ab. Um das Zittern seiner Finger in den Griff zu bekommen, grub er die schwitzenden Hände noch fester um die Plastikgriffe von Sophias Rollstuhl und schob sie wenige Zentimeter vor.

»Die Bibliothek ist mit einer schweren Eichenholztür gesichert. Da kommt so leicht niemand durch. Also kein Grund zur Panik.«

»Kein Grund zur Panik?«, äffte ihn die Krankenschwester nach und lachte dann spöttisch. »Frau Dr. Dorn liegt im Wachkoma, Raßfeld ist verschwunden, und ich musste die Patienten oben in ihren Zimmern einschließen, weil ein Psychopath blutend durch die Klinik tobt. Nennt mich Drama-Queen, aber wenn das kein Grund zur Aufregung ist, dann frage ich mich, warum wir uns hier alle verbarrikadiert haben?«

Yasmins wütende Blicke tasteten wie unsichtbare Strahlen einer Infrarotalarmanlage ihre Umgebung ab. Der Raum, in dem sie sich versammelt hatten, war als Speisesaal der Klinik vorgesehen. Tatsächlich nahmen alle Patienten, die dazu in der Lage waren, hier im Erdgeschoss ihre Mahlzeiten ein. Doch mit den meterhohen, gutgefüllten Leiterregalen, die bis unter die hohe Decke reichten, wirkte der Saal eher wie der Zigarrenraum eines englischen Herrenclubs, weshalb er von allen nur »die Bibliothek« genannt wurde. In jeder Ecke boten sich Verweilmöglichkeiten, in denen man es sich wahlweise auf einer gepolsterten Couch, weinroten Lederclubsesseln oder auf cremefarbenen Hussenstühlen gemütlich machen konnte, wobei die Mehrzahl der Patienten und Besucher die gestreiften Ohrensessel vor dem offenen Kamin bevorzugte. Im Moment standen alle vor einer Massivholztafel, die so lang gestreckt war, dass man an ihr gut und gerne die Szenerie des Abendmahls hätte nachstellen können.

»Was für ein blutender Psychopath?«, meldete sich die Köchin zu Wort. Sybille Patzwalk hatte eine Schlaftablette genommen und die tumultartigen Ereignisse verschlafen. Bislang hatte ihr noch niemand erklärt, weshalb sie mitten in der Nacht aus dem Bett gerissen worden war und dann ungeschminkt im Nachthemd in die Bibliothek rennen musste. Und auch jetzt wurde sie wieder ignoriert, als Schadeck das Gespräch an sich riss: »Ich versteh das immer noch nicht. Warum ziehen wir die Schotten nicht einfach wieder hoch und holen Hilfe?«

Tom stapfte in seinen schweren Schuhen zum Kopfende des Zimmers. An wärmeren Tagen standen die gläsernen Flügeltüren zum Garten offen. Jetzt versperrten die mausgrauen Lamellen des Schotts die Sicht auf die verschneite Parkanlage.

Bachmann räusperte sich und tastete unbewusst nach der Gaspistole in seiner Hosentasche, mit der er sich vorhin in seinem Büro bewaffnet hatte. Sie war zwar nur mit 9-Millimeter-Schreckschussmunition geladen, aber der Hausmeister hatte versichert, dass sie, aus nächster Nähe abgefeuert, schwerste, wenn nicht sogar tödliche Verletzungen herbeiführen würde.

»Ich kenne den Code nicht.«

»Was? Ich dachte, du musstest nur einen Hebel umlegen?«

Caspar fiel erst jetzt auf, dass Tom offenbar jeden duzte, mit dem er sich unterhielt.

»Ja. Runter soll es schnell gehen, um zu verhindern, dass zum Beispiel ein Selbstmordkandidat ausbricht. Aber wieder hoch ist etwas anderes. Der Patient soll sich ja nicht selbst befreien können, bevor wir ihn ruhiggestellt haben. Daher muss das Schott mit einem Code deaktiviert werden.«

»Und den hast du nicht? Das muss doch gegen jede Brandschutzbestimmung verstoßen!«

Schadeck starrte den Hausmeister entgeistert an.

»Natürlich gibt es einen Notfallplan. Aus Sicherheitsgründen müssen sogar immer zwei Ärzte pro Schicht die aktuelle Kombination wissen. Nur …« Bachmann räusperte sich erneut.

»Der eine ist verschwunden, und die andere ist nicht mehr ansprechbar.«

Caspar sah auf Sophia hinab, deren Kopf etwas zur Seite gerutscht war. Sie schien in einen ewigen, traumlosen Schlaf versunken.

»Aber selbst wenn sie wieder aufwacht? Was soll der Code uns bringen?«, fragte Bachmann. »Da draußen tobt ein Jahrhundertsturm.«

»Das heißt, wir sitzen hier fest?«, fragte Yasmin.

»Nur für sechs Stunden. Dann kommt die Frühschicht. Die Kollegen werden Hilfe holen, wenn sie merken, dass hier drinnen was nicht stimmt.«

»Ganz schlechter Plan«, sagte Schadeck und schüttelte energisch den Kopf. »Wir sollten besser rausgehen und uns den Irren vorknöpfen. Immerhin hat er euren Chef in seiner Gewalt.«

»Und Linus«, ergänzte Yasmin.

»Linus?«, fragte Caspar.

Bei dem Gedanken an den Musiker beschlich ihn das unbestimmte Gefühl, dass er noch etwas ganz anderes vermisste.

»Ja, er ist nicht auf seinem Zimmer gewesen, als ich ihn einschließen wollte. Anders als Greta. Die Glückliche hat schon geschlafen.«

Yasmin warf Caspar einen wütenden Blick zu, wie um ihn nochmals daran zu erinnern, dass sie ganz und gar nicht mit seiner Anwesenheit hier unten einverstanden war. Er hatte sich geweigert, alleine auf seinem Zimmer zu bleiben, und schließlich hatte Bachmann ihm den Anschluss an die Gruppe gestattet. Vermutlich, weil er einen männlichen Gegenpol zu Schadeck brauchte, wenn er in dieser Nacht die Rolle des Wortführers behalten wollte.

»Also schön. Raßfeld und Linus sind verschwunden«, sagte Bachmann. »Aber wenn wir sie jetzt suchen, machen wir uns zur Zielscheibe des Seelenbrechers.«

»Der Seelenbrecher?«, keuchte die Köchin.

Sie verschränkte fröstelnd die Arme über dem gewaltigen Busen, der sich unter ihrem Nachthemd abzeichnete.

Trotz ihrer wiederholten Nachfragen machte sie nicht den Eindruck, als ob sie über das Grauen in dieser Klinik wirklich aufgeklärt werden wollte. Caspar spürte die Überwindung, die es sie schon kostete, Sophia im Rollstuhl anzusehen.

»Soll das etwa heißen ...?«

»Ja, leider.«

Bachmann hob die Schultern und atmete schwer ein. Dann griff er sich wahllos eine Zeitung von dem schweren Couchtisch vor dem weihnachtlich geschmückten Kamin. Er musste nicht lange blättern.

»Hier: Drei Frauen. Alle jung, gutaussehend und mitten im Leben stehend.«

So wie Sophia, ergänzte Caspar in Gedanken, als er sich wie die anderen über den Esstisch beugte und die Fotos der Opfer betrachtete.

»Alle werden nacheinander entführt und tauchen nur wenige Tage später wie aus dem Nichts wieder auf. Ohne erkennbare Verletzungen. Aber innerlich vollkommen zerstört. Keiner weiß, was der Täter mit den Frauen anstellt, welcher seelischen Folter er sie aussetzt. Aber jetzt schaut euch diese Aufnahme einmal an.«

Er tippte auf ein ausgeblichenes Schwarzweißfoto, das mit Vanessa Strassmann unterschrieben war. Das erste Opfer, heute verstorben.

»Der gleiche apathische Ausdruck wie bei Frau Dr. Dorn.«

»Das soll Bruck getan haben? Nie im Leben.«

Alle Augen richteten sich auf Schadeck, der jetzt mit sei-

nem Hintern am Esstisch lehnte und die Füße übereinanderschlug. Wenn ihn die Ereignisse beunruhigt hatten, konnte er das blendend überspielen. Um seine dünnen Lippen spielte sogar der Anflug eines Lächelns.
»Wieso nicht?« Bachmann hustete nervös in seine Faust.
»Bruck lag in einer Wodkalache neben seinem Bett, als ich im Motel ankam. Das ist ein Alki. Ein Penner. Der Manager wollte ihn noch vor den Feiertagen aus seinem Etablissement entsorgen. Nicht unüblich. Vor Weihnachten sind wir so was wie die menschliche Müllabfuhr.«
Das Lächeln um Schadecks Lippen wurde breiter, doch der Hausmeister schüttelte den Kopf.
»Das passt nicht zusammen. Professor Raßfeld hat von ihm als Dr. Jonathan Bruck gesprochen, und auch Frau Dr. Dorn schien ihn zu kennen.«
»Na, da haben die beiden aber hübsche Kollegen«, höhnte Schadeck.
»Zugegeben, ich verstehe das auch alles nicht. Was hatte Bruck betrunken in diesem Motel zu suchen? Wieso hat er sich ein Messer in den Hals gerammt? Weshalb ist er erst geflüchtet und dann wiedergekommen?« Der Hausmeister malte mit seinem fleischigen Zeigefinger ein Fragezeichen in die Luft. »Ich weiß es nicht. Aber in einem Punkt bin ich mir sehr sicher: Frau Dr. Dorn ist das vierte Opfer des Seelenbrechers.«
Caspar wusste, was jetzt kam. Auch wenn es niemand hören wollte – Bachmann würde seinen Anklagevortrag mit einem überzeugenden Beweisstück schließen.

»Bei allen Frauen hat man einen Zettel gefunden.«
Er griff in seine Hosentasche. »So einen wie diesen hier.«
Der Hausmeister reichte ihn an Schadeck weiter.
»Es ist die Wahrheit, obwohl der Name lügt«, las er vor.
»Ja. Ein Rätsel.«
»Er ist Sophia vorhin aus der Hand gefallen, als ich sie in der Badewanne gefunden habe«, ergänzte Caspar.
»O mein Gott!« Sybille versagte die Stimme. Vermutlich hatte sie die gleiche Sondersendung gesehen wie Caspar gestern Nachmittag in Gretas Zimmer. Sie wischte sich die Tränen ab, die ihre rotgeäderten Wangen herunterliefen, und kniete sich zu Caspars Erstaunen direkt vor den Rollstuhl.
»Das arme Kind«, schluchzte sie und nahm Sophias reglose Hand. »Ausgerechnet sie. Warum nur? Warum?«
»Ja. Was will er von uns?«, fragte Yasmin.
»Von uns gar nichts.« Caspar zog mit seinen geflüsterten Worten schlagartig die gesamte Aufmerksamkeit auf sich. Er klopfte mit zwei Fingern auf die Zeitung, die immer noch aufgeschlagen vor ihnen auf dem Esstisch lag, und räusperte sich.
»Hier steht, die bisherigen Opfer reagieren nur noch auf extreme äußere Reize. Zeigen keinerlei Reaktionen. Sind völlig stumm. Bei Frau Dr. Dorn ist das anders. Sie hat vorhin gezittert. Wir haben sie sogar schreien gehört. Auf jeden Fall hat Raßfeld noch einen Pupillenreflex festgestellt, was nach dieser Meldung bei allen anderen Frauen stark eingeschränkt war.«
»Also ist es ja vielleicht gar nicht der Seelenbrecher, son-

dern alles nur ein Unfall?«, wollte Sybille wieder Hoffnung schöpfen.

»Nein, das bedeutet nur, dass der Seelenbrecher noch nicht fertig ist. Linus hat ihn gestört. Ich denke, er will uns aus dem Weg räumen, um endlich wieder mit Sophia alleine zu sein. Deshalb ist er zurückgekommen. Um das zu Ende zu führen, was er begonnen hat. Was immer es auch sein mag.«

Caspar wunderte sich, dass er überhaupt die Kraft hatte, mit ruhiger Stimme diesen schrecklichen Verdacht auszusprechen. Denn wenn er recht behielt und es ihnen heute Nacht nicht gelingen würde, Sophia vor dem Seelenbrecher zu beschützen, würde mit ihr viel mehr als nur der Code für das Gefängnis untergehen, in dem sie sich selbst eingesperrt hatten. Er würde niemals erfahren, was sie über seine Identität herausgefunden hatte. Und über seine Tochter.

Ich muss mich erst noch vergewissern.

Als ob Sophia seinen furchteinflößenden Gedanken Beifall spenden wollte, klapperten plötzlich die Metallteile ihres Rollstuhls unter ihrem heftig zuckenden Körper. Und dann mischte sich noch etwas viel Erschütternderes in den unheimlichen Applaus: Sie öffnete den Mund und begann zu sprechen.

01.22 Uhr

Nopor. Nur ein einziges Wort. So kurz wie unverständlich. Vielleicht hatte sie auch *Schopor* oder *Ropor* gesagt. Er hatte es nicht verstanden, und auch der Rest der unfreiwilligen Schicksalsgemeinschaft sah ratlos in die Runde. Caspar kniete sich vor sie hin und berührte sanft Sophias Wange. Sie erwiderte die vorsichtige Kontaktaufnahme, indem sie ihr Kinn gegen seinen Handballen presste. Dann öffnete sie ihre ausgetrockneten Lippen, die über den Schneidezähnen etwas eingerissen waren.

»Frau Dr. Dorn?«

Caspars Stimme schien zum ersten Mal zu ihr durchzudringen. Trotzdem war er sich nicht sicher, ob das ein Anlass zur Freude war. Bei Komapatienten galt jede Reaktion als ein Meilenstein auf dem Weg zur Genesung. Was aber, wenn es nur ein kurzes Aufbäumen, ein letztes Aufflackern ihrer Lebensgeister war?

»Können Sie mich hören?«, fragte er leise.

Unter Sophias geschlossenen Lidern krochen die Augäpfel wie Käfer unter einem Spannbettlaken von einer Seite zur anderen.

Bachmann trat mit sorgenvoller Miene neben ihn.

»Ihr ist kalt«, stellte Caspar fest.

Irgendjemand, vermutlich Yasmin, hatte Sophias Dienstkittel geholt und ihr über das dünne Nachthemd gezogen. Trotzdem zitterte sie. Der Hausmeister nickte stumm und trat wieder zur Seite.

»Hast du verstanden, was sie uns sagen wollte?«, fragte

Schadeck unmittelbar neben seinem Ohr. Caspar hatte nicht bemerkt, dass der Sanitäter auf einmal neben ihm kniete.

»Nein, es war …« Er zuckte zusammen und hätte beinahe das Gleichgewicht verloren.

Sophia hatte ihm unvermittelt den Kopf zugewandt, wie ein Gast an der Bar, der die ganze Zeit nur in sein eigenes Glas gestarrt hat und sich plötzlich einen Ruck gibt, um ein Gespräch mit seinem Thekennachbarn anzufangen.

Was will sie mir sagen?

Caspar kniff die Brauen zusammen, während er Sophias Augen fixierte, die zum ersten Mal seit dem Zwischenfall in Brucks Zimmer einen Fokus besaßen: ihn. Nach der bisherigen Leere hatte ihr Blick nun eine Intensität, als wolle sie damit Nägel in die Wand treiben.

»Sophia?«, fragte Caspar nochmals leise. Tom imitierte mit seiner Hand einen Scheibenwischer zwischen ihren Gesichtern, um auf sich aufmerksam zu machen.

»Schb … nnnhn … schhhtopoohr …«, krächzte die Ärztin kehlig. Es blieb genauso unverständlich wie zuvor.

Caspar beschlich für einen Moment das unwirkliche Gefühl, die mysteriösen Laute aus Sophias Mund lösten sich direkt vor seinem Gesicht in Rauch auf. Ein Rauch, der nach Birkenholz roch. Dann sah er die Reflexion der Flammen in ihren Pupillen. Bachmann hatte ein Feuer entfacht.

»Gute Idee.« Caspar stand auf, nickte dem Hausmeister dankbar zu und schob den Rollstuhl vor den offenen Kamin. Yasmin hatte eine braune Tagesdecke aufgetrieben, die sie behutsam um Sophias Schultern legte. Dabei summte sie leise eine traurige Melodie, die Caspar merkwürdig vertraut war. Er konnte den Song keiner bestimmten Band zuordnen, hätte den Text aber auswendig mitsingen können.

Yesterday I got so old
I felt like I could die
Yesterday I got so old
It made me want to cry

Auf Sophia schien das Lied eine beruhigende Wirkung zu haben. Sie schloss die Augen.
»Hoffentlich hat sie keine Schmerzen?«, fragte Yasmin und sang dann leise weiter.

Go on go on
Just walk away
Go on go on
Your choice is made

Die Szenerie wurde immer unwirklicher. Die singende Krankenschwester, das brennende Feuer, der mit Tannenzweigen und dunkelgrünen Christbaumkugeln geschmückte Kaminsims und die in Decken gehüllte Frau davor. Alles wirkte auf einmal unendlich friedvoll, und gerade das verstärkte bei Caspar das innere Gefühl der Bedrohung.

Er berührte vorsichtig mit den Fingerspitzen Sophias trockene Lippen.
»Sie dehydriert«, stellte er fest.
»Wir haben hier aber kein Wasser«, sagte die Köchin mit klarer Stimme. Ihre Tränen waren zumindest vorerst versiegt, und sie schien sich wieder im Griff zu haben. Vielleicht reagierte sie auch nur noch mechanisch, wie Menschen unter Schock nach einem Unfall.
»Wasser alleine würde auch nichts nützen. Sie ist kaum in der Lage, selbst zu trinken, sie braucht einen Tropf«, stellte Yasmin fest.
»Klingt vernünftig«, nickte Tom. »Am besten eine Elektrolytinfusion.«
»Ich weiß nicht.« Bachmann massierte sich sorgenvoll den kahlen Hinterkopf. »Ist das wirklich nötig?«
»Keine Ahnung. Schwer zu sagen, solange wir nicht wissen, was Bruck ihr angetan hat.« Caspar fühlte Sophias Stirn. »Eine physiologische Kochsalzlösung kann jedenfalls nicht schaden. Aber wenn sie unter einem toxischen Schock leidet, müsste sie dringend Kortison bekommen.«
»Nein, ich denke, wir sollten kein Risiko eingehen.« Bachmann rieb sich nervös die Augen unter seiner Brille. »Lasst uns vorerst hierbleiben und abwarten.«
»So ein Blödsinn«, sagte Schadeck laut. »Ich verkriech mich doch nicht wie eine feige Schwuchtel.«
Caspar registrierte, wie der Hausmeister kaum merklich zusammenzuckte, als habe dieses grobe Schimpfwort ihn persönlich beleidigt. Und womöglich tat es das sogar.

Die Lesebrille, der Versuch, sich gewählt auszudrücken, die unterschwelligen Andeutungen über seine problematische Ehe, das alles deutete auf einen Menschen, der nicht mit sich im Reinen war. Jemand, der sich womöglich selbst verleugnete.

Schadeck ging einen Schritt auf Bachmann zu.

»Pass auf, ich erzähl dir jetzt mal, was ich von meinem Vater gelernt habe. Der war Berufsboxer.«

»Ich ahne, was kommt«

»Abwarten. Mein Daddy hat nie einen Kampf verloren, weißt du, warum?«

»Nein, aber glauben Sie, das ist jetzt die richtige Zeit für Anekdoten?«

»Weil er sich immer nur schwächere Gegner ausgesucht hat«, ignorierte Schadeck die Gegenfrage.

»Meistens hat er gegen meine Mutter gekämpft.« Tom lächelte wie jemand, der kurz vor der Pointe noch einmal die Spannung erhöht. »Einmal, als ich zwölf war, hat er es übertrieben. Er fand, der Kartoffelbrei wäre nicht salzig genug. Also hat er über den Küchentisch gelangt und mit Mamas Kopf Armdrücken gespielt. Kawumm.« Schadeck machte die entsprechende Hebelbewegung mit seinem Arm.

»Ich dachte echt, meine Mutter würde nie wieder den Kopf heben, so laut hat es geknackt. Der Kartoffelbrei spritzte durch die gesamte Küche. Ich stand zwei Meter entfernt an der Spüle und hatte trotzdem noch gelbe Krümel im Haar.« Schadecks ironisches Grinsen war verschwunden.

»Doch dann sah Mama auf. Das Blut schoss ihr aus der Nase und tränkte den Rest des Kartoffelbreis. Ich weiß nicht, was in mehr Teile zerbrochen war. Der Teller oder ihr Kiefer. Mein Vater lachte nur und sagte, jetzt hätte sie es aber übertrieben. Jetzt wäre der Brei wirklich versalzen. Dann sollte ich mal wieder im Telefonbuch nach der Adresse eines Krankenhauses suchen, in dem wir noch nicht waren.« Schadeck sah in die Runde. »Ihr wisst schon, wegen der blöden Fragen, wenn die Ehefrau zweimal hintereinander einen Unfall hat.«

»Okay, das ist wirklich sehr schlimm«, warf Bachmann ein. »Aber was hat das bitte mit unserer Situation hier zu tun?«

»An diesem Abend habe ich mir geschworen, nie mehr untätig zu sein. Ich meine, wir waren zwar nur Kinder. Aber mit meiner Mutter zusammen waren wir zu viert. Und er war alleine. Versteht ihr?«

»Was haben Sie getan?«, fragte Sybille leise.

»Jeder hat seine dunklen Geheimnisse«, lächelte Schadeck spöttisch, den Blick auf einmal auf Caspar gerichtet.

»Schöne Geschichte«, sagte Bachmann. »Dennoch sollten wir bis morgen warten …«

Auf einmal sahen alle nervös zur Zimmerdecke, und der Hausmeister stockte.

»… bis morgen die Frühschicht … Verdammt, was ist das?«

Jetzt hörte Caspar es auch. Die scheppernden Geräusche drangen aus einem kleinen Plastikkasten an der Decke, den er bislang für einen Rauchmelder gehalten hatte. Das gluckernde Zischen war wegen seiner metallischen Nebengeräusche noch unverständlicher als Sophias klägliche Laute. Es klang, als ahme jemand eine Kaffeemaschine in ihren letzten Zügen nach.

»Woher kommt das?«, fragte Schadeck.

»Aus unserer Haussprechanlage. Wir haben einen Lautsprecher in jedem öffentlichen Raum.«

»Großer Gott, ist das etwa *der ...?*«, rief die Köchin, und Caspar nickte reflexartig. Natürlich war er das. Seine Stimmbänder waren verletzt. So musste sich jemand anhören, der sich die Stimmbänder mit einem Messer zerrissen hatte.

»Der Seelenbrecher spricht zu uns«, rief Yasmin mit immer lauter werdender Stimme.

»Pscht, jetzt haltet doch mal endlich euren Mund!« Schadeck fuchtelte ärgerlich mit der Hand, stieg auf einen der Hussenstühle und legte den Kopf schräg. »Da ist noch was anderes«, sagte er schließlich. Er sah auf die anderen hinab. »Im Hintergrund.«

Verdammt. Jetzt hör ich's auch, dachte Caspar, und Übelkeit stieg in ihm auf. Jetzt wusste er, wen er in der Aufregung vergessen hatte. Wessen gequälte Laute immer deutlicher durch die Haussprechanlage hallten.

Vorhin, als er ihm so nahe gesessen hatte, hatte er ihn nicht erkannt. Jetzt, da sein Bellen aus weiter Ferne und durch Lautsprecher verfremdet zu ihm drang, war er sich sicher. Er hatte diese gequälten Laute schon einmal gehört, doch damals waren sie nicht aus einem Lautsprecher, sondern aus einem zerbeulten Unfallauto am Rande eines Flohmarkts gekommen. Caspar schloss die Augen, und das Winseln wurde lauter.

Es war wieder Sommer, und das silberne Wrack reflektierte die gleißende Sonne so stark, dass er sich die Hand vor die Augen halten musste, als er in seine Richtung sah. Die Räder waren alle gestohlen, und der kümmerliche Rest der verrottenden Limousine stand auf den nackten Felgen. Es gab nichts, was nicht bereits eingeschlagen gewesen wäre. Scheinwerfer, Heck- und Windschutzscheibe, die Seitenfenster, selbst der Kofferraum sah aus, als hätte jemand einen Kühlschrank darauf geworfen. Caspar hörte das ausländische Stimmengewirr im Hintergrund, das Lachen einer jungen Frau über einen gelungenen Handel und das stetige Hupen des Lieferverkehrs. Zwei verdreckte Kinder spielten im Rinnstein und verzogen sich, als er näher kam, um den groben Strick zu untersuchen, der den Kofferraumdeckel mit der Stoßstange verband. Er zündete die Fasern mit seinem Feuerzeug an, der Deckel schnappte nach oben, und dann blickte er dem Tod ins Gesicht. Vier Hunde. Welpen. Vertrocknet, verdurstet, innerlich verbrannt. Draußen herrschten etwa dreißig Grad. Im Kofferraum musste es mindestens doppelt so heiß sein. Sie waren eines langsamen, grausamen Todes gestorben. Alle bis auf einen, dessen linkes Auge ausgestochen war.

Der, den sie hier alle Mr. Ed nannten und der in diesem Moment ebenso qualvoll über die Hausanlage winselte wie in den Minuten vor seiner zufälligen Befreiung.

01.31 Uhr

Die Dunkelheit hatte eine klärende, fast reinigende Wirkung. Caspar hörte, roch und fühlte die unsichtbare Umgebung, durch die sie seit wenigen Sekunden schlichen, so intensiv, als würde die Empfangshalle mit einem Nebelscheinwerfer ausgeleuchtet. Der Seelenbrecher hatte alle Lichtquellen in diesem Bereich des Erdgeschosses zerstört.

»Links halten«, flüsterte Schadeck dicht hinter ihm, als das verzerrte Jaulen über ihren Köpfen kurz aussetzte. Der Sanitäter hatte darauf bestanden, ihn auf seinem Weg zur Klinikapotheke zu begleiten.

»Stimmt das, was Yazzie sagt? Du bist ein Blackout?«

Sie tasteten sich vorsichtig voran, eine Hand immer an der lackierten Wand abgestützt, um in der Finsternis nicht die Orientierung zu verlieren, und Caspar wusste nicht, worüber er sich mehr wundern sollte. Dass Tom ihren unheimlichen Ausflug aus der Bibliothek offenbar für einen Smalltalk nutzen wollte oder dass er die indiskrete Schwester schon mit Kosenamen anredete.

»Filmriss, Amnesie, Blackout. Passt doch irgendwie zu der ganzen Situation hier, findest du nicht?« Schadeck lachte kurz auf. »Egal, ich hoffe nur, der Psycho hat kein Nachtsichtgerät, sonst können wir unseren genialen Plan gleich vergessen.«

»Wir holen nur schnell das Notwendigste für die Ärztin, suchen nach Mr. Ed und schalten die verdammte Lautsprecheranlage ab«, hatte Caspar dem Hausmeister er-

klärt. Bachmann hatte nur grimmig genickt, als sie aufbrachen, allerdings nicht ohne sie zu warnen.

»Raßfelds Büro hat einen direkten Zugang zur Klinikapotheke. Und eines von insgesamt zwei Mikrophonen der Haussprechanlage steht auf seinem Schreibtisch. Ihr habt also eine Fifty-fifty-Chance, dass Bruck euch nebenan erwartet.«

Caspar schlich langsam weiter und wäre beinahe gegen einen Wasserspender gelaufen. Wenn ihn seine Erinnerung nicht trog, stand der Plastikkasten in unmittelbarer Nähe ihres Ziels. Nur zwei Türen weiter.

Das Gewinsel über ihren Köpfen war hier etwas leiser, da sie sich von dem Lautsprecher in der Eingangshalle entfernten.

Trotzdem sah Caspar vor seinem inneren Auge immer deutlicher das Bild eines erstickenden Tieres in einem überhitzten Kofferraum.

»Sieh mal.« Toms Arm lastete plötzlich schwer auf seiner Schulter.

»Was?«

»Na das da.«

Okay. Dann sieht er es also auch.

Beim ersten Mal hatte Caspar das rote Blinklicht für eine Sinnestäuschung gehalten. Eine Reflexion, die entsteht, wenn man die Augenlider in der Dunkelheit zu fest zusammenpresst. Doch offenbar war es real. Unter dem Türschlitz zu Raßfelds Büro flimmerte in regelmäßigen Abständen ein winziger roter Punkt auf. So als würde jemand auf dem Boden liegen und mit der LED-Anzeige

einer Fernbedienung unter der Tür hindurch nach draußen morsen.
»Das ist doch eben noch nicht da gewesen, oder?«, fragte Tom. Caspar nickte und vergaß vor Aufregung, dass Schadeck seine Reaktion ja gar nicht sehen konnte.
»Und jetzt?«, wollte er wissen und ahnte schon die Antwort des Sanitäters.
»Na was wohl? Wir gehen da rein.«

01.33 Uhr

Keine Fernbedienung. Keine Taschenlampe. Keine Morsezeichen. In der ersten Schrecksekunde hatte Caspar es für eine Bombe gehalten, die mit blinkendem Zünder mitten auf Raßfelds Schreibtisch auf ihre Detonation wartete. Dann konnte er den harmlosen Gegenstand identifizieren.
»Dieser verdammte Scheißkerl«, rief Schadeck aus und ließ alle Vorsichtsmaßnahmen fahren, indem er auf den Lichtschalter neben der Tür drückte. Caspars Augen gewöhnten sich schnell an das gleißende Licht der Deckenstrahler, die das ebenso geräumige wie unaufgeräumte Büro des Klinikchefs erhellten. Doch außer Bergen von Patientenakten, wackligen Büchertürmen, einem leeren Pizzakarton und zwei hoffnungslos überfüllten Regalen gab es nichts Außergewöhnliches zu sehen. Auf jeden Fall nichts Lebendiges. Außer ihnen war niemand da. Weder Raßfeld noch der Seelenbrecher.

»Er spielt mit uns.« Schadeck hatte sich das Diktiergerät neben dem Hausmikrophon gegriffen, dessen LED-Anzeige jedes Mal aufblinkte, wenn der Zufallsgenerator eine von mehreren Aufnahmen auswählte und abspielte.
»Hier ...«, er warf Caspar das Gerät zu. »Er muss den Hund gequält und die Schweinerei auf Band aufgezeichnet haben.«
Caspar begutachtete das handygroße Diktaphon. Ohne nachzudenken, drückte er auf einen abgegriffenen Knopf an der Seite, und der leidende Mr. Ed verstummte. Ihm wurde schwindelig, und er musste sich mit beiden Händen am Schreibtisch abstützen. Dabei fiel das Diktiergerät zu Boden.
»Was hast du?«, fragte Schadeck.
»Ich ...« Caspar zögerte, wusste nicht, was er darauf antworten sollte, und entschied sich dann für die Wahrheit: »Ich weiß es nicht.«
Er kannte diesen Raum nicht, war hier nie zuvor gewesen. Und dennoch kam ihm alles so vertraut, so bekannt vor. Wie fast alle größeren Zimmer der Villa war natürlich auch das Chefarztbüro mit einem Kamin ausgestattet, über dem zahlreiche gerahmte Urkunden und einige Familienbilder hingen, die Caspar unbekannt und vertraut zugleich schienen. Er wollte einen Schritt auf den Kamin zugehen, atmete tief durch – und dann war es auf einmal so weit.
Es geschah ohne Vorwarnung. Plötzlich legte ein biochemischer Bahnwärter auf dem Abstellgleis seines Gedächtnisses die erste Weiche um. Der Zug der Erinnerung kam

schnell. Viel zu schnell für die stillgelegten Gleise, auf denen er sich durch sein Bewusstsein fraß, und Caspar rechnete schon damit, dass er den Gedanken nicht zu fassen bekommen würde. Doch dann verlangsamte sich die Lok, aus deren Schornstein dichter, nach brennendem Papier riechender Rauch aufstieg. Nach oben, immer weiter hinauf aus den Untiefen seines verschütteten Langzeitgedächtnisses, bis er sich vor Caspars innerem Auge materialisierte. *Zu einem Schreibtisch! Einem Tisch, an dem er sich selbst sitzen sah. Mit einem Diktiergerät in der Hand, so ähnlich wie das, das Tom ihm gerade zugeworfen hatte.*

»Es kann losgehen. Ihre Tochter ist jetzt so weit«, hörte er eine Frauenstimme aus einer Gegensprechanlage zu ihm sagen. Und er sah sich aufstehen, den Stuhl vor dem Schreibtisch zurechtrücken und einen letzten Blick auf das Foto in der Akte werfen, die er gerade zuschlagen wollte. Das Bild eines blondgelockten Mädchens. Seiner Tochter?

»Wir haben alles vorbereitet, Herr …«

»Hallo, jemand zu Hause?«

»Was, wie …? Äh … Ja. Alles okay«, stotterte Caspar wenig überzeugend, und der Klang der Gegensprechanlage verstummte in seinem Ohr.

Tom musterte ihn misstrauisch.

»Hast du dich eben an was erinnert?«

»Nein, ich … ich bin nur etwas nervös, das ist alles.«

Bevor er sich selbst keinen Reim auf sein langsam wiederkehrendes Gedächtnis machen konnte, wollte er niemanden verunsichern. Am wenigsten einen Menschen, der ihm gegenüber eine unterschwellige Feindseligkeit ausstrahlte.

»Du verschweigst doch was?«, fragte Schadeck.

»Nein.«

»Doch, tust du.«

Caspar wollte sich auf keinen Hahnenkampf einlassen und drängte an Schadeck vorbei zu der Verbindungstür zwischen Raßfelds Büro und der Klinikapotheke. Sie war abgeschlossen, aber Bachmann hatte ihnen einen Schlüssel mitgegeben.

Als Caspar den fensterlosen Raum betrat, aktivierte ein Bewegungsmelder automatisch das Deckenlicht. Unschlüssig blieb er vor den Glasschränken und Metallregalen stehen, in denen die Medikamente aufbewahrt wurden.

»Hier ist das, was wir brauchen.« Schadeck war ihm gefolgt und öffnete einen Kühlschrank mit durchsichtiger Frontscheibe. Er zog zwei Infusionsbeutel hervor und schüttelte sie wie einen Cocktailshaker, dann versuchte er das Streitgespräch von eben fortzusetzen.

»Ich würde zum Beispiel wetten, wir arbeiten in der gleichen Branche.«

»Wieso?«

»Infusion, dehydriert, Kortison?«, zählte der Rettungsfahrer auf, während er in einem Schiebeschrank nach Injektionsnadeln und Pflastern suchte.

»Alles deine Worte. Also entweder bist du ein Hypochonder, oder du liest auch beruflich mal einen Beipackzettel. Außerdem sah es irgendwie sehr geübt aus.«

»Was?«

»Na wie du sie angefasst und den Puls der Kleinen gefühlt hast. Mann, ich wette, du hast schon mal einen Zugang gelegt.«

Schadeck ließ mehrere verschweißte Kanülen in seine Hosentasche gleiten und wandte dabei den Kopf zu ihm um.

»Nur damit du es weißt, ich behalte dich im Auge. Ich weiß nämlich von dem Überwachungsvideo.«

»Welches Video?«, fragte Caspar, obwohl er ahnte, worauf Schadeck anspielte.

»Du hast in der Einfahrt rumgelungert und bist mit deinem Hund erst die Auffahrt hoch, als unser Riesenbaby Bachmann den Alten vom Gelände gefahren hat. Was für mich beweist, dass du nicht zufällig hier bist. Du hattest ein Ziel.«

»Ach ja, und das alles hat dir ›Yazzie‹ gesagt?«, fragte Caspar und ärgerte sich, dass es bei weitem nicht so gelangweilt klang, wie er es wollte. Aber dafür war seine Anspannung ohnehin viel zu groß, und das Perverse war, dass er diese Unterstellung weder dementieren noch bestätigen konnte.

»Ja, und die hat es von Bachmann.«

»Tolle Quellen.« Caspar sah auf sein Handgelenk, an dem er jedoch keine Uhr trug. »Lass uns nicht noch mehr Zeit verplempern. Wir sollten uns schleunigst auf den Rückweg machen. Dir ist doch auch klar, weshalb der

Seelenbrecher das Diktiergerät hier für uns plaziert hat?«
»Um uns aus unserem Versteck zu locken!« Tom drehte sich vollends zu ihm um.
»Richtig.«
Wie zur Bestätigung knallte etwa in Höhe der Bibliothek eine Tür. Dann hallten die spitzen Schreie der Köchin den Flur hinunter.

01.37 Uhr

Sie rannten den Flur zurück, der jetzt auf Caspar wie ein dunkler Tunnel wirkte, an dessen Ende eine schaukelnde Grubenlampe hing. Hatte sie der Eingangsbereich, den sie gerade wieder passierten, vorhin noch wie ein schwarzes Loch verschlucken wollen, konnten sie sich jetzt an einem dünnen Lichtfinger orientieren. Ein Wegweiser, den es so eigentlich gar nicht geben dürfte, wenn die Bibliothekstür noch geschlossen wäre.
»Vorsichtig«, warnte Caspar, als sie sich der Stelle näherten, wo der Flur rechts von ihnen in einen Seitenarm führte. Zur Bibliothek. Zum Licht.
Warum hat Bachmann das getan? Weshalb hat er die Tür geöffnet?
Sybille Patzwalk schrie nicht mehr, und Caspar fürchtete, dass das kein gutes Zeichen war. Zum Schreien brauchte man Luft. Schmerzen konnte man nur empfinden, wenn das Gehirn durchblutet wurde. Er schämte sich für seinen

perversen Wunsch, die Köchin wenigstens noch einmal röcheln zu hören. Dann bogen sie um die Ecke, und er erkannte seinen Irrtum. Die Tür war verschlossen. Das Licht fiel nicht aus der Bibliothek, sondern aus einer kleinen Kammer schräg gegenüber.

»Das ist eine Falle«, flüsterte Schadeck. Gleichzeitig zog er einen länglichen Gegenstand hervor, der im fahlen Licht silbern funkelte. Tom musste sich den Brieföffner von Raßfelds Schreibtisch genommen haben, als Caspar gerade von seinen mysteriösen Erinnerungen eingeholt worden war. Als Nächstes legte er sich flach auf den Boden und robbte mit geschmeidigen Bewegungen voran, als trainiere er in seiner Freizeit Häuserkampf. Fehlte nur noch, dass er sich den Brieföffner zwischen die Zähne klemmte.

Das ist doch Wahnsinn. Caspar wandte sich nach rechts und rüttelte an der Türklinke der Bibliothek.

»Hey, macht auf!«

»Seid ihr allein?« Der Hausmeister reagierte sofort, offenbar hatte er mit dem Ohr an der Tür des Speisesaals gelauscht.

»Ja, nein. Ich weiß nicht«, antwortete Caspar mit Blick auf die Kammer, aus der es gerade raschelte, als würden Ratten über eine billige Plastiktüte laufen. Er erinnerte sich daran, dass sich auf dieser Ebene die Küche befinden musste.

»Lassen Sie mich rein.«

»Wo ist Sybille?« Bachmanns Stimme drang dumpf durch die schwere Eichenholztür.

»Keine Ahnung, das müssen Sie doch ...«
Caspar schnellte herum. Das Rascheln war lauter geworden und hatte seinen Charakter verändert. Jetzt klang es nach einem überfüllten Müllsack, der über einen Steinfußboden geschleift wird.
Auch Tom war verunsichert und blieb mitten in einer amphibischen Bewegung erstarrt liegen, nur einen Meter von der Kammer entfernt. Der Sanitäter hob den Kopf, drehte ihn zur Seite, so dass sein rechtes Ohr parallel über dem Boden schwebte. Dann zog er wieder sein Knie an, wollte sich gerade weiter voranschieben, um besser in die Kammer sehen zu können, als die Dunkelheit alles um sie herum verschluckte.
Schneller noch, als die Scherben der zerschlagenen Glühbirne in der Kammer zu Boden fallen konnten, füllte das Schwarz der Nacht jede Fuge im Erdgeschoss.
Nichts. Kein Flackern. Kein Blinken. Caspar sah gar nichts mehr. Er hörte nur noch. Das Schleifgeräusch kam direkt auf ihn zu. Und zwar *nur* das Schleifgeräusch, was in ihm die grauenhafte Vorstellung eines madengefüllten Müllbeutels hervorrief, der sich konvulsivisch zuckend in schlangenartigen Bewegungen alleine durch den Flur schlängelt.
Er wollte schreien, doch da merkte er, dass er ohnehin schon brüllte. Seine Lunge schmerzte ebenso wie die geprellten Zehen an seinen Füßen, mit denen er immer wieder gegen die Tür trat, damit Bachmann endlich aufmachte und sie hier rausholte. Raus aus der Nacht, aus der Dunkelheit, die immer intensiver zu werden schien,

je lauter die Schleifgeräusche wurden, die jetzt auch noch von einem erstickten Pfeifen flankiert wurden. Caspar hoffte, Schadeck würde sich einen Zweikampf mit dem Seelenbrecher liefern. Wünschte sich, dass es der Sanitäter war, der die erstickten Gurgelgeräusche hervorrief, indem er Brucks Kehlkopf zerquetschte, doch dann wurde ihm klar, dass es genauso gut andersherum ablaufen könnte. Und wenn Tom gerade seinen Todeskampf verlor, würde er selbst das nächste Opfer sein.

Was ist hier los? Wieso macht Bachmann nicht auf?, dachte Caspar, während sich ein eisenhaltiger Geschmack in seinem Mund ausbreitete. Er spürte nicht, dass er sich auf die Zunge gebissen hatte, ebenso wenig, wie er das Messing der Türklinke fühlte, an der er panisch rüttelte.

»Was wollen Sie von uns?«, rief Caspar schließlich, viel leiser als beabsichtigt, und plötzlich überschlugen sich die Ereignisse.

Es begann mit dem Blitz, der ihm die Haare ansengte und seine Schläfe nur um Millimeter verfehlte. Caspar riss den Kopf zur Seite und wunderte sich, warum er nicht mit der Stirn gegen die Tür knallte, sondern das Gleichgewicht verlor. Dann, während er in das Licht hineinfiel, sah er noch einmal den blassgrünen Baumwollstoff, der sich bereits in dem Mündungsfeuer abgezeichnet hatte.

Das Nachthemd. Bruck!

Schließlich zog ihn jemand gewaltsam nach hinten, und schwere Stiefel flogen an seinem Gesicht vorbei. Einer von ihnen trat ihm in die Magengrube, ein anderer auf den Oberarm.

Später, als die Blutergüsse aufblühten, sollte sich Schadeck dafür entschuldigen, dass er in Panik über ihn hinweg in die Bibliothek geflüchtet war, doch in diesem Augenblick fühlte Caspar keinen Schmerz, sondern nur grenzenlose Erleichterung darüber, dass Bachmann endlich die Tür geöffnet hatte. Es war ein erlösendes, euphorisches Gefühl, dem Tode in letzter Sekunde entkommen zu sein, das jedoch nur so lange andauerte, bis der Hausmeister die Tür hinter ihnen wieder verriegelt hatte und hemmungslos zu weinen begann.

Heute, 12.34 Uhr – Sehr viel später, viele Jahre nach der Angst

Noch war kein Schnee gefallen. Der Wetterbericht hatte ihn für heute Nachmittag angekündigt, doch bislang trieb der Wind nur eine zerrissene Plastiktüte und etwas Restlaub über den gefrorenen Boden.

Der Winter hat eine klärende Seele, dachte der Professor und stützte sich mit einer Hand an dem Rahmen der gläsernen Flügeltür ab, die zum Park führte. Oder zu dem, was die Zeit davon übriggelassen hatte. Der einst so gepflegte Rasen glich heute einem zertrampelten Bolzplatz.

Die Kälte reißt die Blätter vom Baum der Wahrheit und lässt uns die Dinge dahinter erkennen.

Er legte die Hand auf die Scheibe und betrachtete die wenigen kahlen Bäume im Garten. Mit Ausnahme einer unverwüstlichen Trauerweide waren sie entweder abgestorben oder vom Pilz befallen. Eine Birke hatte der Sturm in der Mitte umgeknickt, doch niemand hatte sich die Mühe gemacht, ihren Stamm mit einer Axt zu Brennholz zu verarbeiten. Weshalb auch. Der offene Kamin hier war seit Jahren nicht benutzt worden.

Nicht, seitdem …

»Herr Professor?«
Er fuhr erschocken zusammen und drehte sich um.
»Ja?«
Für einen Moment hatte er die beiden Studenten hinter sich völlig vergessen.
Patrick Hayden klappte seine Handakte zu und stand auf. Er zeigte erst auf die leeren Regale an der schmutzigen Wand, dann auf die mit schweren Leinendecken verhängten Stühle, die übereinandergestapelt vor dem Kamin standen. Schließlich pochte er mit den Knöcheln auf die Tischplatte der Holztafel.
»Das hier ist diese Bibliothek, oder?«
»Bitte?«
»Caspar, Schadeck, der Seelenbrecher – die waren hier in diesem Raum. Hier hat sich das alles abgespielt!«
Es klang weder wie eine Frage noch wie eine Feststellung. Eher wie eine Anklage.
»Blitzmerker, was dachtest du denn?«, schnaubte Lydia, bevor der Professor antworten konnte.
»Die Geschichte spielt in einer leeren Villa auf dem Teufelsberg. Das war doch schon von den ersten Seiten an klar.«
»Ach ja?« Der Student fingerte ein unsorgfältig zusammengefaltetes Blatt aus seiner hinteren Hosentasche.
»Auf der Einladung für das Experiment stand davon aber nichts.« Er wedelte mit dem beidseitig bedruckten Papier. Die Vorderseite wurde fast vollständig von einer zweifarbigen Landkarte ausgefüllt.

»Von der Uni habe ich nur diese Wegbeschreibung zugeschickt bekommen. Darauf sind keine Straßennamen. Kein Teufelsberg. Und ich kann mich auch nicht daran erinnern, unten in der Auffahrt ein Schild gesehen zu haben.«

»Sie kommen nicht aus Berlin?«, fragte der Professor und griff nach seiner Lesebrille. Er stand jetzt wieder vor seinem Platz am Kopfende der Tafel.

»Nein«, antwortete Patrick wütend.

»Nun, dann konnten Sie es nicht wissen.« Der Professor sah auf. »Die Zufahrt ist ein Privatweg, und der Teufelsberg wird nicht in allen Stadtplänen mit Namen verzeichnet.«

»Na toll.«

Patrick klatschte in die Hände und griff nach seinem Rucksack, den er auf dem Nachbarstuhl postiert hatte.

»Erst sollen wir diesen mysteriösen Text lesen, den offensichtlich ein Geisteskranker verfasst hat, und dann stellt sich heraus, dass wir genau auf den Stühlen sitzen, auf denen all die Menschen auf ihren Henker gewartet haben.«

»Was hast du vor?«, fragte Lydia angespannt. Ihre helle Stimme klang ebenfalls sehr viel nervöser als noch zu Beginn des Experiments.

»Ich gehe.«

»Was?«

»Ich gehe eine rauchen«, klärte er das Missverständnis.

Patrick klemmte sich seinen Rucksack zwischen die Knie, um beide Hände für eine dunkelblaue Daunenjacke frei zu haben, die er sich jetzt überzog. Mit einem Arm war er schon hineingeschlüpft.

»Und wenn ich wieder da bin, will ich endlich wissen, worum es sich in diesem Experiment wirklich dreht.«

»Ich fürchte, das geht nicht«, sagte der Professor freundlich, aber bestimmt.

Er rieb sich die müden Augen, ohne die Brille von der Nase zu nehmen.

»Wie, herrscht draußen im Park etwa auch Rauchverbot?«, fragte Patrick.

Der Professor lächelte nachsichtig. »Nein. Aber in diesem Stadium des Versuchs dürfen Sie den Saal leider nicht mehr verlassen.«

»Wieso nicht?«, fragten Lydia und Patrick fast gleichzeitig.

»Nicht, bis Sie das Ende gelesen haben.«

»Sie können uns doch hier nicht gegen unseren Willen festhalten?«

»Nun, vielleicht haben Sie es übersehen, aber diese Bedingung haben Sie mit Ihrer Einverständniserklärung vorhin unterschrieben. Und abgesehen davon, selbst wenn Sie jetzt nach Hause gehen würden, wäre das Experiment damit noch lange nicht vorbei. Sie können es nicht einseitig abbrechen.«

»Wieso? Das verstehe ich nicht.« Patrick stellte den Rucksack wieder ab.

Der Professor lächelte.

»Das ist Teil des Versuchs. Damit er gelingt, dürfen Sie keine großen Pausen machen und müssen kontinuierlich weiterlesen. Bis zum Ende. Was ich Ihnen im Übrigen ohnehin dringend empfehlen würde. Allerdings von jetzt ab mit etwas mehr Konzentration, bitte.«

»Wie wollen Sie beurteilen, wie konzentriert ich bislang war? Sie haben doch die ganze Zeit aus dem Fenster gestarrt«, fragte Patrick nicht mehr ganz so aggressiv. Lydias Verunsicherung hatte sich auch auf ihn übertragen.

»Ich merke es an Ihrer Reaktion. Sie würden jetzt niemals eine Pause machen wollen, wenn Sie von Anfang an etwas genauer hingesehen hätten. Die Wahrheit …«

Der Professor nahm seine Originalausgabe der Seelenbrecherakte in die Hand. »… die Wahrheit findet sich in jedem einzelnen Satz. Auf jeder einzelnen Seite. Doch Sie haben sie überblättert.«

»Quatsch.«

»Finden Sie es heraus.« Der Professor griff nach einer Wasserflasche, die er zur allgemeinen Verfügung in die Mitte des Tisches gestellt hatte, und goss sich ein Glas ein. Er streckte es Patrick fragend entgegen.

»Also gut«, sagte Lydia und zupfte ihren Freund an seinem leeren Jackenärmel. »Lass uns einfach weitermachen. Du willst doch auch wissen, wie das alles ausgeht, oder?«

Patrick zögerte, fuhr sich durch seine schwarzgefärb-

ten Haare und wollte Lydias Hand abstreifen. Doch die hielt ihn fest und sah ihm tief in die Augen. Sekunden verrannen, ohne dass ein Wort gesprochen wurde.
»Ach, was soll's«, brach er schließlich das Schweigen und schlurfte mit seinen offenen Schuhen zur Tür. Zwei Meter davor blieb er stehen und griff wortlos nach der Wasserflasche. Dann ging er wieder zu seinem Platz zurück und setzte sich. »Auf eine Stunde mehr oder weniger kommt es jetzt auch nicht mehr an.«
Lydia rang sich ein mattes Lächeln ab.
Ich fürchte, die Menschen damals in dieser Bibliothek hier sahen das etwas anders, dachte der Professor, und ein trauriger Nebel schob sich vor seine Augen.
Er senkte den Blick, damit sie nicht merkten, wie sehr ihm die ganze Situation zu schaffen machte. Wie sehr sich ein Teil in ihm gewünscht hatte, dass Patrick seine Jacke anbehalten und am besten zusammen mit seiner Freundin an der Hand die Villa verlassen hätte. Doch er fing sich wieder, atmete tief durch und sagte mit belegter Stimme:
»Also gut, nach dieser ungeplanten Pause würde ich Sie jetzt bitten, ohne weitere Unterbrechungen mit dem Experiment fortzufahren.«
Er räusperte sich, aber die Beklemmung in seinem Hals wollte nicht verschwinden. Sie steigerte sich sogar noch um einige Grade, als er sah, wie erst Lydia und danach ihr Freund die Akte wieder aufschlugen. Und umblätterten. Auf Seite 124 der Patientenakte.

01.41 Uhr – Hundertsiebzehn Minuten vor der Angst

Seite 124 ff. der Patientenakte Nr. 131071/VL

»Es ist mein Fehler. Alles meine Schuld«, sagte Bachmann mit erstaunlich klarer Stimme.

Seine Tränen waren genauso schnell wieder versiegt, wie Caspar benötigt hatte, um sich vom Boden aufzurappeln und den Dreck von seiner Pyjamahose zu klopfen.

»Was zum Teufel ist denn hier passiert?«, wollte Schadeck wissen, der neben der Esstafel stand und etwas in der Hand hielt, was auf den ersten Blick wie ein Turnbeutel wirkte.

Der Hausmeister steckte seine Lesebrille weg und hustete trocken. »Sie wollte, also … also sie wollte nur mal schnell in die Speisekammer.«

Tom und Caspar warfen sich einen fassungslosen Blick zu. Bachmann brauchte ihren Namen nicht auszusprechen. Es war auch so klar, wen er meinte. Sie hatten die Schreie der Köchin gehört, und der Stuhl, auf dem Sybille Patzwalk vorhin noch gesessen hatte, war leer.

»Aber was hat sie denn da draußen nur gewollt?«, fragte Caspar.

»Das hier«, sagte Schadeck und kippte den Inhalt des Beutels über der polierten Tischplatte aus. »Hierfür hat die Dicke ihr Leben riskiert.«

Eine eingedellte Raviolidose rollte zwischen anderen Konservenbüchsen hervor, und Caspar verfolgte ungläubig ihren Weg über die Tischplatte.
»Und woher hast *du* jetzt das ganze Zeug?«, fragte er vollends verwirrt.
Schadeck stöhnte und schlug mit der flachen Hand auf den Tisch.
»Verdammt, das ist doch jetzt völlig egal. Der Seelenbrecher hat die Glühbirne zerdroschen und Sybille im Schlepptau aus der Kammer gezerrt. Sie muss den Sack im Todeskampf umklammert haben, was weiß ich? Ich hab den Irren an seinen Füßen gepackt, aber sie waren … so …«, er drehte die blutverschmierten Innenflächen seiner Hände für die anderen sichtbar nach außen, »… so glitschig, dass ich ihn nicht zu fassen bekommen habe. Stattdessen ist mir der Beutel direkt auf den Kopf gefallen. Ich hab gedacht, es ist seine Waffentasche oder so was, und hab ihn mitgenommen, aber wen interessiert das jetzt? Viel wichtiger ist doch, wie es überhaupt sein kann, dass unsere Köchin mutterseelenallein da draußen rumgegurkt ist?«
Tom trat einen Schritt an Bachmann heran, riss drohend seine Schultern zurück und sah wie ein Fußballspieler aus, der sich für einen Kopfball bereit macht.
»Hey, Hausmeister. Ich rede mit dir.«
Schadecks weiße Jeans war in Schritthöhe eingenässt, und Caspar fragte sich einen Moment, ob sich der Sanitäter tatsächlich vor Angst in die Hosen gemacht haben sollte, doch dann erinnerte er sich an die Infusionsbeutel.

Tom hatte sie an seinen Gürtel gebunden, bevor sie aus der Apotheke zur Bibliothek zurückgerannt waren. Einer der beiden Beutel musste bei dem Kriechmanöver vor der Kammer geplatzt sein.

»Sie hat wieder zu sprechen begonnen, als ihr weg wart«, antwortete Bachmann zögerlich. Er sah zu Sophias Rollstuhl hinüber. »Topor, oder so ähnlich. Na ja, ihr wisst schon, was ich meine. Sybille dachte, das würde vielleicht ›Hunger‹ heißen.«

Caspar nickte. Gut möglich, dass Sophias Sprachzentrum im Gehirn gestört war. Andererseits ahnte er, dass er etwas Wichtiges übersah, verdrängte aber den zweifelnden Gedanken, als Bachmann weiterredete.

»Ich war natürlich erst dagegen, aber die Speisekammer liegt doch direkt gegenüber, und Sybille hat gesagt, dort stünde ein Vorratsbeutel griffbereit. Also hab ich mich breitschlagen lassen.«

»Ich glaub's einfach nicht.«

Schadeck riss theatralisch die Arme auseinander.

»Du hast eine wehrlose Frau für ein Pfund Dosenfutter in die Arme des Seelenbrechers getrieben!«

»Jetzt beruhigen Sie sich mal«, wollte Caspar ansetzen, wurde aber sofort von Bachmann unterbrochen.

»Nein, nicht wehrlos. Ich habe Sybille die Pistole mitgegeben, für den Notfall.«

»Was?«

Jetzt war auch Caspar außer sich. Er griff sich mit klammen Fingern an die Schläfe, dort, wo seine Haare versengt waren.

»O Gott, du bist ja noch bekloppter als die Patienten hier drinnen«, brüllte Tom und sah dabei so aus, als wolle er jeden Moment auf den Tisch springen. Seine Halsschlagader pochte wild.

»Jetzt hat der Wahnsinnige da draußen auch noch eine Waffe!«

»Es ist nur eine Gaspistole.«

»Ruhe!«, unterbrach Caspar brüllend die Auseinandersetzung. Dann senkte er wieder seine Stimme.

»So schlimm das hier alles ist, Tom, wir können davon nichts mehr rückgängig machen.« Er sah dem Sanitäter direkt ins Gesicht. »Außerdem haben wir die Apotheke offen gelassen. Da gibt es sicher genügend Zeug, aus dem er eine Waffe basteln kann.«

»Richtig. Da liegt sogar eine Betäubungspistole«, flüsterte Bachmann.

»Scheiße, und das sagst du uns erst jetzt?« Schadeck trat gegen den Zeitungsständer und verteilte mehrere Boulevardblätter über das Fischgrätparkett.

»Und nun?«

»Jetzt sollten wir das tun, weswegen wir überhaupt aufgebrochen sind – Sophia versorgen.« Caspar bat Schadeck, den noch intakten Infusionsbeutel endlich von seinen Hüften zu lösen, was dieser mit widerwilliger Miene tat.

»Hier, die brauchst du auch noch.« Tom zog eine eingeschweißte Zugangsnadel plus Spritze aus seiner Hosentasche und warf beides auf den Tisch.

Caspar griff sich die Utensilien und ging zum Kamin, wo

Yasmin im Schneidersitz vor Sophia saß und die Hand der Ärztin streichelte.
Sein Blick fiel auf die Klebestreifen, mit denen die Lichterkette über dem Kaminsims befestigt war. Er löste zwei davon ab und bat Yasmin, den Rollstuhl etwas vom Feuer wegzudrehen. Dann streifte er Sophias Ärmel mit einiger Mühe über die Armbeuge. Die Ärztin schien von alledem nichts mitzubekommen.
»Wir sollten Sybille helfen«, sagte Yasmin halb fragend, halb fordernd, während er Sophias Armbeuge abklopfte. »Vielleicht können wir sie ja befreien?«
»Ich fürchte, da kommen wir zu spät«, antwortete Tom hinter ihnen. Seine Stimme klang nun mehrere Stufen freundlicher.
Caspar konnte ein unausgesprochenes »Yazzie« am Ende seiner Sätze hören, während er die Nadel auf die Spritze schob und sie ohne lange darüber nachzudenken in Sophias gut sichtbare Vene punktierte.
Ich hab das wirklich schon mal gemacht.
»Bevor das Licht ausgegangen ist, konnte ich noch einen kurzen Blick in die Speisekammer werfen«, erklärte Schadeck weiter. »Das sah nicht gut aus. Ich denke, er hat ihr das Genick gebrochen.«
»Sybille ist tot?« Yasmin stöhnte auf und trat einen Schritt zurück.
»Nein, das glaube ich nicht«, widersprach Caspar, ohne aufzusehen. Er hatte die Spritze abgezogen und den Infusionsschlauch angeschlossen. Sophia hatte während der gesamten Prozedur keinerlei Reaktionen gezeigt.

»Warum sollte er die Köchin erst umbringen und dann verschleppen? Wieso lässt er Linus, Raßfeld und Sybille nicht einfach liegen?«

Caspar ließ sich von Yasmin ein Papiertaschentuch reichen, faltete es mehrfach und befestigte es mit den beiden Klebestreifen über dem Zugang.

»Scheiße, was weiß ich?« Die Aggressivität des Pflegers loderte wieder auf. »Vielleicht ist er ein verdammter Leichensammler?«

»Nein, ich denke eher, er ist ein Spieler. Deshalb hinterlässt er auch diese Rätselkarten. Deshalb das Diktiergerät.« Caspar sah auf. »Er zockt mit uns. Und Sophia ist der Einsatz.«

»Na, dann geben wir sie ihm doch.« Schadeck hob die Hand. »Hey, war nur ein Scherz.« Sein Lächeln war erstaunlich ehrlich, sogar mit einem Anflug von Melancholie. Zusätzlich überraschte er Caspar, indem er ihm anbot, den Infusionsbeutel zu halten, aus dem bereits die ersten Elektrolyttropfen wie Murmeln, eine nach der anderen, in Sophias Blutgefäße kullerten.

»Danke.« Caspar übergab Tom den Infusionsbeutel und stellte sich an das Kopfende der Tafel.

»Also schön, ich fasse mal zusammen: Wir kennen die Motive des Seelenbrechers nicht, wir wissen weder, wie er seine Opfer in diesen Komazustand bringt, noch, warum er es ausgerechnet auf Sophia abgesehen hat. Raßfeld, Linus, Patzwalk und sogar Mr. Ed werfen weitere Fragen auf: Wo bringt er sie hin? Vielleicht sind sie tot, vielleicht leben sie noch?«

Bachmann sog hörbar die Luft ein, doch Caspar ließ sich nicht unterbrechen.

»Auf all diese Fragen haben wir keine Antworten. Aber wir dürfen bei unserer Suche danach nicht noch einmal unser Leben riskieren. Wir sollten ab sofort immer zusammenbleiben und die Zeit gemeinsam nutzen, um Sophia zu helfen.«

Beim Reden hatte er plötzlich das Gefühl, von einem Pfeil in die Brust getroffen zu werden.

Dann wurde ihm mit schrecklicher Klarheit deutlich, dass dieser stechende Schmerz von einem einzigen Gedanken ausgelöst wurde: Was, wenn der Seelenbrecher es gar nicht auf Sophia, sondern auf ihn abgesehen hat? Was, wenn er verhindern will, dass Sophia ihm verraten kann, was sie über ihn und seine Tochter herausgefunden hat?

Er versuchte, sich nichts anmerken zu lassen, und sprach weiter.

»So wie wir alle muss Frau Dr. Dorn nur noch die nächsten Stunden überleben, bis die Rettung eintrifft. Gleichzeitig ist sie unser Schlüssel in die Freiheit. Sie kennt den Code.«

Den Code zu meiner Identität.

»Und sie will uns etwas mitteilen.«

Ich muss mich erst noch vergewissern.

»Vielleicht gelingt es uns ja, hinter ihr Geheimnis zu kommen, bevor …«

Er stockte mitten im Satz, sah nach unten auf seine nackten Füße und wunderte sich, dass er plötzlich anfing zu schwitzen, obwohl er nichts weiter als eine dünne Pyjamahose und ein kurzärmeliges T-Shirt am Leibe trug. Dann griff er sich an die Stirn, um zu testen, ob er vielleicht Fieber bekam. Dabei wusste er, dass keine Erkältung, sondern ein einziges Wort für diesen Schweißausbruch verantwortlich war. Ein Wort, das er vor wenigen Augenblicken gehört, aber jetzt erst verstanden hatte.

»Was ist mit Ihnen?«, hörte er den Hausmeister fragen.

»Ich, ähh ... können Sie das bitte noch mal wiederholen ...?« Er sah erst von Schadeck zu Bachmann und dann auf das Bücherregal schräg hinter Sophias Rollstuhl.

»Ich fragte, was mit Ihnen ist?«

»Nein, nein, nein. Ich meinte, das von vorhin. Was hat Frau Dr. Dorn gesagt, als wir weg waren?«

»Das Gleiche wie immer. Nur dieses eine Wort, wenn es denn eins ist.«

Nein. Das war nicht das Gleiche.

»Wiederholen Sie es trotzdem noch einmal. Bitte.«

»Topor, aber was ...?«

»Großer Gott.« Caspar wusste nicht, vor wem er sich in diesem Augenblick mehr fürchtete. Vor dem Seelenbrecher oder vor sich selbst. Mit einem Schlag war ihm klargeworden, was Sophia ihnen die ganze Zeit über hatte mitteilen wollen.

01.49 Uhr

Die Sprossen der Regalleiter knarrten laut unter dem ungewohnten Gewicht von Caspars Körper. Vermutlich war sie in den letzten Jahren nicht mehr benutzt worden, weil die Bücher in den oberen Fächern nur dekorative Zwecke erfüllten. Und auch Caspar wäre nicht auf die Idee gekommen, dort nach den medizinischen Nachschlagewerken zu suchen, wenn Bachmann ihm nicht gesagt hätte, dass Raßfeld hier einige seiner ausgemusterten Bände lagerte.

»Was soll das denn jetzt werden?«, fragte Schadeck.

Er stand neben Yasmin und versuchte gerade einen Schürhaken in die Kopfstützenhalterung des Rollstuhls zu stecken, damit er den Infusionsbeutel daran aufhängen konnte.

»Ich bin mir nicht sicher ...«, antwortete Caspar, ohne sich umzudrehen. Dann zog er den vorletzten Band eines alten Medizinlexikons aus dem obersten Fach unter der Decke heraus und blätterte zum Buchstaben S. Schon wenige Sekunden später fand er den Eintrag, nach dem er gesucht hatte. »Also doch.«

»Was?«

»Frau Dr. Dorn ist Psychiaterin. Sie kennt ihre eigene Diagnose.«

»Und die lautet?«

Bachmann sah fragend zu ihm hinauf, und auch Schadeck unterbrach seine Bastelarbeiten an dem provisorischen Tropf.

Caspar drehte sich auf der Treppe seitwärts, streckte den Band an einem Arm von sich weg und las vor:
»Schlaflähmung, eine qualvolle Variante der quantitativen Wahrnehmungsbeeinträchtigung. Betroffene verharren in einer Wach-schlaf-Zwischenwelt, aus der sie sich nur mit Hilfe starker, meist negativer Reize befreien können, wie zum Beispiel Schmerz, heftiges Zucken, Schreie et cetera.«
Caspar hob den Kopf und zitierte den letzten Satz des Absatzes, ohne in das Lexikon zu schauen: »Diese Störung ist auch bekannt unter dem Namen *Topor,* lateinisch für ...«, er zögerte, »... für *Todesschlaf.*«
»Todesschlaf?«, fragte Bachmann ungläubig. »Soll das heißen, wir müssen sie einfach nur aufwecken?«
Schadeck lachte höhnisch auf, aber Caspar nickte zustimmend. Dann streckte er sich gefährlich weit nach rechts, um ein weiteres Buch aus dem Regal zu ziehen. Mit seinen länglichen Ausmaßen wirkte der Band wie ein etwas zu dick geratener Schüleratlas. *Neuropsychologie, 2. Auflage* prangte in schwarzen Lettern auf dem orangefarbenen Deckel. Da das Buch zu unhandlich war, um es gleich auf der Leiter zu öffnen, stieg er wieder herunter und legte es vor dem Berg mit den ausgekippten Lebensmitteln auf den Tisch. Nach einem kurzen Blick in den Index schlug Caspar Seite 502 auf und tippte auf den letzten Absatz:
»Bei der Schlaflähmung handelt es sich um eine Lähmung, die während der Übergangsphase zwischen Schlaf und Wachsein entsteht. Sie dauert normalerweise recht

kurz, gelegentlich jedoch auch bis zu zwanzig Minuten. Fast jeder zweite Mensch hat schon einmal eine Schlaflähmung erlitten.«

»Das kenne ich«, rief Yasmin aufgeregt. »So was ist echt krass. Einmal hab ich geträumt, dass ein Mann in meinem Zimmer ist. Ich wusste, er ist weg, sobald ich aufwache. Aber ich hab einfach meine Augen nicht aufbekommen. Ich konnte mich nicht bewegen und musste mich wach schreien.«

»Und dadurch haben Sie sich selbst aus der Schlaflähmung befreit«, stimmte ihr Caspar zu.

»Wollt ihr mich jetzt kollektiv verarschen?«, fragte Schadeck mit Blick auf Sophia. Da es ihm immer noch nicht gelungen war, den Tropf an dem Schürhaken zu befestigen, hatte er die Ärztin mitsamt Rollstuhl an den Tisch geschoben und drückte hier Yasmin wieder den Beutel in die Hand.

»Zwanzig Minuten? Die sind bei unserer Patientin doch wohl schon lange abgelaufen.«

»Das ist richtig. Und deshalb wissen wir jetzt auch, was der Seelenbrecher mit seinen Opfern anstellt.«

»Hä?«

»Er versetzt sie in den Todesschlaf. Ich habe keine Ahnung, *wie* er das anstellt. Aber Bruck muss eine psychologische Methode herausgefunden haben, sie auf Dauer in der Lähmungsphase zwischen Alptraum und Aufwachen gefangen zu halten. Sophia steckt in einer Dauerschleife des Horrors, wenn man so will. Das ist es, was sie uns die ganze Zeit sagen wollte.«

Tom kniff skeptisch die Augenbrauen zusammen, fuhr sich durch seine gegelten Haare, strich sie wieder glatt und schnalzte dann verächtlich mit der Zunge.
»Okay, Mr. Sherlock Holmes, dann verrat mir doch jetzt nur noch eins.«
Caspar verspannte sich in der Erwartung der Frage, die jetzt kommen musste und auf die er keine Antwort hatte. *Noch nicht.*
»Woher weißt du das alles? Wieso kennst du dich so gut in Erster Hilfe aus, legst unserer hübschen Ärztin einen Zugang und zitierst jetzt auch noch blind aus psychiatrischen Fachbüchern?«
»Keine Ahnung.« Jetzt war es Caspar, der die Hände hob. »Vielleicht bin ich ja Arzt, Apotheker oder Psychologe? Du hast selbst gesagt, wir könnten Kollegen sein, oder ich hab einfach nur gut in meinem Erste-Hilfe-Kurs aufgepasst? Ich wünschte, ich wüsste es.«
»Ja, klar. Versteck dich nur hinter deiner Amnesie. Ich nehm dir das nicht ab.« Tom wandte sich an Bachmann. »Wann ist er eingeliefert worden?«
Der Hausmeister kraulte sich wieder nachdenklich seine Koteletten. »Vor etwa zehn Tagen, glaube ich.«
»Und wann genau riss die Serie des Seelenbrechers ab?«
»Was willst du damit andeuten?«
Caspar schlug wütend das Buch zu und sprang vom Tisch auf.
»*Du* hast uns doch den Wahnsinnigen hier reingeschleppt. *Du* hast doch dafür gesorgt, dass wir hier keine

Hilfe holen können, indem *du* mit deinem Krankenwagen den Telefonkasten zerstört hast.«

Caspar unterstrich jedes ›du‹ mit einer wütenden Armbewegung, ähnlich einem Ringrichter, der einen angeschlagenen Boxer anzählt. Doch seine verbalen Treffer schienen wirkungslos an Schadeck abzuprallen. Er blinzelte nicht einmal. Trotzdem meinte Bachmann die beiden Streithähne trennen zu müssen und schob sich schnaufend dazwischen.

»Hey, hey, hey ... Das bringt doch nichts. Wir müssen zusammenhalten. Und uns vertrauen.«

Vertrauen? Caspar musste daran denken, wie Linus ihm die manipulierte Benzinleitung hatte zeigen wollen und Bachmann auf einmal hinter dem Schneemobil aufgetaucht war.

Ich kann hier keinem trauen, dachte er. *Ich kenne hier niemanden. Noch nicht einmal mich selbst.*

Er setzte sich wieder an den Tisch, presste mit beiden Händen seine zitternden Knie gegeneinander und starrte auf das Nachrichtenmagazin, das Bachmann aufgeschlagen liegen gelassen hatte.

Während Schadeck und der Hausmeister hinter ihm weiterstritten, verschwammen die Buchstaben vor seinen Augen. Aber er wollte weder zuhören noch sprechen oder lesen. Auf einmal war er unendlich müde, sein Gehirn musste dringend einen Gang herunterschalten, am besten in den Leerlauf, um nach einer kurzen Pause der Ruhe vielleicht einen Neustart in diesen Wahnsinn zu wagen.

Er zwang sich, an nichts zu denken, und im ersten Augenblick schien es sogar zu funktionieren. Doch dann beging er den Fehler, seine Augen zu schließen. Und da er etwas zu lange das Foto des zweiten Opfers in der Zeitschrift angestarrt hatte, glühte das Bild der Lehrerin auf seiner Netzhaut nach, und mit der Ruhe war es vorbei. Dieses Mal hörte er das Quietschen der Gleise, bevor der beißende Rauch der Lokomotive wieder seine Nase füllte. Er öffnete die Augen, und der Erinnerungszug fuhr ein.

»Sie ist schon immer ein sehr stilles Mädchen gewesen. Zu still. Ich habe mir Sorgen gemacht, weil ich mir keine Sorgen machen musste, wenn Sie verstehen, was ich meine.«

»Ja, sicher.«

Er starrte auf die rostigen Teeränder seiner leeren Tasse und lehnte einen Nachschlag ab.

»Hier, schauen Sie mal.« Die Frau öffnete ein laminiertes Faltheft, das sie für den Besuch extra herausgesucht und griffbereit auf den Couchtisch gelegt haben musste. Es steckte sogar ein kleiner Zettel zwischen den Seiten, die sie jetzt aufschlug.

»Sehen Sie, was ich meine? Alle anderen lachen. Aber sie blickt noch nicht einmal in die Kamera.«

Die Frau drehte das Jahrbuch, so dass er es besser sehen konnte, doch das war gar nicht nötig.

Er kannte das blondgelockte Mädchen mit der Zahnspange. Er besaß ein Bild von ihr, trug es immer in seiner Brieftasche bei sich. Ein Passfoto, aber auf dem lächelte sie auch nicht.

Er schloss die Augen. Der Anblick seiner Tochter erzeugte eine so große Wehmut, dass es schmerzte.

»Ist alles in Ordnung?«, fragte sie, und ihre Lippen zuckten unsicher. Er antwortete nicht und sah wieder auf das Gruppenbild in dem Jahrbuch, auf dem die Frau ebenfalls abgelichtet war. Sie stand ganz am Rand und trug enge

Jeans, die in kniehohen schwarzen Stiefeln steckten. Neben ihrem Kopf schwebte ein kleines Sternchen. Er sah nach unten, fand ein weiteres Sternchen und las das Kleingedruckte in der Fußnote.

Katja Adesi, Klassenlehrerin der 5B, Waldgrundschule Berlin.

»Stimmt was nicht?«

»Nein, es ist nur, es ist …«

Er suchte nach einem Taschentuch in seiner Hose, stieß auf die zerknitterte Bahnfahrkarte, die er heute in Hamburg gelöst hatte, und wollte der Lehrerin alle Fragen auf einmal stellen, die ihn so quälten: Wann haben Sie es das erste Mal bemerkt? Wie viele dieser verstörenden Bilder hat sie im Unterricht gemalt? Gibt es noch andere Anzeichen?

»Ich glaube, es ist jetzt besser, wenn Sie gehen.« Katja Adesi stand auf. »Ich hab schon zu viel gesagt. Ich will niemanden denunzieren, wissen Sie? Vielleicht sehe ich ja auch nur Gespenster?« Sie musterte ihn fast mitleidig und zuckte dann mit den Achseln. »Es tut mir leid.«

Er merkte, dass ihm die Kraft fehlte, seine Zunge zu bewegen, um auch nur eine einzige seiner Fragen artikulieren zu können.

»Verstehen Sie mich?« Ihr Lächeln war verschwunden. »Hallo, jemand zu Hause?« Die gleichmäßigen Gesichtszüge der Lehrerin verzerrten sich, und Caspar zuckte fast angewidert zusammen, als dann auch noch ihre Stimme umschlug.

»Hallo, ich rede mit dir, du Psycho...«
Caspar schlug die Augen auf und wurde schlagartig in die Realität katapultiert, in der sich Schadeck gerade drohend vor ihm aufgebaut hatte.
»Was war es denn diesmal?«, höhnte der Pfleger. »Bist du Cäsar, oder hast du dich an deine Zeit als Filmstar zurückerinnert?«
»Lass ihn doch endlich mal in Ruhe, Tom«, ergriff Yasmin unerwarteterweise Partei, bevor Caspar antworten konnte. »Glaubst du, er zieht hier eine Show ab? Er war bewusstlos, Mann. Caspar ist ein Patient!«
Sie drehte aufgeregt an ihrem Daumenring und rückte einen Schritt von Schadeck ab. Als Nächstes schien sie sich wieder an ihre Pflichten als Krankenschwester zu erinnern und schob Sophia vorsichtig im Rollstuhl zurück vor den Kamin.
Caspar folgte ihr, während sich die wütenden Blicke Schadecks in seinen Rücken gruben.
»Wie geht es ihr?«, fragte er leise.
»Nicht so gut, Sie hören es ja selbst.«
Tatsächlich. Caspar fragte sich, wie lange er wohl weggetreten gewesen war, dass Sophia so stark hatte abbauen können.
Ihr ehemals gleichmäßiger Atem klang nun wie das Hecheln eines asthmatischen Hundes. Hin und wieder hustete sie und brachte dadurch den Infusionsbeutel, der nun endlich an dem Schürhaken hing, bedrohlich zum

Wackeln. Ihre Hände waren eiskalt, und der Puls schien viel zu schwach.
»Das Feuer geht aus«, sagte Caspar. Daraufhin stand Schadeck auf und kam mit dem Lebensmittelbeutel der Köchin zu ihnen. Er zog einen kleinen Flachmann heraus, öffnete den Drehverschluss und goss den hochprozentigen Inhalt in den Kamin. Danach warf er ein Birkenholzscheit in die Stichflamme.
»Hier, du könntest auch was zum Aufwärmen vertragen«, sagte er mit Blick auf Caspars nackte Füße. Er hielt ihm den Flachmann entgegen, in dem noch ein winziger Schluck umherschwappte.
»Nein, danke. Ich trinke nicht.« Caspar wunderte sich über das schlechte Gefühl, das sich wie eine beginnende Depression in ihm festsetzte. Er führte es auf Sophias Verfassung zurück.
»Solltest du aber«, entschied Schadeck, die Hände immer noch in dem Beutel vergraben. »Die Frühschicht kommt in fünf Stunden. Und mit den Dingern hier ...«, er zog einen weiteren Miniaturweinbrand hervor, »... ist die Wartezeit vielleicht etwas erträglicher.«
Fünf Stunden?
Verdammt, das war zu lange. Die Zeit tropfte mit der Trägheit flüssigen Glases voran, während die todbringende Spirale des Todesschlafs sich unaufhaltsam in der Ärztin drehte. Vanessa Strassmann war zwar erst Wochen später gestorben, aber wer wusste schon, wie sehr Sophia sich in sich selbst verlor und wann sie eine Grenze überschritt, hinter der sie das Gefängnis ihres Körpers nicht

mehr verlassen konnte – und damit das Wissen um seine Tochter in sich begrub?

»Hey, was ist das denn?«

Schadeck ließ den Jutebeutel zu Boden fallen. Caspar drehte seinen Kopf nach oben und sah zum ersten Mal einen Anflug von Angst in Toms Augen aufblitzen. Nur widerwillig löste er die Finger von Sophias Hand und stand auf.

»Darf ich mal sehen?«

Schadeck reichte ihm den kleinen Papierschnipsel.

»Ich denke, das ist ein weiterer Gruß unseres Seelenbrechers.«

Der Sanitäter sprach leise und mehr mit sich selbst als mit allen anderen.

»Wo hast du ihn gefunden?«, fragte Bachmann aufgeregt.

»Hier, in dem Sack. Zwischen den Lebensmitteln«, erklärte Tom. »Bruck muss den Zettel da reingelegt haben, gleich nachdem er die Köchin überwältigt hat.«

Caspar nickte.

Das ergibt Sinn. Bruck bleibt bei seiner Methode. Ein Opfer im Austausch gegen ein Rätsel.

Caspars Finger zitterten. Der Zettel war genauso gefaltet wie die anderen. Mit der Wahl des Papiers schien der Seelenbrecher sein Opfer verhöhnen zu wollen. Er war ganz offensichtlich in Sophias Büro gewesen und hatte dieses Rätsel auf einen ihrer Rezeptblöcke geschrieben. Der unleserliche Schriftzug der Großbuchstaben ließ unheilvolle Rückschlüsse auf seine geistige Verfassung zu.

»Was steht drauf?«, fragte der Hausmeister ungeduldig.
»Ich will es gar nicht wissen.« Yasmin presste sich beide Hände gegen die Ohren und wandte sich ab. Doch Caspar entblätterte das Papier, dann las er den mysteriösen Text laut vor:

FINISHED FILES ARE THE RESULT
OF YEARS OF SCIENTIFIC STUDY COMBINED
WITH THE EXPERIENCE OF YEARS

»Hä?«
Während Schadeck nur genervt aufstöhnte, vibrierte Bachmanns Stimme vor Anspannung.
»Und was soll das bitte bedeuten?«
Caspar sah auf, rieb sich mit dem Handrücken eine Wimper aus dem Augenwinkel und atmete tief durch.
»Ich habe keine Ahnung«, sagte er wahrheitsgemäß und ließ die Hand mit der Rätselkarte hängen.
»Aber es gibt jemanden, den wir fragen könnten.«

02.07 Uhr

Der nachträglich in die Villa eingebaute Fahrstuhl war groß genug, um ein Krankenbett aufzunehmen, also fanden sie alle in ihm Platz. Caspar hatte darauf bestanden, dass sie zusammenblieben. Auch in freier Wildbahn bildeten Tiere einen beweglichen Schwarm, der ihren Jägern keine klare Angriffsfläche bot. Zumindest, solange

niemand mit einem besonderen Merkmal aus der anonymen Gruppe herausstach.
Caspar musterte die funkelnden Chromspeichen des Rollstuhls und wusste, wen das Raubtier sich als Erstes aussuchen würde, wenn sie Sophia nicht in ihrer Mitte beschützten.
»Wo geht's eigentlich hierhin?«, fragte Caspar und deutete auf das Schild neben dem Messingknopf mit dem Minuszeichen vor der Zwei.
»Ins zweite Kellergeschoss«, antwortete Bachmann. »Raßfelds Labor. Könnte mir vorstellen, dass Bruck dort sein Versteck hat.«
»Wieso?«, fragte Caspar und drückte die Vier.
»Um ganz nach unten zu fahren, braucht man einen Extraschlüssel. Und den hat nur Raßfeld. Sehen Sie?«
Während sich die Fahrstuhltüren schlossen, drückte Bachmann auf den untersten Fahrstuhlknopf, der jedoch nur einmal kurz aufflackerte.
»Ich will weder nach oben noch nach unten«, maulte Yasmin, als der Aufzug sich mit seiner gewohnten Langsamkeit in Bewegung setzte. »Sie haben doch vorhin selbst gesagt, wir sollten besser in der Bibliothek bleiben.«
Caspar stöhnte.
»Nein, ich habe nur gesagt, wir sollten uns nicht mehr trennen.« Zum Glück fielen ihm wenigstens die anderen nicht in den Rücken. Der Hausmeister, weil er froh war, nach dem Desaster mit Sybille keine eigenen Entscheidungen mehr treffen zu müssen. Und Tom, weil er lieber

in Bewegung blieb, als passiv in einer möglichen Falle zu hocken.

»Möglicherweise haben Sie recht, Yasmin. Aber kennen Sie das Gedicht über falsche Entscheidungen?«, fragte er die Krankenschwester. Sie pustete ihren Pony von den Augen weg und sah ihn verständnislos an.

»Sollte ich?«

»Es geht so:

Ja?
Nein?
Ja?
Nein?
Ja?
Nein?
Ja?«

Er machte eine winzige Pause und schloss dann:

»Zu spät.«

Yasmin sah ihn an, als hätte er sie gerade angespuckt.

»Was ich damit sagen will, ist Folgendes: Während wir tatenlos in der Bibliothek abwarten und nur dabei zusehen, wie Sophia sich immer tiefer in sich selbst verliert, schleicht der Seelenbrecher ungehindert durchs Krankenhaus und kann sich bewaffnen. Ich rede nicht nur von Messern, Betäubungsmitteln und Skalpellen. Ich rede von brennbaren Chlorreinigern, Fässern von Formaldehyd und anderem medizinischem Alkohol, aus dem er

Molotowcocktails basteln kann, um uns auszuräuchern. Und was machen wir dann? Da helfen auch keine zwanzig Millimeter Holztür zwischen uns und dem Seelenbrecher. Dann irren wir ziellos in dieser abgeschotteten Klinik durch den Rauch.«

Sie passierten die dritte Etage.

»Es kann sein, dass Bruck ganz andere Ziele hat. Aber ich fürchte, im Gegensatz zu uns *hat* der Seelenbrecher einen Plan. Uns bleiben daher nur zwei Möglichkeiten: Entweder wir kommen dahinter, oder wir suchen uns schnellstens ein noch sichereres Plätzchen als die Bibliothek.«

Zum Beispiel die Neuroradiologie, hatte Bachmann vorgeschlagen, kurz bevor sie aufbrachen. Der Kernspinraum war mit feuerfesten Türen und einem eigenen Lüftungssystem ausgestattet.

»Ja, ja, ist ja gut«, stöhnte Yasmin entnervt. »Ich hab schon verstanden. Aber trotzdem ...«

Der Fahrstuhl kam ruckelnd zum Stehen, und die Krankenschwester unterbrach ihre Einwände, als die Türen sich öffneten.

Vierte Etage.

Im Gegensatz zum Erdgeschoss funktionierten hier oben die Bewegungsmelder einwandfrei. Das Flurlicht sprang an, als der Erste der Gruppe den Aufzug verließ.

»Also gut, wie besprochen«, sagte Caspar. »Wir holen sie nur kurz ab und fahren danach sofort nach unten.«

»Scheiße«, fluchte Schadeck, der bereits zwei Schritte vorangegangen war.

»Was ist?«, wollte Bachmann wissen, sah es dann aber in der gleichen Sekunde wie Caspar auch.

Die Tür.

»... O nein.«

Greta Kaminskys Zimmertür stand sperrangelweit offen.

02.10 Uhr

»Ist sie tot?«

»Weiß nicht.«

Die weißlackierten Dachschrägen reflektierten das fahle Flurlicht und gaben der reglosen Gestalt eine wächserne Gesichtsfarbe. Die alte Dame ruhte wie ein aufgebahrter Heiliger in der Mitte ihres Bettes, und Caspar konnte aus seiner Perspektive nicht sagen, ob sich die Decke über ihrem Körper bewegte oder nicht.

Er stahl sich einen weiteren Schritt nach vorne in ihr Zimmer und fragte sich, weshalb sie eigentlich flüsterten. Wenn der Seelenbrecher ihr etwas angetan hatte, mussten sie sich um ihre Privatsphäre kaum noch Gedanken machen.

Da. War da was? Hatten ihre dünnen, fast durchsichtigen Nasenflügel gezittert?

»Ich glaube, Sie ...« Yasmin sprach so leise, dass Caspar das letzte Wort nicht verstehen konnte. Aber das brauchte er auch nicht. Er hatte es selbst gesehen. Kein Zweifel. Greta Kaminsky hatte die Augen aufgeschlagen.

»Was ist denn hier los?«, fragte sie, und ihre Nachttischlampe glomm auf. Ihre Stimme klang ruhig, ohne auch nur den winzigsten Hauch von Müdigkeit, und wenn sie darüber erstaunt war, mitten in der Nacht Teile der Belegschaft und dazu noch einen Mitpatienten an ihrem Bett stehen zu sehen, dann konnte sie das gut verbergen.

»Es ist etwas passiert«, antwortete Caspar und fragte sich, wie er den Wahnsinn eigentlich erklären sollte, den sie bislang offenbar verschlafen hatte. »Ziehen Sie sich etwas an, Sie müssen sofort mitkommen.«

»Wer sagt das?«

»Das erkläre ich Ihnen, wenn ...«

»Papperlapapp, Jungchen«, unterbrach sie ihn. »Ich mag Sie, Caspar. Sie haben meinen Fernseher repariert, aber deshalb stiefele ich Ihnen nicht um zwei Uhr morgens durch die Klinik hinterher. Schon gar nicht mit einer Horde Fremder im Schlepptau.« Sie warf Tom einen unterkühlten Blick zu.

»Also, wer bitte sind Sie, mein Herr?«

»Tom Schadeck, ich bin Rettungssanitäter und habe gestern Abend ein Unfallopfer hier eingeliefert. Den Seelenbrecher.«

»Bitte wen?«

Schadeck trat einen Schritt zur Seite, und Yasmin schob den Rollstuhl vor Gretas Bett, damit sie einen Blick auf die in sich zusammengesunkene Gestalt darin werfen konnte.

»Großer Gott!« Greta presste beide Hände auf den Mund.

»Das ist kein Scherz? Das gehört jetzt nicht irgendwie zu meiner Angsttherapie, oder doch?«

»Leider nein.« Caspar erklärte ihr, wie er Jonathan Bruck aus seinem Zimmer hatte flüchten sehen und wie sie das Schott heruntergelassen hatten, nachdem sie Sophia in der Badewanne gefunden hatten.

Er setzte sie von dem Verschwinden Raßfelds, Linus', Sybilles und Mr. Eds in Kenntnis, und schließlich gelang es ihm sogar, mit kurzen Worten ihre Todesschlaf-Theorie zusammenzufassen.

»Und ihr habt mich die ganze Zeit hier oben alleine liegen lassen?« Greta sprang für ihr Alter erstaunlich behende aus dem Bett und ließ ihre knochigen Füße in ein Paar Hausschuhe mit rosa Bommel an der Spitze gleiten.

»Sie waren eingeschlossen«, sagte Caspar und fragte sich gleichzeitig, weshalb die Tür offen gestanden hatte. Wenn der Seelenbrecher sich die Mühe gemacht hatte, sie zu öffnen, wieso hatte er Greta dann verschont? Er bekam die Antwort schneller als erwartet.

»Nein, war sie nicht. Ich bin gar nicht bei ihr gewesen«, gestand Yasmin kleinlaut.

»Was?«, riefen Bachmann und Caspar gleichzeitig.

»Ich hatte vorhin zu große Angst. Hey, gerade du brauchst mich nicht so vorwurfsvoll anzuschauen.« Sie streckte ihr Kinn in Bachmanns Richtung. »Du hast vorhin auch einen Fehler gemacht.«

Sie klang jetzt maulig wie ein kleines Mädchen. »Ich war in Linus' Zimmer, und plötzlich ballerte jemand gegen das Schott.« Sie deutete auf das dunkle Fenster. »Von außen! Da war jemand auf dem Balkon.«

»Und das sagst du uns erst jetzt?«, fragte Caspar.

»Ich hab mich zu Tode erschrocken. Danach hab ich mich nicht mehr getraut, nach Greta zu sehen, und bin sofort wieder nach unten gefahren.«

Kein Wunder, dass sie in der Bibliothek bleiben wollte.

»Hör mal, wir sollten jetzt keine weitere Zeit mit Streitereien verlieren«, versuchte ausgerechnet Schadeck zu schlichten, wahrscheinlich um seine »Yazzie« in Schutz zu nehmen.

Greta zog sich einen seidenen Morgenmantel über und stemmte beide Arme in ihre rundlichen Hüften.

»Also gut, ihr dachtet, ich wäre hier oben eingeschlossen in Sicherheit. Warum seid ihr dann jetzt doch noch gekommen, um mich zu holen?«

Caspar reichte ihr die beiden Notizzettel, die sie bei Sophia und in Sybilles Tüte gefunden hatten.

»Wir brauchen Ihre Hilfe.«

Greta schlurfte zu ihrem Nachttisch und nestelte sich die abgegriffenen Bügel ihrer Lesebrille hinter die Ohren.

»Es ist die Wahrheit, obwohl der Name lügt?«

»Ja. Das haben wir bei Sophia gefunden. Wir denken, mit der Lösung des Rätsels könnten wir sie vielleicht aus ihrem Todesschlaf holen.«

»Das arme Ding«, stöhnte Greta mit Blick auf Sophia, dann schüttelte sie bedauernd den Kopf.

»Nun, ich bin zwar eine alte Rätseltante. Aber hier muss ich passen.«

Schadeck klatschte in die Hände. »Also schön, wieder zwanzig Minuten verloren auf unserem Weg durch den Irrsinn. Lasst uns jetzt endlich nach unten in den Keller verschwinden, bevor ...«

»Aber *das* hier ist alt«, unterbrach ihn Greta. Sie schwenkte den zweiten Zettel wie ein Taschentuch beim Abschiednehmen auf dem Bahnhof.

»Ach ja?«

»Ja, Pipifax, wie mein Großneffe sagen würde. Ich glaube, es stammt sogar aus einem meiner alten Rätselbücher.«

»Und was bedeutet es?«

FINISHED FILES ARE THE RESULT
OF YEARS OF SCIENTIFIC STUDY COMBINED
WITH THE EXPERIENCE OF YEARS

Caspar konnte den Text mittlerweile auswendig, so oft hatte er ihn schon gelesen.

»Nun, ich verstehe selbst kaum Englisch, aber um es zu lösen, ist das auch gar nicht notwendig.«

»Was denn dann?«, fragte Bachmann.

»Man muss die F zählen.«

»Die F?«

»Ja, den Buchstaben. Wie häufig kommt er in dem Text vor?«

»Dreimal!«, sagte Schadeck gelangweilt, der Greta den Zettel wieder aus der Hand genommen hatte und ihn nochmals vorlas.

FINISHED FILES ARE THE RESULT
OF YEARS OF SCIENTIFIC STUDY COMBINED
WITH THE EXPERIENCE OF YEARS

Er reichte das Papier erst an Bachmann und dann an Caspar.

»Ich zähle vier«, sagte der und gab es Greta zurück, nachdem Yasmin eine abwehrende Handbewegung gemacht hatte.

»Und damit gehören Sie schon zu den oberen zehn Prozent. Das ist nämlich ein Intelligenztest. Die breite Masse …«, sie feuerte einen weiteren vernichtenden Blick über die Kante ihrer Brille hinweg auf Tom ab, »… also die Normalsterblichen zählen drei. Einige wenige zählen vier, so wie Sie, Caspar. Aber in Wahrheit sind es sechs.«

»Sechs? Lächerlich, wo sollen die denn stecken?« Tom lachte.

Sie gab ihm den Zettel zurück, diesmal mit triumphierender Miene.

»In dem Wort ›of‹, das Sie wie so viele vor Ihnen einfach überlesen haben.«

Caspar sah Schadeck über die Schulter, und tatsächlich sprangen ihn auf einmal alle sechs F wie Leuchtfackeln ins Auge.

FINISHED **F**ILES ARE THE RESULT
O**F** YEARS O**F** SCIENTI**F**IC STUDY COMBINED
WITH THE EXPERIENCE O**F** YEARS

»Das gibt's doch gar nicht«, flüsterte Tom.
»Doch, unser menschliches Gehirn denkt immer in Bildern. Und zu dem Wort ›of‹ fällt ihm kein passendes Bild ein, also überliest man es, obwohl der Buchstabe die ganze Zeit direkt vor unseren Augen steht.«
Caspar schüttelte fassungslos den Kopf und fragte sich für einen kurzen Moment, ob Greta gerade von dem Rätsel oder von seinen Erinnerungen sprach.
»Sechs F?« Tom konnte es anscheinend immer noch nicht fassen und zählte noch einmal nach. »Okay, und was, bitte schön, soll uns das jetzt sagen?«
»Tja, Leute, ich hab zwar auch nur drei gezählt, aber ich glaube, hierauf weiß ausnahmsweise einmal ich die Antwort.«
Bachmann zog sein dickes Hausmeisterschlüsselbund aus der Seitentasche des Overalls und zählte eine Vielzahl unterschiedlicher Plastikanhänger durch.
»Hier«, sagte er schließlich und hielt ihnen eine grüne Plakette entgegen.
»Das ist der Schlüssel zum Raum Sechs F.«
»Sechs F?«, fragte Yasmin ungläubig. »Davon habe ich noch nie was gehört. Bei uns gibt es doch nur vier Stockwerke. Was soll'n das sein?«
»Na ja, ist ein kleiner Insider zwischen mir und Raßfeld. Sechs F steht für ›Six feet‹. Man mag es kaum glauben, aber Raßfeld hat auch Humor: *Sechs Fuß unter der Erde*. Im Keller.« Dann, als Bachmann merkte, dass die anderen immer noch nichts verstanden, setzte er nach: »Das ist der Schlüssel für die Pathologie.«

02.16 Uhr

Der Saal empfing sie mit der Gemütlichkeit eines stillgelegten Schlachthofs. Raßfeld hatte mit seinen Studenten hier nur gelegentlich Studienobjekte seziert. Dennoch kam es Caspar vor, als hätten sich die Knochenstanzer, Hirnspatel, Wundspreizer und Skalpelle auch in das Gemäuer des pathologischen Untersuchungsraums gefräst. *Die verletzte Seele des Raumes,* kam ihm ein Zitat in den Sinn, das er einmal in einem populärwissenschaftlichen Magazin gelesen hatte. Das also war ihm im Gedächtnis geblieben. Nutzloses Wissen über Feng-Shui anstatt brauchbare Hinweise über seine wahre Identität.
Caspar fühlte sich innerlich zerrissen. Wie ein Vorschulkind, das nicht weiß, in welcher Straße Mama und Papa wohnen, aber aus irgendeinem Grund aus dem Stand heraus über negative Energie referieren kann. Über Menschen, die die Ansicht vertreten, traumatische Ereignisse würden ihre Spuren nicht nur in der Psyche der Lebenden, sondern auch in der sie umgebenden toten Materie hinterlassen. Wie ein unsichtbarer Fingerabdruck des Bösen, den man spürt, sobald man die Unfallstation eines Krankenhauses oder einen Tatort betritt. Ein Abdruck, der etwas erzeugt, was Esoteriker als Aura und Realisten als Atmosphäre bezeichnen, und der je nach Empfindsamkeit des Betrachters Beklemmungen, Gänsehaut oder Furcht auslösen kann. Die Mehrzahl der Gruppe im Keller schien gerade alles auf einmal zu empfinden. Selbst Sophias Atem ging schneller, fast stoßweise, auch

wenn sich ihr teilnahmslos leerer Blick nicht verändert hatte.
»Also, hier möchte ich nicht mal liegen, wenn ich tot bin«, flüsterte Yasmin und stellte den Rollstuhl direkt neben dem Handwaschbecken am Kopfende des Seziertisches ab. Im Halbdunkel des Notlichts hätte man mit einiger Phantasie den handtuchförmigen Raum für die Küche eines futuristischen Exzentrikers halten können, mit grauem Steinfußboden, weiß gefliesten Wänden und einem Arbeitsblock aus gebürstetem Aluminium in der Mitte. Nur dass die Dunstabzugshaube in Wahrheit ein Halogenstrahler war und die verchromten Kühlschrankschließfächer nicht für Lebensmittel, sondern für Leichenteile gedacht waren.
Bachmann schaltete die gewölbten Deckenlampen an, was die unheilvolle Atmosphäre noch verstärkte.
»Und was suchen wir hier?«, fragte Schadeck.
»Nach einem weiteren Hinweis.«
Caspar überprüfte den Fußboden nach Blutflecken. Doch anders als nebenan in der Radiologie schien der Seelenbrecher hier keine Spuren hinterlassen zu haben.
»Wofür braucht ihr als private Psychoklinik überhaupt so einen Leichenkeller?«, wollte Schadeck wissen.
»Ich glaube, das ist Vorschrift. Jedes Krankenhaus muss darauf vorbereitet sein, sollte einmal einer der Patienten sterben.« Bachmann kratzte sich nachdenklich über seinen kahlen Schädel.
»Aber das ist noch nie vorgekommen.«
Bis heute, dachte Caspar.

»Und dann gleich neun Leichenkühlschränke? Verdammt, hier gibt's doch nicht mal so viele Zimmer.« Tom tippte sich abfällig gegen die Stirn.
»Raßfeld hat sich auf Virtopsie spezialisiert«, sagte Bachmann und schien sich darüber zu freuen, dass Schadeck mit dem Fremdwort nichts anzufangen wusste.
»Um eine Leiche aufzuschneiden, braucht man entweder eine gerichtliche Anordnung oder die Einwilligung der Angehörigen«, erklärte er. »Doch viele wollen nicht, dass ihre Verwandten verunstaltet werden. Deshalb geht man immer häufiger dazu über, die Toten in die Röhre zu schieben. Leider dauert der vollständige Scan einer Leiche mehrere Stunden, oft die ganze Nacht. Normale Kernspingeräte sind für eine so lange Dauer gar nicht programmiert. Und auch wegen der Lärmbelästigung lagert man solche Untersuchungen am liebsten aus, und Raßfeld hat früh erkannt, dass sich mit Virtopsie ein hübsches Zusatzsümmchen verdienen lässt. Manchmal sind alle Kühlschränke belegt.«
Kawumm.
Caspar schrak zusammen und drehte sich zu der Wand hinter ihm um, wo Greta Kaminsky gerade dabei war, ein Kühlfach zu öffnen.
»Verdammt, was machen Sie denn da?«, fragte der Sanitäter, der sich offenbar ebenfalls zu Tode erschrocken hatte.
»Na was glaubst du wohl, Jungchen?«
Greta zog einen leeren Metallschlitten aus dem Wandfach.

»Ihr steht hier dumm rum und tuschelt so leise, als wären wir in einer Kathedrale. Der Respekt vor den Toten kann es ja wohl kaum sein. In Wahrheit geht euch doch allen nur die Muffe. Aber wenn der Seelenbrecher einen weiteren Hinweis für uns versteckt hat, dann doch wohl in diesen Dingern, oder?«

Kawumm. Sie hatte den Schlitten zurückgeschoben und öffnete ein weiteres Kühlfach.

Der Sanitäter lachte trocken auf.

»Sagte sie nicht, sie wäre in Angsttherapie?« Schadeck drehte sich mit hochgezogenen Augenbrauen zu den anderen um.

»Also die Pillen will ich auch«, stimmte ihm Bachmann zu.

Wie Yasmin musste auch Caspar widerwillig lächeln. Er spürte, dass sie dabei waren, in eine alberne Stimmung zu verfallen. Wie Angehörige, die sich nach einer Beerdigung Witze erzählen, um das Tal der Trauer, das vor ihnen liegt, mit erzwungener Heiterkeit zu überwinden.

Kawumm.

»Auch nichts.« Greta hatte die dritte von den neun Isolationstüren zugeworfen. Und erneut zuckte die Gruppe zusammen, doch jetzt wegen eines neuen, andersartigen Geräuschs, das von der gegenüberliegenden Wand kam. Caspar überwand als Erster seine Starre.

»Was ist das?«, fragte er und zeigte auf den quaderförmigen Plastikkasten an der Stirnwand der Pathologie, der ihn auf den ersten Blick an eine Eistruhe erinnerte.

»Eine weitere Kühlbox«, erklärte Bachmann.

»Das sehe ich. Ich meine das Geräusch?«

Caspar ging langsam an dem Sezierblock vorbei durch den Raum.

»Die Kühlflüssigkeit.« Bachmann bemühte sich, ein verharmlosendes Lächeln in seine Stimme zu legen.

»Klingt wie ein Rasenmäher beim Gurgeln, ich weiß. Aber das Ding ist schon älter. Ich dachte, die Box ist schon ausrangiert. Raßfeld benutzt sie eigentlich nicht mehr.«

»Aha.«

Schadeck war ihm neugierig gefolgt.

»Und wieso steckt das Kabel von dem Ding dann in der Steckdose?«

Caspar legte beide Hände auf den Deckel. Die Truhe öffnete sich mit einem schmatzenden Sauggeräusch, und die Kälte quoll mit dampfendem Atem über die Kanten. Er hielt sich reflexartig die Hand vor den Mund, doch es war zu spät. Der beißende Gestank hatte sich schon eine Abkürzung zu seinem Gehirn gesucht. Über die Nase.

Caspar hustete, und seine Augen tränten, doch nicht wegen der süßlich stechenden Gase, sondern wegen des unerträglichen Anblicks.

»Und?«, fragte der Sanitäter hinter ihm nasal. Tom trat einen Schritt näher heran, die Nase mit zwei Fingern zugepresst.

»Was ist denn *das?*«, fragte er und klang dabei so entsetzt, wie Caspar sich fühlte.

Da die Truhe kein Innenlicht besaß, konnte er nicht erkennen, ob an dem blutleeren Körper noch alle Extremitäten vorhanden waren. Nur eines hatte er deutlich gesehen, bevor sich nun auch noch Yasmin und Bachmann hinter ihn stellten: Irgendjemand hatte dem augenlosen Schädel des Hundes die Hälfte der Kopfhaut abgezogen.

02.18 Uhr

»Mr. Ed«, stöhnte Yasmin.

Caspar hatte das Gleiche gedacht und sich gleichzeitig geschämt, weil der Anblick der geschundenen Kreatur ihn völlig unberührt ließ.

Vielleicht ist er doch nur ein Streuner gewesen? Vielleicht kenne ich ihn ja gar nicht, wollte er sein schlechtes Gewissen beruhigen. Vielleicht reagierte er auch nur so emotionslos, weil er mit viel Schlimmerem gerechnet hatte.

Nein, das ist es nicht.

»Sollen wir ihn da rausholen?«, fragte Bachmann unschlüssig.

Das passt alles nicht zusammen.

»Der Seelenbrecher hat ihm die Pfoten abgetrennt, oder?« Yasmin konnte ihren Blick nicht von den Überresten des Hundes abwenden, auch die Übelkeit erregenden Dämpfe schienen ihr nichts auszumachen. Sie beugte sich sogar noch tiefer über die Truhe, so dass Caspar Platz machen musste, wofür er im Stillen dankbar war.

»Ja, das Fell ist ihm über das rechte Ohr gezogen, und Mr. Ed hat keine Pfoten mehr. Himmel, welcher kranke Perverse macht denn so was?«

»Raßfeld«, sagte Bachmann und zog zum Entsetzen der Krankenschwester einen kellenförmigen Knochen aus der Truhe.

»Hier, seht mal.«

Yasmin und Tom glotzten den Hausmeister fassungslos an.

»Das ist die Hüfte des Hundes. Raßfeld persönlich hat sie abgesägt, aber da ist nichts Perverses dabei. Denn es ...«

Caspar nickte. Er begann zu verstehen. Warum er so gelassen geblieben war. Weshalb er den Tod Mr. Eds nicht bedauert hatte. Weil das ...

»... ist nicht Mr. Ed. Wie ich schon sagte. Raßfeld hat hier hin und wieder mit seinen Studenten gearbeitet. Das hier ist ein Übungsobjekt.« Bachmann warf den Knochen zurück in die Truhe und schloss den Deckel.

»Der Hund wurde überfahren und uns vom Tierarzt zur Verfügung gestellt.«

»Und woher willst du das so genau wissen?«

»Streich dir doch einfach mal deine rote Perücke aus den Augen und schau genauer hin, Yasmin. Mr. Ed war ein Mischling, das da drinnen ist ein Labrador. Und das, was hier so stinkt, ist Formalin. Das Tier hat da drinnen gebadet, ist komplett ausgeblutet, sämtliche Körperflüssigkeiten sind ersetzt. Selbst wenn der Seelenbrecher ein Tierpräparator ist – der hätte das in der Kürze der Zeit doch gar nicht schaffen können.«

»Aber, aber ...« Yasmin stotterte. »Aber was will uns der Seelenbrecher dann damit sagen?«
»Gar nichts. Begreifst du denn nicht, er will uns ...«
»... töten«, sagte Greta vom anderen Ende des Raumes her, und es klang erst gar nicht nach ihrer Stimme. Denn jetzt war sie es, die flüsterte.
Alle drehten sich zu ihr um. Niemand stellte eine Frage. Das war auch gar nicht nötig. Das geöffnete neunte Kühlfach bewies, was die alte Dame in der Zwischenzeit getan hatte, in der sie hier ihre Zeit mit dem Präparationskadaver verschwendeten.
»Ist er ... Ich meine, ist *er* das?«, fragte Greta. Sie zeigte nach unten und sah nun gar nicht mehr furchtlos aus. Tiefe Falten durchzogen plötzlich die Haut ihrer Stirn, die in dem erbarmungslosen Licht leicht grünlich schimmerte. Caspar hatte Angst, dass Greta sich übergeben würde. Dann, als er einen Schritt auf sie zugegangen war, korrigierte er seine Befürchtungen. Sie würde vermutlich durchhalten, aber seiner selbst war er sich nicht mehr sicher. Er schluckte, um dem kargen Inhalt seines Magens den Rückweg abzuschneiden, den dieser bereits über die Speiseröhre antreten wollte. Dann sah er noch einmal genauer hin. Zu dem Kopf, der aus dem untersten Kühlfach ragte.
Ja, er ist es.
Raßfeld war im Leben kein schöner Mann gewesen. Aber der Tod hatte ihn zu einem Monster gemacht.

Er war, als würde er immer noch sterben. Als hätte er nur darauf gewartet, dass sie endlich kamen und das Kühlfach aufzogen, um Zeuge seiner letzten Sekunden zu werden. Sein Kopf war nach hinten überdehnt, wie bei einem Kind, das den Weg eines Flugzeugs am Himmel verfolgen will, ohne sich dabei umzudrehen.
Raßfeld schrie. Nicht mit seinem Mund, aus dem eine violett angelaufene Zungenspitze herauszufallen drohte. Er schrie mit den weit aufgerissenen, toten Augen, die noch nie zuvor so weit aus ihren Höhlen getreten waren. Er schrie stumm und dennoch so laut, dass Caspar die aufgeregten Stimmen um ihn herum nicht mehr hören konnte. Er hatte schon Mühe, seine eigenen Gedanken zu verstehen.
Aufgeschwemmte Wangenpartie, bläulich angelaufene Wachshaut, dunkle Abdrücke am Hals – der Seelenbrecher musste ihn sofort ermordet haben. Leichenflecke werden normalerweise zuerst dort sichtbar, wo sich nach dem Tod das Blut am schnellsten sammelt. Nicht im Gesicht, sondern am Rücken oder Gesäß, also an den Körperteilen, die von Raßfelds Morgenmantel verhüllt waren, den dieser sich hastig übergeworfen haben musste, als er den Tumult in Brucks Zimmer gehört hatte.
Caspar schloss mit seinen Fingern vorsichtig die Augenlider des Klinikleiters. Nicht aus Gründen der Pietät, sondern weil er instinktiv die ersten Anzeichen der Totenstarre prüfen wollte.

Woher weiß ich das? Woher weiß ich, dass Leichenflecke schon nach dreißig Minuten, die Anzeichen der Totenstarre aber erst nach ein bis zwei Stunden und dann zuerst am Auge sichtbar werden?
Er konnte sich keine Antwort darauf geben. Nur eines wurde ihm schmerzhaft bewusst, genau in der Sekunde, in der Yasmin hinter ihm wütend gegen einen Instrumentenschrank trat und Bachmann fassungslos die Arme hinter seinem Schädel verschränkte. Ein Teil in ihm war froh, ja fast dankbar für das Grauen, das sich um ihn herum abspielte. Denn es lenkte ihn ab. So entsetzlich der Spuk auch war, er sorgte dafür, dass er sich nicht mit einem noch viel schrecklicheren Ungeheuer auseinandersetzen musste. Mit sich selbst.
Ich komm bald wieder, und dann wird alles gut werden, mein Schatz. Alles wird so wie früher. Mach dir keine Sorgen, Süße, okay? Ich habe einen Fehler gemacht, aber ich werde dich da wieder rausholen, und dann …
Sein Magen rumorte, und er fragte sich, ob das wirklich Übelkeit oder eher die Lebensgeister seines wahren Ichs waren, die sich wütend zu Wort meldeten.
»Darf ich mal?«, sagte Bachmann neben ihm und klang so, als hätte er diese Frage schon mehrfach gestellt.
Caspar trat zur Seite. Er versuchte sich wieder auf das zu konzentrieren, was um ihn herum gesprochen wurde. Doch es gelang ihm nicht. Er starrte auf Raßfelds Leiche, und seine Gedanken wurden immer wirrer.
Vielleicht bin ich ja nur ein Bote? Ein Trojanisches Pferd mit einer todbringenden Fracht im Inneren meines Kör-

pers, die nur auf die richtige Gelegenheit wartet, um hervorzubrechen?

Die unerklärliche Ursache seiner Amnesie, die ihn ausgerechnet vor die Tore dieser eingeschneiten Psychoklinik führen musste, und die Tatsache, dass er das Gesicht des Seelenbrechers schon mehrfach in seinen Träumen gesehen hatte, erschienen ihm auf einmal wie zwei Parameter in einer Gleichung mit drei Unbekannten, die er nicht lösen konnte, weil sein traumatisiertes Gehirn seine Gedanken immer wieder auf ein stillgelegtes Abstellgleis setzte, das zu seiner Tochter führte.

Was habe ich getan?

»Der ist erstickt«, diagnostizierte Schadeck. Caspar nahm seine Stimme wie durch eine dicke Wand wahr.

Er nickte. Der Sanitäter hatte recht. Das aufgedunsene Gesicht konnte nicht von den Verwesungsgasen herrühren, dafür hatte Raßfeld in einer zu gut gekühlten Umgebung gelegen. Alles sprach dafür, dass der Professor bewusstlos gewesen war, als ihn der Seelenbrecher in das luftdichte Kühlfach geschoben hatte.

Caspar wollte noch einmal die Totenstarre prüfen, als das Rasseln begann. Hinter ihm. Er drehte sich um, ganz langsam, davon überzeugt, in eine Falle gelaufen zu sein. Das Geräusch eben hatte geklungen wie der wässrige Atem ihres Jägers, die Begleitgeräusche seiner Halsverletzung. Doch zu seiner Erleichterung war es nicht Jonathan Bruck, der sich hinter ihnen angeschlichen hatte, sondern Sophia, die sich in diesem Moment in ihrem Rollstuhl aufbäumte.

»O Scheiße«, stöhnte Yasmin und trat einen Schritt zurück.

»Was ist mir ihr?«, fragte Greta, die von allen die größte Geistesgegenwart bewies, indem sie zu Sophia ging und ihr mit einem Taschentuch den Speichel aus dem Mundwinkel tupfte.

»Sie hat sich vermutlich nur verschluckt«, log Caspar und verheimlichte ganz bewusst die Definition des medizinischen Lexikons, die er aus einem unerklärlichen Grund auswendig hätte herunterbeten können:

Todesrasseln. *Umgangssprachlicher Ausdruck, meist vom Krankenhauspersonal für die respiratorischen Laute benutzt, die den Beginn des Sterbeprozesses einläuten, sobald der Patient seinen Schluckreflex nicht mehr steuern kann. Sie dauern im Schnitt siebenundfünfzig Stunden und sind in der Regel so unangenehm und unheimlich für Mitpatienten, dass die Sterbenden meist in Einzelzimmern isoliert werden.*

Ich muss Arzt sein, dachte er nicht zum ersten Mal und wunderte sich gleichzeitig, warum ihm dieser Gedanke so unangenehm war, dass er Gänsehaut bekam.

Was wäre daran so schlimm?

Es würde sein Wissen erklären, ebenso die Erinnerung an das Diktiergerät, in das er vermutlich an seinem Schreibtisch einen Patientenbericht gesprochen hatte.

Deshalb also schossen Vokabeln wie ›katatonische Starre‹, ›Wachkoma‹ und ›Locked-in-Syndrom‹ durch seinen

Kopf, wenn er sich schmerzhaft von Sophia abwenden musste.

Also was wäre dann daran so schlimm?

»Ich glaube, sie will uns etwas sagen«, erklärte Caspar und war sich nicht sicher, ob er das nur behauptete, um sich endlich aus seinem Gedankenstrom zu reißen.

Mittlerweile stand auch er neben dem Rollstuhl, während Bachmann und Schadeck vor dem Kühlfach mit Raßfelds Leiche stehengeblieben waren. Er sah kurz zu ihnen hinüber.

Der Hausmeister war gerade dabei, mit angewidertem Gesicht und Schweißperlen auf der Stirn die Leiche des Klinikleiters anzuheben, damit Tom unter seinem Rücken nach etwas suchen konnte.

Nach einer weiteren Karte.

Er wandte sich ab, doch der Anblick, der sich ihm jetzt bot, war nicht weniger erschütternd. Sophias Mund schnappte kaulquappenartig auf und zu, und eine kleine Speichelblase wölbte sich vor ihren Lippen. Dann zuckte ihre Zunge nach vorn und zerschlug den filigranen Kokon.

»Toporrrrrr«, nuschelte sie mit verdrehten Augen und rollte das R fast so wie Greta.

»Du armes Kind«, flüsterte die alte Dame, und ihr schossen die Tränen in die Augen. »Du armes, armes Kind.«

»Habt ihr was gefunden?«, fragte Caspar erstickt, ohne sich umzudrehen.

»Eine Rätselkarte?«

»Ja.«

»Nein!«, antwortete Tom. »Er hält nichts in den Händen, weder der Pyjama noch sein Morgenmantel haben eine Tasche. Und es liegt auch nichts darauf.«
»Verstehe.« Caspar ging zwei Schritte rückwärts, den Blick weiterhin starr auf Sophias geöffnete Lippen gerichtet, zwischen denen jetzt ihre Zunge unkontrolliert hin und her schlug. Und auch wenn er sich vor sich selbst ekelte, so musste er doch die Frage stellen:
»Habt ihr auch in seinem Mund nachgesehen?«

02.22 Uhr

Sie hatten erst gezögert, unschlüssig, wem die unheimliche Aufgabe zuteil werden sollte. Am Ende war es Caspar selbst gewesen, der ein Paar OP-Handschuhe aus einer Pappschachtel gezogen und übergestreift hatte, bevor er mit tauben Fingern die starren Kiefergelenke auseinanderdrückte. Danach war alles sehr schnell gegangen. Der doppelt gefaltete Zettel hatte wie eine Oblate beim Abendmahl gut sichtbar auf der Oberseite der Zunge gelegen. Als Caspar ihn ablöste, zog er einen gräulichen Speichelfaden hinter sich her.
Er legte ihn auf den Seziertisch ins grelle Licht des verspiegelten Halogenstrahlers. Während er die sekretverschmierten Spitzen seiner latexumhüllten Finger betrachtete, fiel ihm ein, dass er immer noch keine Schuhe trug. Seltsamerweise spürte er die Kälte kaum, vermutlich, weil sein gesamter Körper mittlerweile die Temperatur

der Steinfliesen unter den nackten Füßen angenommen hatte.
»Was steht drauf?«, fragte Greta und nickte ihm aufmunternd zu. Anscheinend ging sie davon aus, dass dem Finder auch das Recht des ersten Blicks zustand.
Er entfaltete das kleine Papier, das der Seelenbrecher wieder von einem Rezeptblock abgerissen hatte.
»Man geht durch einen Eingang hinein und kommt durch drei wieder heraus.«
»Was?«
Caspar wiederholte es.
»Verstehe ich nicht.«
»Ist mir auch noch nie untergekommen ...«
»Gut, Rückzug, aber dalli ...« Schadeck schlug knallend die Hände zusammen und zeigte auf den Ausgang.
»Aber ich weiß ...«, wollte Greta ansetzen, doch Tom unterbrach sie rüde.
»Sie kennen die Lösung?«
»Nein, noch nicht, aber wenn Sie mich nicht immer unterbrechen würden, könnte ich sie vielleicht herausfinden.« Greta streckte herausfordernd ihr Kinn nach vorne: »Darf ich also ausreden?«
»Bitte, wir haben ja Zeit.«
Sie schenkte dem zynischen Sanitäter ein mitleidiges Lächeln und wandte sich direkt an Caspar.
»Mein Lieber, ich kenne die Gattung dieses Rätsels. Und hat man die erst einmal entschlüsselt, ist der Rest nicht mehr so schwer. Hier zum Beispiel handelt es sich um eine sogenannte Metaphernfrage.«

»Und das heißt ...?«

»... dass die Worte in dem Rätsel mehrere Bedeutungen haben«, beantwortete sie Schadecks ungeduldigen Einwurf, ohne ihn dabei anzusehen.

»Es gilt nur die zu erkennen, auf die es ankommt.«

Bachmann räusperte sich und trat einen Schritt vor.

»Das verstehe ich nicht ganz, Frau Kaminsky.«

»Dann erkläre ich es mal an einem Beispiel. Das einzige Metaphernrätsel, das ich kenne, ist dieses hier: ›Man kauft es nur, um es gleich wieder wegzuwerfen.‹«

Caspar hörte, wie Tom im Hintergrund *»Das darf doch jetzt wohl nicht wahr sein«* murmelte, während Greta unbeirrt mit ihrer Einführung in die moderne Rätselkunde fortfuhr.

»Die Vokabel ›wegwerfen‹ kann vieles bedeuten. Als Erstes denkt man natürlich an Müll, gerade im Zusammenhang mit ›kaufen‹. Doch dadurch kommt man nie auf die Lösung.«

»Wieso, Mülltüte passt doch?«, fragte Yasmin.

»Nein. Ganz und gar nicht. Eine Mülltüte kauft man, um erst einmal etwas hineinzutun. Nicht um sie *gleich wieder wegzuwerfen.*«

»Verstehe. Kondom und Taschentuch sind's dann ja wohl auch nicht. Aber was ist die Lösung?«, fragte Caspar.

Greta lächelte verschmitzt.

»Bei dem Wortspiel geht es nicht um das ›weg‹, sondern um das ›werfen‹. Was gibt es denn für Gegenstände, deren einzige Bestimmung es ist, weggeworfen zu werden?«

»Eine Frisbee-Scheibe.«

»Bingo. Oder ein Handball. Sie sehen, es gibt sogar mehrere Lösungen. All das kauft man, um es ›gleich wieder wegzuwerfen‹.«

»Vom wem haben Sie das?« Tom drückte Caspar zur Seite und baute sich so dicht vor Greta auf, dass diese ihn nicht mehr ignorieren konnte.

»Was geht Sie das an?«

»Ich kenne Sie nicht, Lady. Sie sind nur bei uns, weil der da es so wollte.« Caspar zuckte unbewusst mit den Augenlidern, als Schadeck mit dem Zeigefinger direkt auf ihn zeigte. Für einen kurzen Moment konnte er wieder die hakenförmigen Narben auf der Innenfläche seiner Hand erkennen.

»Mr. Blackout, der vorgibt, sich nicht an seine Vergangenheit zu erinnern, und der zufällig genau dann eingeliefert wurde, als der Seelenbrecher eine Pause machte. Und jetzt stehen Sie hier, haben sich im Geiste schon mit Anonymus verbrüdert und lösen auf einmal ein Rätsel nach dem anderen.«

»Ich finde Sie sehr rüde und unverschämt.« Greta schüttelte den Kopf.

»Und ich finde, wir alle hier haben eine Erklärung verdient, wenn es um unser Leben geht. Also, von wem haben Sie von diesem Rätsel gehört?«

»Von Herrn Professor Raßfeld.«

»Na klar, den hätte ich mir jetzt auch ausgesucht. Wie praktisch, dass er gerade verhindert ist, um Ihre Aussage zu bestätigen.«

Bachmann räusperte sich und mischte sich ungewohnt heftig in die Auseinandersetzung ein.
»Seien Sie ruhig, Tom. Frau Kaminsky ist seit Jahren eine Patientin unseres Hauses. Es gibt keinen Grund, ihre Worte in Zweifel zu ziehen. Ich glaube ihr.«
»Ach ja?« Schadecks Halsschlagader trat hervor.
»Ja. Raßfeld hat die ersten Opfer des Seelenbrechers im Westend-Krankenhaus untersucht. Also hat er sich wahrscheinlich mit den Rätselkarten auseinandergesetzt. Vielleicht haben sie sogar gemeinsam eine Lösung gefunden, nur zu spät.«
»Ja, ja, und vielleicht ist das auch einfach ein Typ mit Schluckauf da draußen, und er wird ihn nur los, wenn er Leute umbringt. Leckt mich doch.«
Tom griff nach Yasmins Arm, um wenigstens eine Verbündete auf seine Seite zu ziehen, wenn sich schon der Rest der Gemeinschaft gegen ihn verschworen zu haben schien. Doch diese wehrte den Annäherungsversuch ab und wandte sich stattdessen an Greta.
»Können Sie denn auch das andere Rätsel lösen? Ich meine, das von Raßfeld.« Sie sah kurz zu dem Kühlfach mit der Leiche, das Caspar bereits wieder geschlossen hatte.
»Na klar. Das habe ich bereits.«
»Echt?« Yasmins Augen wurden groß.
»Natürlich«, triumphierte Greta. »Wie ich schon sagte, hat man eine Metaphernfrage geknackt, sind die anderen nicht mehr so schwer.«
Caspar ging zum Seziertisch und nahm sich noch einmal den Zettel, den sie in Raßfelds Mund gefunden hatten.

»Man geht durch einen Eingang hinein und kommt durch drei wieder heraus«, las er vor.
»Vielleicht ein Labyrinth, ein Fuchsbau?« schlug Bachmann vor.
»O Mann.« Schadeck imitierte mit Daumen und Zeigefinger eine Pistole an seiner Stirn.
»Unmöglich«, antwortete Greta. »Wie wollen Sie da gleichzeitig aus drei Ausgängen rauskommen.«
»Also was ist es?« Auch Caspar wurde immer ungeduldiger. Es war kurz vor halb drei Uhr morgens, draußen rüttelte ein Blizzard an den Grundmauern der Klinik, und im Inneren wütete ein noch viel schlimmerer Sturm, ausgelöst durch einen Psychopathen, der seine Opfer entweder ins Koma quälte, ermordete oder einfach verschwinden ließ. Von welcher Seite aus man es auch betrachtete, es war gewiss nicht der richtige Moment für eine Rätselrunde in der Pathologie.
»Ist doch ganz einfach.« Greta sah erwartungsvoll in die Runde, nur mit Tom suchte sie keinen Blickkontakt.
»Ein T-Shirt.«
»Ein T-Shirt?«
»Ja, da hätten Sie auch selber draufkommen können, oder?«
Caspar hörte die Worte, und als er sie verstand, spürte er auf einmal doch die Kälte, von der ihn die siedend heiße Adrenalinflut in seiner Blutbahn bislang abgelenkt hatte.
Natürlich. Man geht von unten hinein, und mit Kopf und Armen kommt man aus drei Löchern wieder heraus.

»Was habt ihr denn?«, fragte er, als es um ihn herum plötzlich leise wurde und er besonders von Tom misstrauisch fixiert wurde.
Caspar ließ seinen Blick wandern, sah die anderen an, betrachtete ihre Oberkörper – Gretas und Yasmins Blusen, Schadecks Rollkragenpulli, Bachmanns Overall –, und dann wurde ihm unangenehm bewusst, dass er der Einzige war, der ein T-Shirt trug.

02.26 Uhr

»Ausziehen.«
»Du spinnst doch.«
»Ich meine es ernst, zieh das verdammte T-Shirt aus. Sofort.«
»Sind Sie jetzt völlig verrückt geworden?«, kam ihm Bachmann zu Hilfe, doch Schadeck gab keine Ruhe.
»Glaubt ihr wirklich, das alles hier geschieht aus Zufall? Der Psycho weiß doch was! Vielleicht steckt er ja mit dem Seelenbrecher unter einer Decke?«
Yasmin schlug fröstelnd die Arme um ihren Oberkörper, doch niemand beachtete sie.
»Wieso sollte Bruck dann mit seinen Rätseln den Verdacht ausgerechnet auf seinen Partner legen?«, fragte Greta entrüstet und deutete auf die Rätselkarte auf dem Metalltisch.
»Außerdem würde das ja bedeuten, dass auch Sie mit drinhängen, denn Sie haben ja ...« Der Hausmeister

wich reflexartig einen Schritt zurück, als er die Faust auf sein Auge zufliegen sah. Doch der Angriff galt nicht ihm.

Auch Caspar hatte ihn kommen sehen und hätte ihn vielleicht sogar abwenden können, wenn sein Unterbewusstsein nicht schon wieder die Notbremse gezogen hätte. Eine rasche Drehung – und Tom wäre es nicht gelungen, sein Shirt zu packen und vom Kragen an abwärts aufzureißen. Er hörte noch, wie die billigen Baumwollfasern nachgaben. Das sehnige Knirschen harmonierte auf eine paradoxe Art und Weise mit dem Quietschen in seinen Ohren. Der Erinnerungszug war zurück und füllte seine Nase mit dichtem Rauch.

»Scheiße, was ist das denn?«, hörte er Schadeck noch entsetzt fragen, bevor Caspar fühlte, wie er nach hinten kippte und ins Leere fiel. Danach war seine Zunge gelähmt, und er konnte die Herkunft der Brandnarben nicht mehr erklären, die der Sanitäter soeben auf seiner Brust entdeckt hatte. Caspar fehlte die Kraft, sich auf irgendetwas anderes zu konzentrieren als auf die Erinnerungssequenzen, die auf ihn zurollten.

»Es kann losgehen. Sie ist jetzt so weit.«
Er saß wieder an dem Schreibtisch, die Frauenstimme flötete erneut aus der Gegensprechanlage.
»Wir haben alles vorbereitet, Herr Dr. Haberland.«
Er legte das Diktiergerät zur Seite.
Haberland? Ist das etwa mein Name?
Gefangen in seiner dreidimensionalen Erinnerungsrückblende, stand er langsam auf, ging durch sein Büro mit den medizinischen Urkunden an der Wand und öffnete eine weißgepolsterte Tür.
Dann stellte der Regisseur seines Gedächtnisfilms auf schnellen Vorlauf, und er sah nur noch hektische Schnitte: das kleine Mädchen, das müde lächelnd ihre Zahnspange entblößte. Ihr blondgelockter Kopf, der schläfrig auf die Behandlungsliege zurückfiel.
Und dann das Zittern. Das spastische Zittern dieses filigranen Mädchenkörpers, der sich wie bei einer Teufelsaustreibung unter starken Händen wand, die ihn vergeblich wieder auf die Liege zurückzupressen versuchten. Seinen Händen.
Caspar hörte ein Klatschen, etwas in seinem Gesicht fing an zu brennen, doch er blinzelte nur, und dann wurde es dunkel. Der Gedächtniszug war in einen Tunnel gefahren oder befand sich mitten in der Nacht in unbewohntem Gelände, vielleicht in einem Wald, denn jetzt sah er eine ganze Weile lang gar nichts mehr. Bis es auf einmal so

heftig ruckelte, als wäre der Zug aus seinem Gleisbett gesprungen.
Sein Körper wurde durchgeschüttelt, es klatschte erneut, dieses Mal noch heftiger, und dann war er von einer Sekunde auf die andere in einer völlig veränderten Umgebung gefangen, die ihn an den Traum erinnerte, aus dem Linus ihn vor wenigen Stunden gerissen hatte.
Nun saß er nicht mehr in einem Zug, sondern in einem Auto. In seinem Auto. Draußen schlug dichter Regen gegen die Windschutzscheibe. Schnell, rasend schnell. Noch viel schneller als die Bäume, die seitlich an ihm vorbeiflogen.
Warum jage ich in diesem Tempo durch ein derartiges Unwetter?
Er schaltete den Scheibenwischer an, doch ein nebliger Schleier blieb auf der Windschutzscheibe, selbst beim schnellsten Intervall.
Ich weine! Warum weine ich? Und wieso konzentriere ich mich nicht auf die Fahrbahn, sondern greife … auf den Nachbarsitz?
Er nahm eine Akte hoch und blätterte bis ungefähr in die Mitte des Hefters, zu den Fotos.
Es waren zwei. Das größere von beiden, das von Jonathan Bruck, fiel auf den Beifahrersitz, wo es neben einer halbvollen Whiskeyflasche liegenblieb.
Aber darauf kam es nicht an. Viel wichtiger war das kleine Passbild.
Wieso nehme ich das Bild meiner Tochter aus der Patientenakte heraus und starre sie an? Wieso schaue ich nicht

auf die Straße, die regenüberflutete Fahrbahn, die ich mit meinen tränenblinden Augen ohnehin kaum sehe?
Die beiden Airbags explodierten, und der Gurtstraffer riss ihn nach hinten. Doch gegen die Flammen, die nur wenig später aus seinem Armaturenbrett schossen, waren die eingebauten Sicherheitssysteme seiner Limousine machtlos. Er versuchte die Beine zu bewegen, zerknitterte das Passfoto seiner Tochter in der Hand, als er sich unter Schmerzen zur Seite drehen wollte, um die Tür zu öffnen, doch er war … gelähmt. Oder eingeklemmt.
Scheiße, ich bin gefangen. Ich komme hier nicht raus, ich muss … aufwachen … ich muss …

02.31 Uhr

»... aufwachen!« Er hörte es wieder klatschen, lauter diesmal, dann brannte seine linke Wange.

»Das reicht, nicht so grob«, mahnte eine Stimme über ihm.

»Der simuliert doch«, sagte Tom Schadeck.

Caspar schlug die Augen auf, und im gleichen Atemzug schoss ein Auto mit Fernlicht genau auf seinen Kopf zu. Er riss die Arme hoch, die sofort von zwei kräftigen Händen gepackt wurden. Dann blinzelte er, und die Scheinwerfer des Autos wurden zu einem Halogenstrahler. Er musste wieder ohnmächtig geworden sein, und sie hatten ihn auf den Seziertisch gelegt. Caspar hustete und schmeckte Blut.

»Alles okay bei Ihnen?«, fragte Bachmann besorgt. Neben seinem kantigen Schädel schwebte Schadecks jungenhaftes Gesicht.

»An was hast du dich eben erinnert?«, fragte er scharf.

»Ich hatte einen Unfall«, sagte Caspar.

»Ja, Sie sind nach hinten umgefallen und haben sich den Kopf aufgeschlagen«, erklärte der Hausmeister.

»Nein, das meine ich nicht.« Caspar schüttelte leicht den Kopf, obwohl das den dumpf pochenden Schmerz erklärte, der sich nun nochmals verstärkte. Er stützte sich mühsam auf den Ellenbogen auf und hustete erneut.

»Der Unfall muss schon vor einiger Zeit geschehen sein.«

»Was genau ist passiert?«

Er überlegte, ob er Teile der Wahrheit zurückhalten sollte, so wie er ihnen bislang auch seine Erinnerungsfetzen an den Seelenbrecher verschwiegen hatte.
»Ich bin bei Regen von der Fahrbahn abgekommen«, räumte er schließlich ein. »Mein Wagen ging in Flammen auf, und ich wäre fast verbrannt. Daher die Narben.«
»So einfach?«
Nein, nicht ganz so einfach, dachte Caspar und konnte verstehen, dass Tom ihm nicht glaubte.
»Das ist doch Affenscheiße.«
»Wieso sollte er sich das ausdenken?«, wollte Greta wissen, die sich erschöpft an den Griffen von Sophias Rollstuhl festhielt.
»Um davon abzulenken, was das alles mit dem Psychopathen und seinen ominösen Rätselkarten zu tun hat.« Schadeck drohte Caspar mit dem Zeigefinger.
»Es ist doch schon merkwürdig, oder? Die Lösung des letzten Rätsels führt uns zu Caspars T-Shirt, unter dem er Narben versteckt hält, die aussehen, als ob er mit seiner Brust in einer Mikrowelle gelegen hat.«
Greta schüttelte kraftlos ihren grauhaarigen Kopf.
»Ich könnte mich auch geirrt haben. Pullover passt nämlich auch auf die Lösung. Und Sie tragen einen.«
»Ja, aber ich habe keine Brandwunden«, protestierte Tom. »Und seine Brust sieht doch so aus, als wäre sie bei einem perversen Ritual verunstaltet worden, oder etwa nicht? Und uns will er einen unverschuldeten Unfall unterjubeln.«
»Nicht unverschuldet. Ich war betrunken.«

Caspar nahm alle Kraft zusammen und setzte sich aufrecht, dann schob er seine Beine über die Tischkante.
»Ach ja. Vorhin hast du doch noch einen Schluck aus meiner Pulle verweigert. Ich dachte, du trinkst nicht?« Schadeck lachte höhnisch.
»Damals hatte ich einen Grund.«
»Welchen?«
Caspar seufzte.
»Ich bin mir immer noch nicht ganz sicher, aber es spricht tatsächlich vieles dafür, dass ich Arzt bin. Ich hatte eine kleine Patientin, ein Mädchen. Ich denke, sie war meine Tochter. Jedenfalls war sie bei mir in Behandlung, und ich habe wohl etwas falsch gemacht.«
»Einen Kunstfehler? Sie haben Ihre Tochter falsch behandelt?«
»Vermutlich. Ich denke schon.«
Er versuchte, das schmerzhafte Bild ihrer spastischen Krämpfe zu verdrängen, doch stattdessen schnellte mit der Wucht eines unter Wasser gepressten Medizinballs die Erinnerung an Katja Adesi an die Oberfläche. Ihre Grundschullehrerin, das zweite Opfer.
»Jedenfalls habe ich direkt nach der Behandlung meine Verzweiflung mit einer halben Flasche Whiskey ersäuft, mich ans Steuer gesetzt und bin gegen einen Baum geknallt.«
Caspar tastete unter die Fetzen seines zerrissenen T-Shirts und fuhr mit dem Daumen über die größte seiner Narben, die sich direkt unter der Brust bis kurz über den Bauchnabel schlängelte.

Er sah an sich hinunter. In dem künstlichen Licht wirkte die haarlose Hautverwerfung wie ein rosa Lavastrom, der sich durch eine aufgeplatzte Bodenwelle nach oben drückt.

Auf einmal war seine Angst verflogen und durch ein intensiveres Gefühl ersetzt worden: Trauer. Er wusste, welche Bedeutung seine Narben wirklich hatten. Sie waren ein Zeichen dafür, dass ihm ein grauenhafter Fehler unterlaufen war und dass er sein Versprechen niemals würde halten können.

Ich komm bald wieder, und dann wird alles gut werden, mein Schatz. Alles wird so wie früher.

»Ich bin mir nicht ganz sicher ... ich glaube ... ich vermute ...«, äffte Tom Caspars Erklärungsversuche nach. »Du selbst hast damit also nichts zu tun, ja? Und woher, bitte schön, weiß der Seelenbrecher dann von deinen Narben?«

»Den Mist muss ich mir von dir nicht anhören.« Caspar sprang vom Tisch und ballte wütend die Fäuste. »Ausgerechnet *du* willst mir was anhängen, ja? Wo warst *du* denn, als Raßfeld verschwand? Wer hat denn die zweite Rätselkarte aus dem Beutel gezaubert? Hä?« Jetzt ahmte er Toms verächtlichen Tonfall nach.

»Siehst du, ich kann den Spieß auch umdrehen.«

»Hört doch auf zu streiten«, warf Greta ein, und tatsächlich schien sich Schadeck etwas zu beruhigen.

»Schön, mal angenommen, du steckst da nicht mit drin, was hat das Rätsel denn sonst zu bedeuten?«

»Ich habe keine Ahnung.«

»Aber ich vielleicht.«
»Du?«
Alle drehten sich erstaunt zu Yasmin um, die sich unerwartet einmischte.
»Was denn?«
»Nun, ich …«
Sie räusperte sich nervös und begann wieder, an ihrem Ring zu drehen.
»… also, ich hab schon daran gedacht, als ich mit Sophia vor dem Kamin saß.«
»Woran?« Schadeck, der ihr am nächsten stand, strich der Schwester fürsorglich eine rote Haarsträhne aus der Stirn.
»An das Feuer«, antwortete sie. »Du hast doch selbst gesagt, das Schott dürfte gar nicht unten sein, wegen Brandschutz und so.«
»Ja und?«
»Vielleicht gibt der Seelenbrecher uns ja Hinweise mit diesen verrückten Rätseln. Das ist bestimmt irgend so eine kranke Schnitzeljagd, und diese Brandnarben sind nur ein weiterer Wegweiser.«
»Zu einem Notausgang?« Caspar sah sie fragend an.
»Ja. Ich meine …« Yasmin stockte wieder und traute sich dann endlich, ihren Plan in Worte zu fassen.
»Warum legen wir kein Feuer? Das Schott fährt doch bestimmt hoch, wenn die Brandmelder anschlagen.«
»Gar keine schlechte Idee«, wollte Caspar sagen, aber Bachmann übertönte ihn aufgeregt.
»Und was, wenn nicht? Nein, nein, nein. Das ist viel zu

gefährlich. So gut kenne ich das System nicht, wir hatten es noch nie in Betrieb.«

Auch Schadeck hob abwehrend die Hände.

»Er hat recht. Wenn der Plan fehlschlägt, werden wir hier drinnen bei lebendigem Leib gegrillt.«

»Nicht unbedingt«, sagte Caspar und wartete kurz. Erst als er die volle Aufmerksamkeit der Gruppe besaß, erläuterte er seinen Plan.

02.36 Uhr

Natürlich war es ein Fehler. Sie hätten sich entgegen ihrem ursprünglichen Vorsatz nicht aufteilen dürfen. Caspar ahnte, dass es fatale Folgen haben würde, schon als er es vorschlug.

Aber wenn überhaupt, konnte es nur so und nicht anders funktionieren.

Ohnehin war Greta die Einzige gewesen, die seinem Vorschlag etwas abgewinnen konnte. Sie hatte sich ihm auf seinem Weg zum Kernspinraum anschließen wollen, was natürlich gänzlich außer Frage stand. Neben Sophia war sie das schwächste Glied in der Kette. Sie würden genug Probleme haben, sich selbst in Sicherheit zu bringen, wenn es so weit war. Auf der Flucht konnte er keine neunundsiebzigjährige Witwe mit Hüftproblemen an seiner Seite gebrauchen. Schließlich war es Bachmann gewesen, der ihn begleitete, wenn auch nur unter Protest. Die anderen waren nach einer kurzen, aber hitzigen

Diskussion gesammelt wieder nach oben gefahren, um sich in der Bibliothek einzuschließen.

»Das ist ein noch größerer Fehler als meine Ehe«, murmelte der Hausmeister. Trotzdem nahm er Caspar den Plastikkanister ab, den dieser in einem der Einbauschränke im Vorzimmer entdeckt hatte: CLINIX-CLEAN, ein salmiakverstärkter Alkoholreiniger, auf dessen Vorderseite ein schwarzgelbes Warndreieck mit züngelnder Flamme klebte.

»Was soll schon schiefgehen? Ich denke, das Ding hat feuerfeste Türen und ein eigenes Lüftungssystem?« Caspar nickte in Richtung der Glasscheibe, die wie bei einem Tonstudio den Vorraum von dem Aufnahmezimmer trennte.

»Sie selbst haben den Kernspinraum doch vorgeschlagen.«

»Ja, damit wir uns darin verstecken. Nicht, damit wir ihn abfackeln.«

Caspar nahm sich noch einen zweiten Kanister und schloss den Schrank wieder. Er hoffte, Bachmann würde seiner bemüht zuversichtlichen Stimme nicht anhören, dass er im Grunde dessen Zweifel teilte.

»Wenn wir Glück haben, fährt das Schott hoch, sobald die Rauchmelder anschlagen, und die anderen können oben aus der Bibliothek in den Park fliehen.«

Caspar wusste, dass der hastig gefasste Plan nicht zu Ende gedacht war.

Zum Beispiel hatte er noch keine Idee, wie sie Sophia den Berg hinabschieben sollten, ohne dass die Reifen ihres Rollstuhls in den Schneemassen steckenblieben. Doch wie die anderen in der Gruppe konnte auch er nur noch von einem Schritt zum nächsten denken. Er hoffte, ihm werde schon etwas einfallen, wenn es ihm erst einmal gelungen war, sie aus dem Gefängnis der Klinik zu befreien.

»Im schlimmsten Fall bleibt das Schott unten«, fuhr Caspar fort. »Aber da wir den Brand hier im Kernspinraum legen, verhindern die Feuerschutztüren wenigstens, dass wir die gesamte Klinik zerstören.« Er zeigte auf einen Feuerlöscher direkt an der Wand neben der Tür zum Flur.

»Haben Sie ein Feuerzeug?«

»Streichhölzer.«

Bachmann klopfte sich auf die Brusttasche seines Overalls.

»Okay, dann wollen wir mal ...« Caspar hielt inne und sah schräg nach oben an die Zimmerdecke.

»Was haben Sie?«, fragte Bachmann.

»Hören Sie das nicht?«

»Was?«

»Das Geräusch?«

Bachmann wollte gerade den Kopf schütteln, erstarrte dann aber mit dem Kanister in der Hand. Das wummernde Rauschen war im ersten Untergeschoss der Klinik kaum hörbar. Aber es war da, spürbar, wie die unterschwelligen Basslaute eines Kinosubwoofers. Merkwürdigerweise musste Caspar daran denken, dass die unheimlichen Geräusche einen guten Klangteppich für die Erinnerungssequenz seiner letzten Autofahrt geliefert hätten.

»Klingt so, als ob ein Hubschrauber landet.« Bachmann sprach das aus, was Caspar hoffte. Sein Puls beschleunigte sich, und zum ersten Mal seit langer Zeit fühlte er einen Anflug von Hoffnung.

Vielleicht hat Linus Hilfe geholt? Wär doch möglich.

Natürlich. Yasmin hatte doch gesagt, da wäre jemand auf dem Balkon gewesen?

Bachmann zog die Augenbrauen zusammen, ging zur Wand mit dem Feuerlöscher und presste sein rechtes Ohr dagegen.

Na klar. Linus ist Bruck gefolgt. Das Schott hat ihn ausgesperrt. Linus ist abgehauen und hat die Polizei informiert.

Caspars Hoffnung wuchs, als das Wummern noch lauter zu werden schien. Doch dann ließ ein Kopfschütteln des Hausmeisters den Hoffnungsfunken verglühen.

»Das ist nur der Sturm«, sagte er bedauernd. »Er drückt von außen gegen die Schotten. Oben im dritten Stock ist ja das eine mit der Metallstange verkeilt. Vermutlich pfeift der Wind da durch und erzeugt einen Unterdruck in der hermetisch versiegelten Villa.«

Unterdruck? Hermetisch versiegelt?

Caspar war sich nicht sicher, ob er immer paranoider wurde, aber in seinen Ohren war das eine viel zu professionelle Erklärung für einen Hausmeister.

Auf der anderen Seite war Bachmann auch nicht mit einem herkömmlichen Krankenhauspförtner vergleichbar, er galt als Vertrauter Raßfelds, und immerhin las er Rhetorik-Handbücher, um sich fortzubilden. *Trotzdem*. Da gab es ja noch diese Sache, die Caspars Misstrauen schon vor einigen Stunden erregt hatte.

»Was war das eigentlich mit dem Schneemobil?«, fragte er und griff sich einen dicken Papierblock von dem Computerschreibtisch vor der Glasscheibe.

»Hä?«

»Ich meine, nachdem Sie Schadeck und Bruck in der Einfahrt vor dem umgekippten Krankenwagen aufgelesen und hochgefahren haben. Linus hat es mir gezeigt. Irgendjemand hat die Benzinleitung abgezogen.«

»Echt?«

Bachmann wirkte verwirrt, und Caspar ärgerte sich, dass er überhaupt damit angefangen hatte. Was versprach er sich von diesen dummen Fragen? Dass er ein Geständnis bekam: »Ja, tut mir leid, ich wollte nicht, dass irgendjemand die Klinik verlässt«?

»Muss Schadeck gewesen sein. Der ist mir eh nicht geheuer.«

»Ja«, sagte Caspar nur und klemmte sich noch drei medizinische Fachbücher unter den Arm.

»Ist ja auch egal, jetzt.«

Sie gingen gemeinsam in den Nebenraum.

Das Untersuchungszimmer wurde von dem futuristischen Kernspintomographen beherrscht, der in einem Science-Fiction-Film gut und gerne als Zutrittsschleuse zu einer anderen Welt durchgegangen wäre.

Caspar stellte sich neben das Gerät und sah nach oben.

»Ist das blinkende Ding das, wofür ich es halte?«
»Ja.«
»Dann sollten wir es genau hier machen.«
Caspar zog zwei Handtücher von der Liegefläche des Kernspins. Er knüllte sie zusammen und warf sie unter dem Rauchmelder zu Boden. Dann riss er aus einem der Bücher mehrere Seiten heraus, bevor er die anderen wie Kaminholz aufeinanderstapelte.
»Einfach drüberkippen«, sagte er zu Bachmann, der den Reinigungskanister aufschraubte und dabei so aussah, als könne er nicht glauben, was er hier tat.
»Ihnen ist schon klar, dass das Ding mehrere Millionen gekostet hat?«
Caspar grinste schwach.
»So leid es mir tut, aber Ärger vom Chef haben wir ja kaum noch zu erwarten, oder?« Er nickte ihm zu. »Also legen Sie los, bevor uns das gleiche Schicksal ereilt.«
Der Alkoholreiniger schwappte mit einem beinahe obszön anmutenden Gluckern auf die provisorische Lagerfeuerstätte. Dann zog Bachmann eine Packung Streichhölzer aus seiner Brusttasche und wollte gerade mit dem ersten Hölzchen über die Reibefläche fahren, als die Verbindungstür hinter ihnen mit einem sanften Klicken ins Schloss fiel.
»Was zum Teufel …?«
Caspar drehte sich herum, gerade noch rechtzeitig, um den dunklen Schatten zu sehen, der über die Glasscheibe zwischen den beiden Räumen huschte. Dann begann der Kernspintomograph zu blinken, und gleichzeitig häm-

merte ein Geräusch aus dem Bauch der Röhre hervor, als würde jemand mit einer Axt gegen ein leeres Metallfass schlagen. All das geschah in den Bruchteilen eines Herzschlags, exakt in dem Moment, in dem Bachmann vor Schreck das brennende Streichholz aus der Hand fiel.

02.39 Uhr

Gleich zwei Stichflammen auf einmal schlugen parallel zur Zimmerdecke. Doch nur eine davon war real, die andere entpuppte sich nach einer Schrecksekunde als Reflexion in der Trennscheibe. Zuerst hielt Caspar auch das Gesicht dahinter für eine optische Täuschung. Doch dann schlug der halbnackte Mann seine Faust gegen das Glas, und er erkannte das wutverzerrte Gesicht. Kein Zweifel. Jonathan Bruck trug noch immer den grünen Krankenhauskittel, nur war dieser vorne über und über mit rostfarbenen Flecken besprenkelt, und auch unter dem verrutschten Halsverband schien eine große Menge Blut durchgesickert zu sein.

Caspar begann zu schwitzen, drehte sich um und spürte die Hitzewelle von vorne.

»Wir müssen hier raus!«, erklärte er Bachmann das Offensichtliche. Auch der hatte den Seelenbrecher gesehen und wich mit dem Rücken zur Wand vor den immer rauchintensiveren Flammen in Richtung Ausgang zurück.

»Das hat keinen Sinn«, schrie Caspar lauter als nötig in eine Pause des Kernspinlärms hinein. Zum Beweis rüttelte er am Knauf der Verbindungstür. Wie erwartet ohne Erfolg. Das automatische Schloss ließ sich aus Strahlenschutzgründen erst nach der Untersuchung öffnen, und Bruck hatte den Tomographen ja gerade erst aktiviert. Wenn er auf ein Virtopsieprogramm eingestellt war, würde es Stunden dauern!

»Lass uns raus«, brüllte Caspar und schlug nun ebenfalls gegen die große Scheibe, die mit bloßen Händen kaum in Schwingungen zu versetzen war. Doch Bruck dachte gar nicht daran. Als wollte er das ohnehin schon unermessliche Entsetzen seiner Gefangenen noch vergrößern, bückte er sich kurz und tauchte dann mit einer länglichen Papierschere wieder auf. Bruck bewegte seine Lippen, sprach mehrere unverständliche Worte, und dann …

O mein Gott …

… rammte er sich die Klingen in seine linke Handfläche.

Was macht er nur?, fragte sich Caspar und bekam sofort die blutige Antwort. Bruck spuckte gegen die Scheibe und presste seinen aufgeschlitzten Handballen auf die glatte Oberfläche. Caspar meinte das helle Quietschen hören zu können, das das zerstochene Fleisch auf dem Glas hinterließ, während die Hand des Seelenbrechers langsam nach unten glitt und dabei eine Blutspur hinter sich herzog.

Er will uns etwas sagen! Es ist ein Zeichen. So wie auch das Messer in seinem Hals ein Zeichen gewesen ist.

Caspar war entsetzt und fasziniert zugleich, während ihm das Wasser in die Nase stieg, denn der zunehmende

Qualm reizte die Schleimhäute. Es dauerte eine Weile, bis Caspar trotz seiner tränenden Augen lesen konnte, was der Seelenbrecher für sie in Spiegelschrift an die Scheibe schrieb. Zuerst dachte er an eine Schlange, dann an ein SOS-Zeichen, bis er schließlich auf das Nächstliegende kam, auch wenn Bruck für den letzten Vokal keine Körperflüssigkeit mehr übrig hatte: *Sophi...*

Natürlich. Der Irre hatte es ausschließlich auf die Ärztin abgesehen, um sein Werk an ihr zu vollenden. Deshalb hatten sie ja auch nicht damit gerechnet, dass Bruck sie hier unten in der Neuroradiologie angreifen würde, wenn sein eigentliches Ziel doch oben in der Bibliothek auf ihn wartete. Doch nun hatte er sie mattgesetzt. Eingeschlossen, in einer von ihnen selbst verursachten Hölle. Selbst wenn jetzt oben das Schott aufging, würde ihnen das hier unten nichts nutzen. Sie würden an Rauchvergiftung sterben, wenn ihnen nicht bald eine Möglichkeit einfiel, das Feuer zu ersticken.

Aber wie? Der verdammte Feuerlöscher ist draußen.

Caspar spähte abwechselnd zu den Flammen und zum Seelenbrecher.

Ich habe ihn extra dort gelassen, damit wir von da aus verhindern können, dass das Feuer in ein anderes Zimmer überspringt.

Die Möglichkeit, eingesperrt zu werden, *nachdem* sie den Brand gelegt hatten, hatte er nicht bedacht. Ebenso hatte er den zweiten Reinigungskanister vergessen, der in diesem Moment explodierte.

02.43 Uhr

Die Hitzewelle drückte ihn wie eine Windböe zurück, und Caspar meinte zu spüren, wie die Flimmerhärchen auf seinen frei liegenden Hautoberflächen schmolzen.

»Hilf mir!«, brüllte Bachmann, dessen rechtes Hosenbein Feuer gefangen hatte. Caspar riss sich die letzten Fetzen seines T-Shirts vom Leib und erstickte die Flammen mit kurzen, gezielten Schlägen.

Und jetzt?

Sein Shirt hatte kaum für die Hose des Hausmeisters gereicht. Was sollten sie nun der Feuersbrunst entgegensetzen, die mittlerweile auf die Holzpaneele der Zimmerdecke übergriff?

Caspar drehte sich im Kreis, in der verzweifelten Hoffnung, vielleicht doch noch einen zweiten Feuerlöscher an der Wand zu entdecken, dabei fiel sein Blick wieder auf Bruck, der weiterhin mit tollwütigem Blick und Schaumfäden vor dem Mund durch die Scheibe glotzte und fast bedauernd den Kopf schüttelte, als wolle er sagen: *»Es tut mir leid, aber ihr seid leider notwendige Kollateralschäden.«* Caspar fühlte sich wie ein gefangenes Tier im Zoo, beobachtet von einem wahnsinnigen Besucher, der in seinem Käfig Feuer gelegt hatte und ihm den einzigen Fluchtweg versperrte. Caspar kniete sich auf den Boden, in der Hoffnung, den Qualm hier besser ertragen zu können, und sah zu seinem Schrecken, dass der Brand bereits auf einen Stoffdrehstuhl übergegriffen hatte.

Ohne einen weiteren Moment zu zögern, griff Caspar nach der heißen Metallstange unter dem Sitz, ignorierte den stechenden Schmerz und schleuderte den brennenden Stuhl direkt gegen die Fensterscheibe. Jetzt zitterte das Glas schon etwas heftiger, es knackte sogar, und dort, wo der Sessel aufgeprallt war, hatte er einen feinen Haarriss hinterlassen. Doch sie waren immer noch eingeschlossen.

Caspar wollte erneut nach den Rollenbeinen greifen, konnte nun aber kaum noch etwas sehen. Der Rauch war noch dichter als in den Alpträumen von seiner Unfallfahrt, und er musste beide Hände vor die Augen pressen. Ein Hustenkrampf schüttelte ihn, und er glaubte, seine Lunge würde innerlich zersplittern, als er den Luftzug spürte und begriff, dass Bachmann den Stuhl gefunden und jetzt mit Erfolg durch die Scheibe geschleudert haben musste.

Er blinzelte und sah, wie der Hausmeister den Rest der zersplitterten Scheibe mit seinen Stiefeln heraustrat und sich danach mit der Kraftreserve eines Ertrinkenden über die Fensterkante in den rettenden Nachbarraum hineinzog.

»Hol den Feuerlöscher!«, brüllte Caspar. Hinter ihm hatte der Brandherd jetzt neuen Sauerstoff getrunken. Nur der Kernspin war bislang noch verschont geblieben und konnte deshalb weiter monoton und in brachialer Lautstärke seine Magnetstöße absondern.

»Hallo?«, schrie Caspar und beschloss, sich selbst zu befreien, als er keine Antwort erhielt. In diesem Hitzekessel konnte er nicht bleiben, auch wenn der Sprung über die Glasscheiben für ihn weitaus schmerzhafter werden würde als für den Hausmeister. Immerhin war er barfuß.

So wie Bruck.

Caspar stützte sich mit beiden Händen auf die stachelige Kante des Fensterrahmens. Die Haut seines Handballens riss, und er schrie auf, als er sein gesamtes Gewicht darauf verlagerte, um sich seitlich in den anderen Raum hinüberzuschwingen. Er rollte sich ab, fiel einen Meter tief nach unten, und eine neue Schmerzwelle flutete seinen Körper, bevor die erste verebben konnte, da er sich beim Aufprall einen spatelgroßen Splitter in die Schulter gerammt hatte. Zusätzlich drehte sich eine Glasscherbe wie ein Kronkorken in seine nackte Ferse und brach beim ersten Schritt tief im Inneren des Fußes ab.

Caspar humpelte weiter zur Wand, griff sich den Feuerlöscher und hätte ihn fast zu Boden fallen lassen, weil er seine verbliebenen Kräfte überschätzt hatte. Doch schließlich gelang es ihm, den Stahlknochen zu dem Schreibtisch zu wuchten, den Hebel zu ziehen und den weißen Sprühschaum so lange auf die verschiedenen Feuerstellen im Untersuchungsraum zu halten, bis jede Flamme in der Radiologie erstickt war.

Erschöpft lehnte er sich gegen den mit Rußpartikeln überzogenen Breitbildmonitor auf dem Schreibtisch. Er bereitete sich innerlich schon auf den nächsten Angriff vor. Denn irgendwo mussten sie ja sein. Bachmann. Und Bruck.

Er wusste, dass er nur die kleinste der drohenden Ge-

fahren gebannt hatte. Umso erleichterter war er, als in der Tür zum Flur auf einmal ein bekanntes Gesicht auftauchte.
»Tom?«, fragte Caspar und legte den Feuerlöscher weg.
»Hat es funktioniert? Ist das Schott oben?«
Schadeck schüttelte den Kopf und trat ein. Vermutlich hatte es nicht lange genug gebrannt. Oder der Rauchmelder war doch nicht mit dem Sicherheitssystem gekoppelt.
»Aber wieso bist du dann hier? Hat Bachmann dich geholt?«
»Nein«, sagte Schadeck und trat noch einen Schritt näher. Dann zog er eine Pistole und feuerte Caspar direkt in die Brust.

Heute, 13.32 Uhr –
Sehr viel später, viele Jahre nach der Angst

Die Sturmböe ließ die Villa mit einer Intensität erzittern, als führe unter dem Gebäude eine U-Bahn hindurch. Der Professor hob den Kopf, doch seine Studenten waren viel zu sehr in das Protokoll vertieft, als dass sie sich von den Geräuschen des Windes ablenken ließen. Es war dunkler geworden, und sie hatten eine kleine Leselampe angeknipst, die er vorsorglich zwischen ihnen auf dem Tisch plaziert hatte.
Vom anderen Ende der Tafel aus betrachtet, wirkten sie wie zwei Schüler, die gemeinsam für eine Prüfung lernen.
Während Patrick den Kopf auf beide Hände stützte, ließ Lydia einen Bleistift über jede einzelne Zeile des Textes schweben. Ihre Lippen bewegten sich beim Lesen. Rechts neben ihr lag ein Block, auf dem sie sich hin und wieder Notizen machte.
Der Professor stand auf und drückte den Rücken durch. Trotz des ziehenden Schmerzes befolgte er die Ermahnungen seines Orthopäden und ließ seine Schultern alle zwei Stunden in den Gelenken kreisen. In seinen Augen gab der Arzt ihm ebenso wirkungslose Ratschläge wie sein Freund, der ihn seinerzeit zum Besuch dieser Bar überredet hatte.

Lydia machte eine weitere Notiz, und er beschloss, sich den Block einmal anzusehen. Er ging an den leeren Regalen vorbei, aus denen alle Bücher entfernt worden waren. Vermutlich, um sie auf dem Flohmarkt oder im Internet zu verkaufen. Nur ein einziges Werk hatte keinen Interessenten gefunden und stand verstaubt hinter dem zersprungenen Glas einer Vitrine. Der Rücken war zerkratzt und von Mäusekot überzogen, und trotzdem sah das Buch so aus, als wäre es heute Morgen für die ungewöhnlichen Besucher in Position gerückt worden.
Der Professor ging weiter, einerseits, weil er sein hohlwangiges und schuldbewusstes Gesicht nicht länger ertragen wollte, das sich in der Vitrinenscheibe spiegelte. Andererseits, weil er gar nicht wissen wollte, um welchen Band des medizinischen Lexikons genau es sich handelte. Bislang hatte er es auch vermieden, den Kamin in Augenschein zu nehmen. Doch jetzt blieb sein Blick an einer gequetschten Plastikkanüle hängen. Sie ragte wie ein Mikadostab zwischen einer verbogenen Fernsehantenne, Kabelresten und einer herausgerissenen Teppichfliese hervor.
Tu es nicht!
Eine innere Stimme befahl dem Professor, die Spritze an Ort und Stelle zu lassen.
Sie hätte gar nicht so laut brüllen müssen. Er hatte ohnehin nicht vorgehabt, die Kanüle herauszuziehen und damit womöglich das Kartenhaus seiner Psyche zum Einsturz zu bringen.

Er räusperte sich leise, um seine Studenten nicht zu erschrecken, als er sich näherte. Doch die befanden sich weit weg, in einer anderen Welt. *Der Beweis für die Existenz der Telepathie,* hatte Stephen King einmal geschrieben. Der Autor verpflanzt seine Gedanken in die Köpfe der Leser, er lässt sie, oft über Tausende von Kilometern hinweg, sehen, fühlen, spüren und Orte entdecken, die sie nie zuvor betreten haben.

Aber was, wenn es böse Gedanken sind?

Der Professor, von seinen Studenten noch immer unbemerkt, vermied es, einen Schatten auf Lydias Block zu werfen, als er hinter sie trat. Ihre Mädchenhandschrift erfüllte die gängigen Geschlechterklischees: sauber, ordentlich, geschwungen.

Caspar? stand ganz zuoberst auf dem grauen Umweltpapier. Darunter hatte sie einige Informationen in Klammern gesetzt, die sie durch das Protokoll bislang gewonnen hatte: *(Arzt / Vater einer Tochter? / Hamburg? / Kunstfehler?)*

In der nächsten Spalte beschäftigte sie sich mit dem Seelenbrecher. Der Professor lächelte traurig, als er den letzten Gedanken las, den Lydia mit drei Fragezeichen versehen und doppelt unterstrichen hatte.

Seelenbrecher = Jonathan Bruck (Doktor, Kollege, Selbstverstümmelung, Motiv???)

Die letzte Frage war ihr offenbar einen eigenen, etwas eingerückten Absatz wert: *MOTIV*

Sophia quälen? Verhindern, dass Sophia ihr Wissen preisgibt? Über Caspar? Über Caspars Tochter?

Das Nächste konnte er nicht mehr zweifelsfrei erkennen, weil Lydia mit ihrem Ellenbogen einige Wortteile verdeckte.
Einlieferung = Zufall? (Wie hängt Tom mit drin? Welcher Zusammenhang besteht mit den anderen Opfern?), glaubte er zu lesen. Der letzte Satz war eindeutig und in Großbuchstaben geschrieben:
DIE RACHE DES SEELENBRECHERS?
Der Wind drückte erneut gegen die schlierigen Fensterscheiben, und Patrick sah erstmals auf, allerdings nur kurz, um nach der Wasserflasche vor sich zu greifen. Dass der Leiter des psychiatrischen Experiments nicht mehr an seinem Platz saß, sondern direkt hinter ihm stand, war ihm nicht aufgefallen.
Schon erstaunlich, dachte der Professor und wandte sich von Lydias Notizen ab. *Schon erstaunlich, wie man trotz falscher Schlussfolgerungen am Ende doch auf die richtige, alles entscheidende Frage kommt.*
Sein Blick wanderte, wie von einem unsichtbaren Magneten angezogen, wieder zu dem Kamin, der von hier aus betrachtet so wirkte, als hätte man ihm mit Abfall und Bauschutt das Maul stopfen wollen, damit sein Feuer nie wieder ein Geheimnis preisgeben würde.
Das Papier knackte wie ein überdehnter Fingerknöchel, als Lydia auf Seite 196 der Akte umblätterte.
Patrick, der etwas langsamer las, folgte ihr einige Minuten später in die Traumwelt von Caspars Erinnerungen.

Echorausch

Seite 196 ff. der
Patientenakte Nr. 131071/VL

In seinem Traum spürte Caspar die Trauer wie ein lebendiges Wesen. Sie bestand aus zahlreichen zeckenähnlichen Körpern, die sich in seiner Seele festgesetzt hatten und jegliche Freude aus ihm heraussaugten.
Wann immer er den Mund öffnete, um sich bei seiner schutzlos zurückgelassenen elfjährigen Tochter zu entschuldigen, kroch ein neuer Schwarm Zecken in seinen Mund, durstig und ausgehungert, mit scharfen Klauen, bereit, sich in die Schleimhäute seiner Luft- und Speiseröhre zu schlagen und sich an seinen Lebensgeistern satt zu trinken. Er wusste, er würde nie wieder glücklich werden. Nicht nach diesem Fehler.
Deshalb setzte er die Flasche erneut an, trank noch einen Schluck, obwohl er kaum noch etwas sehen konnte. Bei dem Regen. Und bei der Geschwindigkeit, mit der er in seinem Wagen über die Landstraße hetzte, auf der Flucht vor sich selbst.
Er dachte, es hätte nichts passieren können. Bei seiner Behandlungsmethode war noch nie etwas schiefgegangen. Und nun geschah es ausgerechnet bei der wichtigsten Patientin seines Lebens.
Er griff zu seiner Aktentasche, zog das Foto heraus, küsste es und hob noch einmal die Flasche.
O Gott, was habe ich dir nur angetan?

Er presste seine Hand um das Passbild, griff bei dem Versuch, den Scheibenwischer eine Stufe höher zu stellen, ins Leere – dann sah er den Baum. Er bremste, schlug die Arme vor das Gesicht und schrie: Was habe ich nur getan?

Dann wurde es hell. Natürlich schlief er noch, er hörte sich selbst unruhig atmen, wie es nur schlafende und kranke Menschen tun, doch trotzdem konnte er nicht aufwachen. Er war weiterhin ein Gefangener eines Alptraums, wenngleich sich die Umgebung plötzlich verändert hatte. Er saß nicht mehr in seinem Auto, sondern auf der Kante eines harten Bettes. Seine nackten Beine baumelten herunter, und er trug ein Plastikarmband mit einer Nummer.

»Sie haben gar nichts getan«, sagte eine Stimme, die er in seinen Alpträumen noch niemals gehört hatte, die ihm aber dennoch bekannt vorkam.

Sie war freundlich, wenn auch mit einem unheimlichen Unterton.

Sie gehörte zu einem Mann, der entweder starker Raucher oder ein Kehlkopfpatient war. Oder beides.

»Doch, ich habe meine Tochter auf dem Gewissen.«

»Nein«, sagte die Stimme, »haben Sie nicht.«

Jetzt sah Caspar, wie eine Tür aufging, die eben noch gar nicht im Raum gewesen war, und ein Mann trat hindurch, zu dessen hochgewachsener, etwas übergewichtiger Gestalt die Stimme passen würde. Über seinem Gesicht lag ein dunkler Schatten.

»Aber wer war es dann, wenn nicht ich?«

»Das ist die falsche Frage«, sagte die Stimme, und der Schatten wurde etwas lichter.

»Was ist damals in meiner Praxis geschehen?«

»Schon besser. Die Frage ist schon sehr viel besser. Ich habe sie Ihnen in dem Brief beantwortet.«

Brief?

»Welcher Brief? Ich weiß nicht, was Sie meinen. Ich weiß nichts von einem Brief. Ich kann mich ja noch nicht mal an den Namen meiner Tochter erinnern.«

»Doch, kannst du«, sagte die Stimme, die sich vor Caspars Augen für einen winzigen Moment zu einem schrecklich bekannten Gesicht materialisierte.

Caspar schrie, als er Jonathan Bruck erkannte. Und er schrie noch lauter, als sich der Seelenbrecher schon wieder verwandelte.

02.58 Uhr – Vierzig Minuten vor der Angst

»Wer bist du?«

Die geschwollenen Adern an Schadecks Hals verrieten Caspar, dass der Pfleger ihn offenbar gerade anbrüllte. Er selbst fühlte nur einen diffusen Druck auf den Ohren und hörte ein stetiges Dröhnen, seitdem er wieder zu sich gekommen war. Ihn fröstelte, obwohl er schwitzte.

»Ich weiß es nicht.«

Seine Zunge fühlte sich an wie eine Dörrpflaume, er konnte sie kaum bewegen, aber das war im Augenblick zweifelsfrei sein geringstes Problem.

Was ist geschehen? Wo bin ich?

Caspar versuchte seine Arme und Beine anzuheben, konnte sie aber nur wenige Millimeter bewegen.

Ich bin gefesselt.

Er rüttelte an den Gummibändern, mit denen er auf dem Seziertisch festgebunden war. Sofort strahlte ein pochender Schmerz von seiner linken Armbeuge über die Schulter bis in die Schläfen, und ihm wurde übel. Der Schmerz wurde schier unerträglich, als sein Kopf wieder zurück auf das eisige Metall des Tisches knallte.

O Gott, Tom hat sich die Betäubungspistole aus der Apotheke besorgt, mich angeschossen und in die Pathologie geschleppt.

Caspar schloss die Augen, weil das Halogenlicht ihn blendete und er glaubte, sich jede Sekunde übergeben zu müssen. Aus Angst. Und wegen des Giftes in seinem Körper.

»Was hast du mit mir gemacht?« Er war sich nicht sicher, ob sein Gekrächze überhaupt zu verstehen war. Auch das Dröhnen hatte an Dynamik zugenommen.

»Reiß dich zusammen, das Betäubungsmittel wirkt nur für zehn Minuten. Die sind jetzt vorbei. Also raus mit der Sprache: Wer bist du? Was hast du hier in dieser Klinik zu suchen?«

Ein Luftzug wehte Caspar die Haare von seiner schweißnassen Stirn, erzeugt durch etwas, das Schadeck wie einen Fächer in seiner Hand schwenkte. Als ein Blatt herausfiel, erkannte Caspar die Patientenakte. *Seine Akte.*

»Woher ich die habe?«, sagte Tom. »Sie lag in der Bibliothek. Ganz offen auf dem Tisch. Dein Freund Jonathan hat sie für uns dort hinterlegt.«

»Das ist nicht mein Freund«, sagte Caspar und fragte sich, warum eine Spritze in seinem Arm steckte. Gleichzeitig erkannte er, dass das stampfende Grundrauschen in seinen Ohren im Nachbarzimmer erzeugt wurde. Der Kernspin. Das Virtopsieprogramm lief immer noch! Das Feuer hatte der teuren Maschine nichts anhaben können.

Schadeck lachte zynisch.

»Ich fürchte, Leugnen wird langsam zwecklos.«

Caspar blinzelte mehrmals heftig, um den trüben Schleier zu vertreiben, der sich wie Bodennebel vor seine Augen geschoben hatte.

»Na, erinnerst du dich jetzt?«

Schadeck schlug ihm mit einem rußgeschwärzten Briefumschlag direkt gegen die Stirn und fingerte dann ein nahezu vollständig verkohltes Blatt heraus. Wieder lag der Geruch verbrannten Papiers in der Luft.

»Kennst du diese Handschrift?«

Für N. H., las Caspar und musste nicken. Nicht, weil er sich an den geschwungenen Schriftzug erinnerte, sondern an den Anfangsbuchstaben seines Nachnamens, der ihm zum ersten Mal vor wenigen Minuten hier in der Pathologie eingefallen war: *Haberland.*

Das war wohl ein weiteres Puzzlestück seiner Vergangenheit, das Raßfeld und Sophia ihm erst nach und nach hatten reichen wollen und sicherlich nicht unter den Bedingungen, unter denen Tom es gerade tat. Der Sanitäter drehte das Kuvert um, und die Initialen des Absenders sahen aus wie eine Anklage: *J. B.*

Jonathan Bruck.

Caspar fragte sich, wie es sein konnte, dass der Inhalt des Briefes stärker zerstört war als seine Hülle.

»Ich finde, dein Kumpel hat sich mit der Wortwahl echt große Mühe gegeben. Zumindest, soweit man es noch entziffern kann.« Schadeck verfiel in einen theatralischen Tonfall, indem er die durch das Feuer unleserlich gewordenen Absätze und Satzteile durch dramatische Pausen ersetzte.

»*Lieber Kollege*, …

… *ein tragischer Zwischenfall, an dem Sie nach meinen Erkenntnissen jedoch keine Schuld trifft, denn* …

An dieser Stelle war ein ganzer Abschnitt herausgerissen.

... *darum sollten Sie sich an den Plan halten, den wir besprochen haben. Gehen Sie besser noch vor Weihnachten in die Teufelsbergklinik ... und ...*

Schadeck steckte das Blatt in die Patientenakte zurück und gab Caspar mit dem Papphefter eine Ohrfeige, die seinen Kopf nach rechts schnellen ließ.
»›Lieber Kollege‹? ›Unser Plan‹? Was hat das zu bedeuten, hä? Was hat das hier in deiner Akte zu suchen?«
»Ich weiß es nicht.«
»Hör endlich auf mit dem Spiel, Caspar, oder Mr. N. H., oder wie immer ich dich nennen soll.«
Schadeck schlug noch einmal zu. Diesmal ließ er die scharfe Kante des Ordners direkt auf Caspars Stirn sausen.
»Fakt ist: *Du* kennst den Seelenbrecher. *Du* hast ihn schon einmal gesehen. Und er hat dich hierherbestellt. Als seinen *Kollegen*.«
»Nein.«
»Na schön ..., dann eben anders ...«
Tom trat wütend gegen einen fahrbaren Instrumententisch, von dem mehrere Gegenstände klirrend zu Boden fielen. Er bückte sich und tauchte mit einer grobzackigen Knochensäge wieder auf.
»Dann muss ich die Wahrheit eben anders aus dir herausholen.«

03.01 Uhr

Das Schlimmste an der ganzen Situation war seine Unfähigkeit zum Widerspruch.

Zumindest in einem Punkt hatte Schadeck vollkommen recht und ihm soeben sogar einen ersten unwiderlegbaren Beweis geliefert: Er kannte Bruck. Er war mit dem Seelenbrecher mindestens ebenso vertraut wie mit dem zweiten Opfer, der Grundschullehrerin seiner Tochter. Katja Adesi. Er wusste, beide Personen hatte er früher schon einmal gesehen. Damals, in seinem wahren Leben, an das er sich immer noch nur in Fetzen erinnern konnte. Doch wenn es wirklich einen Plan geben sollte, der sie alle an Heiligabend hier in dieser Psychoklinik zusammengeführt hatte, dann musste er von einem Verrückten erdacht worden sein. Womöglich von ihm selbst.

Was habe ich nur getan?

Caspar sah die einzelnen Mosaiksteinchen vor sich, ahnte anhand der Ränder und Schattierungen, wie sie zusammenpassen könnten, aber das Gesamtbild erschloss sich ihm trotzdem nicht.

Wie hängt das alles zusammen?

Der Behandlungsfehler, die Unfallfahrt, die ihn für immer gezeichnet hatte.

Und wieso hatte ihn Bachmann leblos im Graben gefunden, wenn er sich doch angeblich bereits Stunden zuvor heimlich in die Klinik schleichen wollte, noch dazu mit seinem Hund?

»Wo sind die anderen?«, fragte er, um etwas Zeit zu gewinnen.
Schadeck war hinter seinen Kopf getreten, was das Grauen nur noch verstärkte, denn jetzt konnte er nicht mehr sehen, was der anscheinend durchgedrehte Sanitäter mit ihm vorhatte. Den Zischgeräuschen nach sprühte er gerade Desinfektionsmittel auf das Sägeblatt.
»Mach dir um die Weiber keine Sorgen, die habe ich in der Bibliothek eingesperrt.«
Es zischte erneut.
»Und Bachmann?«
»Willst du mich schon wieder verarschen? *Du* bist doch zuletzt bei ihm gewesen.«
Caspars Kopf schnellte ruckartig nach hinten, und er glaubte, jeden Moment skalpiert zu werden, so sehr riss Schadeck an seinen Haaren. Der wutverzerrte Kopf des Pflegers schwebte nur wenige Zentimeter verkehrt herum über ihm. Ein Speichelfaden löste sich aus seinem Mund und drohte ihm direkt ins Auge zu tropfen.
»So, Schluss mit dem Warm-up. Jetzt geht die Show los.«
Das feucht glänzende Sägeblatt wanderte in Caspars Gesichtsfeld. Er musste schlucken und spürte seinen Adamsapfel schmerzhaft von innen gegen seine überdehnte Kehle drücken.
»Halt, nicht. Bitte …« Caspar flehte um sein Leben. Er riss an den Fesseln, streckte seinen nackten Oberkörper durch und schrie, so laut er noch konnte.
»Das bringt doch nichts«, sagte der Kopf über seinem

Gesicht. »Das Einzige, was dich jetzt noch retten kann, ist die Wahrheit.«

»Aber ich weiß doch nichts.«

»Weißt du, weshalb ich dir das nicht glaube?«

Caspar schüttelte heftig den Kopf und schluckte die Magensäure wieder hinunter, die die Speiseröhre hochgestiegen war.

»Weil du mich so verdammt an mich selbst erinnerst.«

Schadeck hielt ihm die Hand mit der vernarbten Innenfläche vor die Augen.

»Ich hab dir doch von meinem Vater erzählt«, sagte Tom. »An dem Abend, an dem meine Mutter den Kartoffelbrei nicht richtig gesalzen hatte, ist er auch noch auf die lustige Idee gekommen, meine Hände in einen Waffeltoaster zu klemmen.«

Toms Hand verschwand wieder.

»Nachdem er meiner Mutter den Kiefer gebrochen hatte, war er in die Kneipe gegangen, und als er wieder nach Hause wankte, war Mama weg. Sie war ins Krankenhaus gefahren, doch diesmal hatte sie meinen Bruder und meine Schwester mitgenommen. Nur ich war dageblieben, um die Sache mit meinem Vater endgültig zu regeln. Doch ich hatte ihn unterschätzt. Auch wenn er die halbe Kneipe ausgesoffen hatte, war er immer noch stark wie ein Kampfhund.«

Schadeck trat wieder seitlich an den Seziertisch.

»Er wollte wissen, wo seine anderen Kinder sind. Meine Hand klemmte also in dem Waffeleisen, ich schrie und bettelte, er möge aufhören, ich wollte mich befreien, doch er hat nur gelacht. Weißt du, was ich an jenem Tag gelernt habe?«, fragte Tom gefährlich leise und gab sich selbst die Antwort: »Mit roher Gewalt kommst du gar nicht weiter.«

Er warf die Knochensäge auf den Beistelltisch zurück, und Caspar stöhnte erleichtert.

»Die Schmerzen waren unerträglich, aber ich habe sie nicht verraten. Papa ließ erst von mir ab, als ihm wegen des süßlichen Gestanks selbst übel wurde. Er dachte, ich würde es wirklich nicht wissen, der versoffene Idiot. Hätte er einmal in seinem Leben in ein medizinisches Lexikon geschaut, hätte er die Wahrheit viel einfacher aus mir herausholen können.«

»Was meinst du damit?«, sagte Caspar, und die Erleichterung wich rasch einer noch unbestimmten Angst. Schadeck lachte wieder.

»Ich werde es dir zeigen. Du bist doch Arzt. Was sagt dir Thiopental?«

»Ein Barbiturat«, sagte Caspar automatisch. *Hochwirksam, führt bereits in wenigen Sekunden zur vollständigen Bewusstlosigkeit. In der Anästhesie wird es zur Einleitung der Vollnarkose benutzt.*

»Richtig«, bestätigte Schadeck. »In höheren Dosen schießt das Hypnotikum dich in ein anderes Universum. Niedrig dosiert ist es krampflösend, macht ungezwungen und unkontrolliert redselig. Deshalb wird es von den Geheimdiensten auch so gerne bei Verhören eingesetzt. Na, was meinst du? Ist es nicht wunderbar, wie gut die Klinikapotheke sortiert ist?«

Schadeck deutete auf Caspars Armbeuge.
»Keine hektischen Bewegungen. Sonst jage ich dir die Spritze Thiopental ins Auge und nicht in deine Vene.«

03.03 Uhr

In der Welt der modernen Mythen nimmt die Legende vom Wahrheitsserum einen vorderen Platz in der Rangliste des Halbwissens ein. Die meisten Menschen glauben, es gäbe eine chemische Substanz, mit der ein Folterknecht den Willen seines Opfers brechen kann. Ein Mittel, das, einmal in die Blutbahn gelangt, jedes noch so gut behütete Geheimnis entlarvt.
Die Realität jedoch, in der Caspar in diesem Augenblick gefangen war, sah anders aus. Schlimmer. Hoffnungslos.
Denn das Narkosemittel, das ihm gerade injiziert wurde, hebt nur den biochemischen Teppich an, unter den man seine intimsten Geheimnisse gekehrt hat. Ein Phänomen, das jedem Anästhesisten bekannt ist. Es macht die Narkoseärzte zu Beichtvätern, wenn ihre Patienten ihnen in den letzten Sekunden vor der Operation unfreiwillig die größten Sünden anvertrauen. Gerade Frauen neigen dazu, ihre sexuellen Vorlieben in drastischer Weise offenzulegen. Thiopental schwächt also das Kontrollzentrum im Gehirn. Aber es löst nur die absichtlich unterdrückten Gedanken, nicht die, die unbewusst in den Trümmern der Seele verschüttet worden sind.

»Halt, nicht, warte ...«, flehte Caspar, hauptsächlich, um Zeit zu gewinnen. Etwas Kaltes lähmte von innen heraus seinen linken Arm. Er konnte nicht sehen, wie viel des Spritzeninhalts ihm soeben von Tom in die Adern gejagt worden war, doch es fühlte sich an wie ein halber Liter Kühlflüssigkeit.

»Keine Sorge, ich weiß, wie man Spritzen setzt. Die erste bekam übrigens mein Vater, als er seinen Rausch ausschlief. Doch das war eine höhere Dosis, wenn du verstehst, was ich meine?« Schadeck lachte bellend. »Aber jetzt zu dir. Was hast du mir zu beichten?«

Die Worte des Sanitäters klangen eigenartig, wie in einer leeren Kirche. Sie mischten sich mit dem pulsierenden Wummern des Kernspins, das aber leiser geworden war. So als hätte jemand eine schallschluckende Tür geschlossen, die bislang offengestanden hatte.

»Mir ... mir ist was eingefallen«, log Caspar. Gerade war der eben noch präsente Gedanke wieder im Bodennebel seines Bewusstseins verschwunden. Das Narkotikum zeigte seine verwirrende Wirkung.

»Ich höre«, sagte Tom, und die Kälte breitete sich weiter aus.

Jetzt zog sich das Kühlnetz über die Schulter vor bis zum Herzen.

»Du, du hast eben etwas gesagt ...« Caspar musste gegen seinen Willen lächeln. Es war absurd. Tom war kein Fachmann. Wenn der Sanitäter sein Körpergewicht falsch eingeschätzt und sich mit der Dosierung auch nur um wenige Milliliter verrechnet hatte, würde Caspar in wenigen

Sekunden eingeschläfert werden. Aber bis dahin nahm ihm das Narkotikum seine Angst, stattdessen schienen sich zahlreiche Gedanken gleichzeitig Gehör verschaffen zu wollen, und Caspar spürte, wie viel Kraft es ihn kostete, seinem Mund das unkontrollierte Sprechen zu verbieten.

»Wie hast du das Zeug genannt?« Er starrte auf die Spritze in seiner Armbeuge und wünschte sich, jemand würde ihm kaltes Wasser ins Gesicht spritzen, damit er bei Bewusstsein blieb.

»Thiopental?«, hörte er Schadeck aus weiter Entfernung fragen, obwohl der dicht neben ihm stand.

»Nein, nein ...«

Er blinzelte, dann riss er beide Augen auf und verhinderte mit allergrößter Kraftanstrengung, dass sie sich nicht wieder schlossen.

Natürlich, das ist es.

Er hob seinen Kopf an, so gut es ging und soweit seine schwummrige Übelkeit es erlaubte, und das beschleunigte den Vorgang. Je weiter er das Genick streckte, desto mehr wurde die Weiche in seinem Kopf umgelegt, und der Zug der Erinnerung konnte den Kurs auf einen ersten wichtigen Zwischenbahnhof nehmen.

»Hypnotikum«, sagte Caspar, und seine Halswirbel knackten, als er heftig nickte.

»Du hast gesagt, es ist ein Hypnotikum. Mach mich los, das ist die Lösung.«

Der Druck ließ nach, aber die Kälte blieb. Gleichzeitig fühlte sich Caspar auf eine unangenehme Art berauscht. Sein Herz sprang wie eine kaputte CD. Hin und wieder lief es normal, dann hüpfte es synkopisch, von mehreren Aussetzern unterbrochen, unter seinem Brustkorb auf und ab.

Es tat weh, sehr weh. Der ziehende Schmerz raubte ihm die Luft zum Atmen, doch wenigstens konnte er noch sprechen, auch wenn seine Stimme zunehmend wie die eines Betrunkenen klang.

»Das ist die Lösung«, wiederholte er.

»Was meinst du damit?« Tom musste seine Frage zweimal stellen, bevor Caspar sie endlich verstand.

»Die Rätselkarte in Sophias Hand«, stotterte er.

»Es ist die Wahrheit, obwohl der Name lügt?«

»Ja.«

»Und?«

»Die Antwort darauf ...« Caspar schluckte. Seine Kehle brannte, und seine Zunge schien ihr Volumen verdoppelt zu haben.

»Die Antwort darauf ist ›Hypnose‹.«

»Wieso?«

»Das Wort kommt aus dem Griechischen, *Hypnos*, der Gott des Schlafes.«

Caspar hatte das unwirkliche Gefühl, sich selbst beim Sprechen zuzuhören, und das auch nur mit einer großen Zeitverzögerung wie bei einem gestörten Überseetelefonat. Aber immerhin hatte er eben einen ganzen Satz formuliert.

»Und was zum Henker soll das heißen?«, fragte Schadeck.

Caspar konzentrierte sich auf seine Atmung, holte tief Luft und zählte beim Ausatmen bis drei, dann antwortete er: »Früher dachte die Wissenschaft, Hypnose wäre ein schlafähnlicher Zustand. Das ist falsch. Im Gegenteil.«

Er schloss die Augen wieder und redete lauter, auch um sich durch seine eigene Stimme am Einschlafen zu hindern.

»Der Proband ist wach, nur sein kontrolliertes Bewusstsein ist eingeschränkt. So wie bei den Opfern. So wie bei Sophia. Versteh doch: Der Seelenbrecher hat sie hypnotisiert. Das ist die Wahrheit, obwohl der Name lügt.«

»Schwach-sinn!« Schadeck schrie jede Silbe des Wortes einzeln in die Pathologie hinaus, und sein Gebrüll hallte blechern von den Aluminiumkühlfächern wider.

Caspar öffnete erst ein Auge, dann das andere, und ein heller Strahl konzentrierten Kopfschmerzes stach ihm durch die Netzhaut direkt in sein Gehirn.

»Wieso?«, schrie er zurück. Zumindest glaubte er, seine Stimme zu heben. Sicher war er sich nicht. »Ich habe jetzt nicht die Kraft, dir das alles zu erklären. Nein, nicht. Hör mir zu.«

Er wand sich auf dem Seziertisch. Den Arm mit der Spritze konnte er keinen Millimeter bewegen, denn Schadeck drückte ihn jetzt mit beiden Händen hinunter.

»Du brauchst mich nüchtern.«

»Wieso?«
»Nopor«, hustete Caspar. Die wenigen Worte hatten seine ohnehin vom Rauch geschädigte Kehle noch weiter verletzt. Er verspürte einen unglaublichen Durst, und ein Teil in ihm wünschte sich, Schadeck würde endlich den Rest des Betäubungsmittels spritzen, damit die Schmerzen in seinem Kopf endlich aufhörten. Doch er durfte jetzt nicht schlappmachen, wenn er hier lebend herauskommen wollte.
»Sophia hat uns selbst den Hinweis gegeben«, fuhr er fort und suchte Toms Blick.
»Der Seelenbrecher versetzt seine Opfer unter Hypnose in den Todesschlaf. In diese quälende Spirale zwischen Aufwachen und Einschlafen, aus der sie sich nicht selbst befreien können.«
»Hypnose?«, wiederholte Schadeck ungläubig.
»Ja.«
Ablenkung, Schock, Überraschung, Zweifel, Verwirrung, Dissoziation.
Caspar kannte die Faktoren, die einzeln oder kumuliert dafür sorgen, dass ein Proband in einen Zustand versetzt wird, in dem seine Handlungen und Gedanken von außen manipuliert werden können.
»So, jetzt reicht's mir«, brüllte Schadeck. »Jeder weiß, dass es nicht möglich ist, einen Menschen gewaltsam zu hypnotisieren.«
»Doch!«, widersprach Caspar matt. Er machte den Fehler und streckte sein Kinn nach vorne. Da er seine Bewegungen nicht mehr unter Kontrolle hatte, knallte er nach

einer halben Sekunde bereits wieder mit dem Hinterkopf auf den Seziertisch zurück. Ein weiterer greller Blitz durchzuckte seine geschlossenen Augen und beleuchtete für einen kurzen, grauenhaften Moment ein Bild aus der Vergangenheit, das er am liebsten sofort wieder zerrissen hätte. Die Erinnerung an das blondgelockte Mädchen, das den Kopf schüttelt und ihm damit zu verstehen gibt, lieber nicht behandelt werden zu wollen.

O nein. Ich hab es getan. Ich habe meine Tochter gegen ihren Willen …

»Hollywoodmärchen«, hörte er Schadeck wütend schimpfen. »Harmlose Bürger, die zu Attentätern umgepolt werden und auf Befehl Bomben legen, was? Menschen, die Selbstmord begehen, weil jemand ›blaues Hufeisen‹ zu ihnen sagt. Was willst du mir als Nächstes erzählen, um deine Haut zu retten, hä? So was gibt es nicht.«

»Doch«, sagte Caspar. »Ich kann es dir beweisen. Schnall mich los.«

»Träum weiter.« Tom griff wieder zur Spritze.

»Halt, halt, halt.« In Caspars Kopf hatte die Gedankenflut eine kritische Marke überschritten. Der Deich, der seine Kommunikationsfähigkeit sicherte, war kurz davor, zu brechen. Tatsächlich ging die Schulmedizin davon aus, dass niemand gegen seinen Willen in Trance versetzt werden konnte. Was aber, wenn das Opfer nichts von der Einleitung der Hypnose wusste? Was, wenn sein Wille zum Widerstand zuvor durch Schocks, Traumata oder Rauschmittel gebrochen war?

Er wollte Schadeck von einem CIA-Projekt aus der Zeit des Kalten Krieges erzählen, das die Methoden einer militärisch nutzbaren Gehirnwäsche erforscht hatte und zu erschütternden Ergebnissen gelangt war. Dieses *Artichoke-Memorandum* kannte er aus unerfindlichen Gründen auswendig:

Unter Vorspiegelung einer Blutdruckmessung kann die Versuchsperson zur Entspannung überredet werden. Ein Bluttest kann verwendet werden, um eine Droge zu verabreichen. Eine Augenuntersuchung kann benutzt werden, um die Versuchsperson zu veranlassen, den Bewegungen eines kleinen Lichtes zu folgen oder in ein Blitzlicht zu starren, während verbale Suggestionen gegeben werden.

Caspar wollte Tom von den Vitaminspritzen berichten, die man menschlichen Versuchskaninchen ohne ihr Wissen verabreicht hatte und die in Wahrheit Sodium-Amytal enthielten, von den mysteriösen Alzner-Protokollen, die alleine durch ihre Lektüre das Unterbewusstsein veränderten; und er wollte aus dem Abschlussbericht der Ethikkommission zitieren:

Nach Zufügung stärkster physischer Schmerzen und psychischer Folter, insbesondere durch die Herbeiführung schwerster, traumatisierender Schockzustände, kann es mit Hilfe der Verabreichung bewusstseinsverändernder Drogen gelingen, beeinflussbare Menschen gegen ihren Willen in eine hypnotische Trance zu versetzen und ihr Bewusstsein zu dominieren.

All das und noch viel mehr lag ihm auf der Zunge, doch

ihm fehlte die Kraft. Eine fiebrige Müdigkeit lähmte mittlerweile auch seine Stimmbänder, so dass er nur noch unvollständige Sätze brabbelte.

»Du auch, du kannst …«

»Wie?«

»… das auch.«

»Was meinst du?«

»Mich hypnotisieren.«

Caspar ballte seine Faust und drückte sich absichtlich mit seinen Fingern einen Splitter tiefer in das Fleisch. Der stechende Schmerz lenkte ihn ab.

»Es kommt nur auf die Umstände an. Sieh nur. Ich bin dir ausgeliefert. Je mehr Gift du mir spritzt, desto leichter kannst du mich brechen.« Er hustete wieder, diesmal, weil er sich an seinem Speichel verschluckt hatte.

»Aber doch nicht für mehrere Wochen?« Schadeck trat wütend gegen den Tisch. »Und schon gar nicht bis zum Tod, wie bei dem ersten Opfer. Langsam glaube ich, du bist doch kein Arzt. Sonst müsstest du wissen, dass jede fehlerhafte Hypnose irgendwann in einen natürlichen Schlaf übergeht. Die Opfer wären alle von alleine aufgewacht, aber auf gar keinen Fall gestorben.«

Doch. Ich bin Arzt, dessen war sich Caspar nun sicher. Die Erinnerungen schlugen immer schneller ein. Wenn sie in Raßfelds Büro gewesen wären, hätte er es ihm beweisen können. Dort stand das Handbuch der Psychiater, das komplette Verzeichnis aller Kollegen. Er sah seinen Eintrag vor sich: *Dr. med. Niclas Haberland, Spezialist für Neuropsychiatrie und medizinische Tiefenhypnose.*

»Du hast recht«, versuchte er Tom zu beschwichtigen, bevor dieser noch mehr Thiopental in ihn reinpumpte.
»Normalerweise ist die medizinische Hypnose ungefährlich. Das Schlimmste ist der Rapportverlust ...«, Caspar wunderte sich, wie geläufig ihm die Fachbegriffe wieder waren, »... also wenn der Hypnotiseur seinen Patienten nicht ansprechen kann und dieser auf seine Befehle nicht mehr reagiert. Da hast du recht. Dann muss man einfach nur abwarten. Irgendwann wacht jeder auf. Aber hier sprechen wir von ungewollten Pannen. Fahrlässigen Schäden, Verletzungen bei Showhypnose, wenn die Frau aus dem Publikum wie ein Hund auf allen vieren über die Bühne kriechen soll und dabei in den Orchestergraben fällt. Doch es hat noch nie jemand untersucht, ob es möglich ist, jemanden absichtlich zu schädigen. Verstehst du denn nicht?« Caspar flüsterte jetzt nur noch und war sich nicht sicher, ob er das alles eben laut ausgesprochen hatte. Seine Wahrnehmungsfähigkeit war nahezu bei null. Er hatte sich nicht mehr unter Kontrolle, paradoxerweise genau in der Situation, in der er gezwungen war, über Hypnosetechniken zu referieren.
»Wenn tatsächlich jemand eine Hypnosemethode entwickelt hat, mit der er absichtlich einen Menschen dauerhaft ins Wachkoma schicken kann, eine Methode, die am Ende sogar tödliche Nebenwirkungen hat, dann werden wir das nie aus Fachpublikationen erfahren. Denn das wäre ein verbotener Menschenversuch. Und ich fürchte, genau dieser findet gerade statt. Hier. In dieser Klinik. Und wir sind seine Teilnehmer!«

Caspar sah, dass irgendeines seiner letzten Worte seine Wirkung nicht völlig verfehlt hatte. Als Tom nachdenklich beide Hände hinter dem Kopf verschränkte und ihn unschlüssig anstarrte, legte er nach: »Binde mich los. Bitte. Ich glaube, ich weiß, wie ich Sophia aus ihrem Todesschlaf befreien und uns hier alle rausholen kann.«
Schadeck presste zweifelnd seine Lippen aufeinander und fuhr sich durch die Haare. Er seufzte, und kurz danach spürte Caspar, wie der Druck etwas nachließ. Die Spritze steckte nicht mehr in seinem Arm, sondern lag jetzt wieder neben dem Obduktionsbesteck auf dem Beistelltisch.
»Eine falsche Bewegung, und ich mach dich alle.«
Der Sanitäter war gerade dabei, das Fixierband um Caspars linke Hand zu lockern, als das Unmögliche geschah. Irgendwo in der Klinik läutete ein Telefon.

03.09 Uhr

»Halt, nicht ...«
Er brüllte Schadeck hinterher, der, ohne sich noch einmal umzudrehen, bereits auf den Flur hinausgerannt war.
Das ist eine Falle, wollte er ihn warnen, doch seine Stimme versagte.
Caspar stützte sich auf seinen befreiten linken Arm, drehte sich zur Seite und begann mit zittrigen Fingern die anderen Fesseln zu lösen. Die Farben um ihn herum hatten sich verändert, ebenso die Geräusche. Noch immer

klopfte der Kernspin mit der Dynamik einer psychedelischen Technoschallplatte im Nebenraum. Die pflockartigen Hammerschläge wurden schneller und übertönten das externe Telefonklingeln, das es eigentlich gar nicht geben durfte. Einmal wegen der zerstörten Leitung. Und vor allen Dingen, weil es viel zu schrill und laut war. Hier unten im Keller hätte man es gar nicht hören dürfen.

Es sei denn ...

Caspar wollte sich aufrichten, griff ins Leere und stürzte auf den harten Steinfußboden.

Er hörte ein Knacken in seiner linken Schulter und brüllte auf. Leider war nur sein Bewusstsein, nicht aber sein Schmerzzentrum betäubt.

Er riss den Instrumententisch um, als er sich an ihm hochziehen wollte. Aus einem Impuls heraus griff er nach einem Skalpell, das ihm direkt vor die Knie gerutscht war, tauschte es dann aber gegen die Spritze aus. Wenn er sich verteidigen musste, dann hätte eine gezielte Injektion eine schnellere Wirkung, auch wenn die Kanüle schon einen guten Teil ihres Inhalts verloren hatte.

Er schrie auf, als er aus Versehen sein falsches Bein belastete und sich den Splitter dadurch noch tiefer in den Fußballen rammte. Mühsam hangelte er sich am Seziertisch entlang und humpelte los. Der Ausgang war nur wenige Schritte entfernt, doch vor seinen Augen verschwamm alles. Im ersten Moment glaubte er sogar, die offenstehende Tür würde sich von ihm entfernen, je mehr er sich in ihre Richtung bewegte.

Caspar verlor das Gleichgewicht und musste sich wieder

auf den verletzten Fuß stützen, doch wenigstens verhinderte der Schmerz seinen Zusammenbruch.

In seinem Inneren tobte ein schier unlösbarer Widerspruch. Einerseits wollte er fliehen, bevor der Seelenbrecher zu ihm nach unten kam. Andererseits wünschte er sich einen endlosen Schlaf herbei.

Schlaf, dachte er, und plötzlich war der Rauch wieder in seiner Nase, was allerdings auch daran liegen konnte, dass er jetzt auf dem Flur stand, wenige Meter von der Radiologie entfernt, in der er selbst das Feuer gelegt hatte.

Wieso fällt Sophia nicht einfach in einen tiefen Schlaf?

Caspar hatte es irgendwie zu dem Fahrstuhl geschafft und drückte den Knopf. Die Treppe kam nicht in Frage. Jede einzelne Stufe war im Augenblick ein unüberwindbares Hindernis.

Er lehnte sich mit der Stirn gegen die geschlossene Tür und dachte nach, während er gleichzeitig die Vibrationen des Kernspins und das Getrampel von Schadecks schweren Stiefeln über ihm im Erdgeschoss spürte. Das Klingeln hatte aufgehört.

Tom hat recht. Weshalb wachen die Opfer nicht einfach auf? Und wieso halten sie alle eine Rätselkarte in der Hand?

Die Liftseile knackten arthritisch, und eine weitere Überlegung löste sich.

Moment mal ...

Die Antwort war so naheliegend, dass Caspar es zuerst gar nicht glauben wollte.

Topor. Todesschlaf. Natürlich.

Wir waren so blind.

Es war direkt vor ihren Augen geschehen. Sophia zeigte alle Symptome einer Patientin, die von einem skrupellosen Hypnotiseur manipuliert worden war.

Bruck musste sie zu einem traumatischen Erlebnis ihrer Vergangenheit zurückgeführt haben. Zu ihrer größten Angst, ihrem stärksten Schockerlebnis. *Vielleicht zu dem Moment, in dem ihr Exmann ihr die Tochter wegnahm?* Dann hatte der Seelenbrecher bewusst die Verbindung zwischen ihm und seinem Opfer gekappt. So wie bei den anderen Opfern.

Er hatte absichtlich einen Rapportverlust herbeigeführt und dafür gesorgt, dass Sophia nicht mehr auf äußere Reize reagierte, damit niemand außer ihm mehr zu ihr durchdringen konnte.

Doch vor dem entscheidenden letzten Schritt war er durch Linus' Auftauchen gestört worden. Und deshalb geschah bei ihr das, was bei einer fehlerhaften Hypnose normalerweise passiert. Sie wachte auf! Immer und immer wieder aufs Neue.

Caspar erinnerte sich an Sophias flatternde Augen, das Stöhnen, die wenigen Momente, in denen sie eine Reaktion gezeigt hatte und sich mitteilen wollte, bevor sie wieder in ihre Trance zurückfiel.

Und wir hätten sie erlösen können.

Mit einem einzigen Wort hätten sie die Spirale durchbrechen und den posthypnotischen Befehl löschen können, den der Seelenbrecher gesetzt hatte, damit seine Opfer sofort wieder in die Hypnose zurückfielen, wenn sie die Augen aufschlugen. Wenn Licht auf die Pupille fiel.

O mein Gott.

Caspar hämmerte gegen die Fahrstuhltür, als hätte dies die Kabine schneller zu ihm nach unten befördern können. Doch die Anzeige über seinem Kopf zeigte keine Bewegung.

Also doch die Treppe.

Er stolperte seitwärts, wehrte einen weiteren Sturz ab, indem er sich in letzter Sekunde am Geländer festhielt, und stemmte sich Stufe für Stufe mit einem Bein nach oben. Das andere zog er nach.

Es war so einfach. Die Lösung des Rätsels war die Lösung des Rätsels.

03.11 Uhr

Er presste die verletzte Hand auf den Brustkorb, um einen Gegendruck zu seinem Herzen zu erzeugen, das mit jedem Schritt schneller schlug.

»Tom?«, brüllte Caspar. Er wollte dem Sanitäter seine Vermutungen mitteilen, von denen er hoffte, dass sie überhaupt einen Sinn ergaben.

Wenn er richtiglag, mussten sie nur auf den nächsten Zeitabschnitt warten, in dem Sophia wieder die Augen öffnete, und ihr dann das Lösungswort sagen. Wenn die psychischen Schäden, die sie bislang erlitten hatte, nicht zu schwer waren, würde sie dadurch die Kontrolle über ihr Bewusstsein zurückerlangen. Oder in einen gnädigen Schlaf fallen.

»Tom?«

Er erhielt wieder keine Antwort, obwohl er mit aller Kraft gebrüllt hatte.

Caspar bezwang endlich die letzte Stufe, und seine blutigen Füße hinterließen ihre ersten Spuren auf dem dicken, cremefarbenen Teppich des Empfangsbereichs. Hinter ihm knackte die Fahrstuhltür. Sie war nicht vollständig geschlossen und fuhr immer wieder einige Zentimeter auf und zu. Caspar überlegte, ob er den hölzernen Keil entfernen sollte, der den Aufzug blockierte. Allerdings verunsicherte ihn die Tatsache, dass aus der Kabine kein Licht in den Empfangsbereich fiel. Was also, wenn der Seelenbrecher genau auf diesen Moment wartete, um ihn aus der Dunkelheit heraus anzuspringen?

Er entschied, dass er Hilfe brauchte. *Wo ist Tom?*

Bewaffnet nur mit einer Spritze, wollte er sich der unbekannten Gefahr nicht stellen. Caspar spähte hilfesuchend in den dunklen Gang hinein, der zur Bibliothek führte.

Und weshalb steht die Tür da hinten offen?

Noch mehr jedoch wunderte sich Caspar über den funkelnden Gegenstand, der sich wenige Meter vor ihm zu drehen schien und in dem sich das flackernde Kaminlicht widerspiegelte, das aus dem Speisezimmer fiel.

Dann, einen Schritt später, sah er, was dort umgekippt und verlassen im Flur lag. Es war Sophias Rollstuhl, dessen Speichenrad ganz langsam austrudelte.

03.12 Uhr

Ich bin Niclas Haberland.

Er bremste den Gummireifen mit dem Zeigefinger und kniff die Augen zusammen.

»Sophia?«, flüsterte er und schob mit dem bloßen Fuß die schwere Holztür weiter auf.

Ich bin Niclas Haberland. Arzt für Neuropsychiatrie.

Seine Lippen bewegten sich wie die eines Kindes, das lautlos in einem Schulbuch liest.

Er wiederholte immer wieder den gleichen Gedanken, wie eine Beschwörungsformel, die das Böse abwenden sollte, das er in der Bibliothek vorzufinden glaubte.

Ich bin Niclas Haberland. Arzt für Neuropsychiatrie und Experte auf dem Gebiet der medizinischen Hypnose.

Die Finger schlossen sich fester um die Spritze in seiner Hand. Dann trat er ein. Sah die Gestalt vor dem Kamin. Und schloss die Augen.

Ich bin Niclas Haberland. Arzt für Neuropsychiatrie und Experte auf dem Gebiet der medizinischen Hypnose. Und ich habe einen Fehler gemacht.

Als er sie wieder öffnete, war sie immer noch da. Sie saß auf einem der Hussenstühle in der Nähe des rauchenden Feuers, und ihre Haut hatte die Totenblässe der erkalteten Kaminasche angenommen.

Greta Kaminskys Kinn ruhte auf ihrer Brust, ihre rechte Hand baumelte leblos nach unten, während die linke auf ihrem Schoß ruhte.

Sie wirkte so steif und unbeweglich wie eine Puppe, bei

der es nur eines winzigen Lufthauchs bedurfte, damit sie sich zur Seite neigte.
Für einen Moment glaubte Caspar die alte Dame vom Stuhl rutschen und mit dem Kopf auf den Boden schlagen zu sehen, der wie der Rest ihres Körpers vor seinen Augen zu Staub zerfallen würde.
Er flüsterte ihren Namen, bewegte sich einen vorsichtigen Schritt auf sie zu, unsicher, ob sich ihr Brustkorb hob und senkte oder ob das nur eine Illusion war, hervorgerufen durch das Flackern des Feuers hinter ihr.
Tom? Yasmin? Wo seid ihr?, fragte er sich, während er nach einem Lebenszeichen suchte. Eine pulsierende Halsschlagader, ein Zittern ihrer violett angelaufenen Lippen. Irgendetwas.
Er stand nur noch eine Armlänge von ihr entfernt und ging in die Knie. Um sie nicht zu verletzen, legte er die Spritze auf den Teppich neben ihre Füße, sprach sie direkt an, und dann ging auf einmal alles viel zu schnell. Er konnte nicht sagen, ob er zuerst den Todesschrei und danach das metallische Knacken gehört hatte oder ob es umgekehrt gewesen war. Ihm war noch nicht einmal bewusst, wie er es so schnell wieder auf den Flur zurückgeschafft hatte. Zurück in Richtung Fahrstuhl, aus dem die erbarmungslosen Kampflaute drangen. Die Tür war jetzt etwas weiter geöffnet, und Licht schien heraus – der zitternde, dünne Finger einer kleinen Taschenlampe, der in Richtung von Bachmanns Pförtnerbüro am Eingang zeigte. Caspar blieb stehen. Der Gang war zu schmal und der Fahrstuhl noch zu weit entfernt, als dass er aus seiner

Perspektive einen Blick in ihn hinein hätte werfen können. Das Einzige, was er zweifelsfrei sah, war, dass es jetzt kein hölzerner Keil mehr war, der die Lichtschranke blockierte. Von den nackten Beinen ragten nur die Unterschenkel und Füße aus dem Aufzug heraus. Den Rest von Sophias Körper hatte der Seelenbrecher bereits in die dunkle Kabine gezogen.

03.13 Uhr – Außerhalb der Klinik

Der Sturm war löchriger geworden. Er schlug noch immer mit roher Brachialgewalt auf Dachschindeln, Fensterläden, Oberleitungen und jeden anderen ungesicherten Gegenstand ein, der sich ihm unvernünftigerweise in den Weg stellte. Doch hin und wieder setzte er aus, als müsse er Luft holen, um mit neugewonnenem Atem Fernsehantennen umzuknicken oder Bäume zu entwurzeln. Bei dieser Reise der Verwüstung war der Schnee weiterhin sein treuer Begleiter. Ein Komplize des Sturms, der seinen weißen Tarnmantel über die größten Schäden legte und sich jedem Zeugen ins Gesicht warf, der ihn bei der Zerstörung beobachten wollte.

Obwohl der Wind auf der Beaufortskala bereits um einen Punkt gefallen war, wagte sich zu diesem Zeitpunkt niemand aus dem Schutz seiner Wohnung. Es sei denn, er wurde dazu gezwungen, so wie Mike Haffner.

»Der beste Job der Welt, Scheiße«, sagte er zu sich selbst, denn außer Haffner saß niemand in dem Schneeräumfahrzeug. »Winterdienst, ha!« Er schlug mit beiden Händen auf das Plastiklenkrad.

Er hatte es gewusst. Er hätte niemals auf Schwacke hören sollen. Der Kiffer konnte kaum einen Joint von einer Trillerpfeife unterscheiden, geschweige denn einen Nebenjob organisieren. »Zweitausend Euronen, Alter«, hatte Schwacke ihm vorgeschwärmt. »Die gibt's garantiert, selbst wenn's nicht schneit. Und wir alle lesen ja Zeitung, oder?« Dabei hatte er mit dem Mittelfinger sein Unterlid nach unten gezogen und ihm verschwörerisch zugezwinkert. »Klimakatastrophe, CO_2, Treibhauseffekt, Alter. Bevor's bei uns noch mal im Winter schneit, trete ich den Anonymen Anabolikern bei.«

Haffner zog das Handy hervor, um seinen hirnverblödeten Grundschulfreund anzurufen und ihm Hodenkrebs zu wünschen. Nein, besser etwas Ansteckendes. Ebola zum Beispiel. Seinetwegen hatte er sich dazu überreden lassen, den sicheren Job in der Videothek zu kündigen, um in der Einsatzbereitschaft der privaten Schneeräumbeseitigung F. A. Wurm anzufangen.

»Wurm kommt auch bei Sturm« stand hinten auf dem Heck, und als vor zwanzig Minuten das Telefon geklingelt hatte, musste Haffner lernen, dass man den Slogan in dem Saftladen offenbar wörtlich nahm. »Solange das Räumgerät beim Fahren nicht umkippt, kannst du damit arbeiten«, hatte ihn der Einsatzleiter angeschnauzt. Und jetzt sollte er hier in diesem schwindsüchtigen Villenvorort irgendeinem reichen Drecksack die Garage freiräumen.

Kein Empfang!

Mike warf sein Handy in den Fußraum und schaltete das Radio an, was auch nur mit Aussetzern funktionierte. Der Moderator hielt sich wohl für besonders witzig und hatte »Sunshine Reggae« aufgelegt. Oder der Musikredakteur war genauso verblödet wie Schwacke. Haffner ließ es trotzdem laufen, da man bei dem bronchitischen Dieseltuckern hier drinnen und dem Windgejaule da draußen ohnehin kaum etwas verstand. Er trat aufs Gaspedal und schlingerte blind um die Ecke einer Kopfsteinpflasterstraße. Bei der Suppe da draußen hätte er langsamer fahren müssen, andererseits wäre er dann auch leiser gewesen, und wenn er schon arbeiten musste, wieso sollten diese reichen Wohlstandssäcke ihren Schlaf genießen?

Er gab weiter Gas.

Verdammt, Schwacke, dir hau ich die Nadeln von der Tanne, dachte er kurz, bevor es zum ersten Mal rumpelte.

Scheiße.

Beim zweiten Mal gab es keinen Zweifel mehr.

Bitte lass es einen Laubsack sein, dachte Haffner und hielt an.

Oder einen Ziegelstein.

Er warf sich gegen die Tür und fiel beinahe in den Sturm hinaus.

Es wird ja wohl kaum einer so bescheuert sein, jetzt spazieren zu gehen, dachte er noch und wurde wenige Sekunden später eines Besseren belehrt.

»Scheiße, wer bist du denn?«, brüllte er den Halbnackten an, der panisch mit den Händen fuchtelte, als er ihm mit einer Taschenlampe in das ausgezehrte Gesicht leuchtete. Es war nicht zu erkennen, ob er vor Schmerzen oder Kälte zitterte, als der Mann seine tiefblauen Hände nach Haffner ausstreckte. Und es war nicht zu verstehen, was er brüllte.

»Sophil … Sophilpatiöten!«

Zumindest nicht für Haffner.

03.15 Uhr –
Innerhalb der Klinik

Caspar verstand immer noch nicht den Plan dahinter, doch er erkannte das grauenhafte Ziel.
Der Seelenbrecher hatte sie dazu gebracht, die Pathologie zu verlassen. Sie hatten ihm den Gefallen getan und sich voneinander getrennt. Und er war unbeobachtet in den Fahrstuhl gelangt, den er benötigte, um seine todgeweihte Fracht in seine Höhle zu transportieren. In das zweite Untergeschoss. Ins Labor. Dort, wohin man nur mit Raßfelds Spezialschlüssel kam, den Bruck vermutlich dem ermordeten Klinikleiter abgenommen hatte und der in diesem Augenblick ganz sicher in der Schaltleiste steckte. Neben dem Messingknopf mit der Aufschrift ›minus zwei‹.
Caspar näherte sich langsam dem Fahrstuhl, um seinen entsetzlichen Verdacht zu überprüfen. Dabei setzte er zaghaft einen Schritt vor den anderen, wie ein Kind, das nicht auf die Rillen im Gehweg treten will. Die Hosenbeine seines Pyjamas raschelten bei jeder Bewegung. Er hielt kurz inne, presste sich dicht an die Wand und konnte immer noch keinen Blick in den Aufzug werfen, dessen Tür schräg links vor ihm, etwa zwei Autolängen entfernt, alle fünf Sekunden gegen Sophias Unterschenkel schlug, um sofort wieder aufzufahren. Caspar hörte ein röchelndes Pfeifen, dann zuckten die Füße der Psychiaterin, ihre Zehen bogen sich nach oben, und ein weiterer Zentimeter ihres Körpers verschwand im Lift.

Caspar rannte los. Wenn er Sophia retten wollte, konnte er nicht länger warten. Er musste handeln.
Ohne darüber nachzudenken, was er tat, hechtete er vor den Aufzug, drückte auf den Rufknopf und unterdrückte seine Angst, indem er laut nach Tom schrie.
Er hörte auch dann nicht auf zu brüllen, als die Tür offenstand und sein Gehirn sich weigerte, die Szenerie zu akzeptieren, die seine Augen sahen.
Bruck kniete am Boden, beide Arme um Sophias Hals gelegt, als wolle er einen chiropraktischen Griff bei ihr anwenden.
Oder ihr das Genick brechen.
Die Taschenlampe, die sich der Seelenbrecher in seine linke Achselhöhle geklemmt hatte, war bei dem Versuch, Sophia zu entführen, verrutscht. Dadurch beleuchteten ihre Strahlen jetzt vor allem Brucks geschundenen Oberkörper, als wolle er diesen absichtlich in ein morbides Scheinwerferlicht rücken. Der Mann sah aus wie eine lebende Wunde. Sein zerrissener Verband warf einen verkrusteten Schal um seinen Hals und unterstrich damit auf makabre Weise die aufgeplatzte Operationsnarbe unterhalb des Kehlkopfs.
Er wirkt selbst gebrochen, war Caspars erster Gedanke, als er seinen nackten Fuß in die Schwelle stellte.
Angeschlagen, kaum fähig, einen Menschen zu verschleppen. Geschweige denn, ihn zu töten. Das Lebendigste an Bruck waren seine Augen, die das Licht der Taschenlampe gespenstisch reflektierten.
Bevor Caspar die Chancen und Risiken abwägen konnte,

folgte er einem inneren Impuls und warf sich blind in den Fahrstuhl. Die verspiegelte Innenkabine wankte unter seinen Füßen, als er sich mit dem gesamten Gewicht seines Körpers gegen Bruck warf. Dadurch erstickte er einen Kampfschrei, den der Seelenbrecher gerade ausstoßen wollte und der wie der Vorname seines vierten Opfers klang. *Sophiiiiiii…*

Zuerst wunderte Caspar sich über die schwache Gegenwehr. In den ersten Sekunden fühlte es sich an, als wäre es ein Kampf unter Gleichen. Zwei Schwerverletzte schlugen unter Aufbietung ihrer letzten Reserven ziellos um sich, in der Hoffnung, den Angriff des Feindes abzuwehren. Doch dann schoss Caspar ein Strahl dünnes Blut aus der Nase; er hatte den Ellenbogen in der Finsternis nicht kommen sehen, die Taschenlampe war Bruck längst zu Boden gefallen und schlitterte zwischen ihren nackten Füßen umher.

Caspars Wut wuchs. Seine Hand fand das Gesicht des Psychopathen, und er drückte sie fest auf dessen Mund, obwohl Bruck ihm wieder und wieder sein Knie in den Magen rammte. Dann wanderte sein Daumen nach unten und schob sich in die zerrissene Wundfalte. Er drückte zu, und Brucks unverständliches Gejaule wurde zum Kreischen. Caspars Daumen steckte jetzt mit dem gesamten Fingernagel in der Operationsnarbe.

Brucks Widerstand nahm ab, doch dann spürte Caspar ein Ziehen in seinem Unterleib, das seinen Körper von innen heraus in Beschlag nahm und unerträglich wurde. Er wollte sich abwenden, bevor Bruck ihn nochmals zwischen die Beine treten konnte, doch es war zu spät. Caspar fiel klappmesserartig zusammen, schlug mit der Stirn gegen Sophias Kopf und blieb gekrümmt neben ihr liegen. In der Erwartung eines weiteren Schlags schirmte er das Gesicht notdürftig mit den Unterarmen ab, doch Bruck war ebenfalls auf die Knie gegangen und schien sich vor Schmerzen übergeben zu müssen.

Er schob sich zurück, tastete nach Sophias Beinen und streifte dabei unerwartet die Taschenlampe. Caspar griff nach ihr, riss sie hoch, um den Seelenbrecher zu blenden, und dabei streifte ihr Schein für eine Sekunde einen zierlichen Damenturnschuh.

Ein Schuh?

Erst jetzt erkannte er, dass sie nicht alleine waren. Neben ihm, Bruck und Sophia kauerte noch ein weiterer Körper in der hintersten Ecke des großen Aufzugs.

Yasmin.

Sie blutete, jedenfalls war das der einzig logische Grund, der ihm einfallen wollte, weshalb sich ihre helle Bluse dunkel verfärbt haben sollte, genau an der Stelle, an der ein länglicher Gegenstand mit einem schwarzen Gummigriff aus ihrem Oberkörper ragte.

Keine Zeit. Keine Zeit.

Caspar spuckte das Blut aus, das sich in seinem Mund gesammelt hatte, und umarmte Sophias Knie. Dann rappelte er sich auf und zog sie in gebückter Haltung wie eine Teppichrolle rücklings aus dem Fahrstuhl. Dadurch riss er ihr ein dickes Haarbüschel aus dem Kopf, auf dem Bruck gekniet hatte, der sich immer noch beide Hände

auf seinen Hals presste. Auch er hatte Blut vor dem Mund.
Sophia war schon fast draußen, als ihm ihre Beine aus den blutverschmierten Fingern entglitten. Er ignorierte das Stechen in seiner Hand, die er sich in der Radiologie zerschnitten hatte, wischte sich das Blut an seiner vernarbten Brust ab, packte Sophia in einer verzweifelten Umarmung um die Hüfte und warf sich zurück.
Auch Bruck stand auf, wankte wie ein angezählter Boxer in der letzten Runde, doch ihm schien die Kraft für einen weiteren Angriff zu fehlen. Er stand einfach nur da, öffnete den Mund. Eine Speichelblase wölbte sich vor seinen Lippen, er streckte den Arm aus, doch Sophia war nun außerhalb seiner Reichweite.
Geschafft. Ihr Kopf schlug hart gegen die Bodenschwelle des Aufzugs, dann hatte er sie vollends aus der Kabine hinausgezogen. Es knackte, der Seelenbrecher schien noch einmal Sophias Namen zu brüllen, dann verstummten die gequälten Laute hinter der zugefahrenen Fahrstuhltür.
Das Letzte, was Caspar sehen konnte, war das angewinkelte Bein der Krankenschwester, für die er nichts mehr hatte tun können.
Caspar atmete schwer aus und ließ den Oberkörper zur Seite fallen, ohne den kalten Fuß der Ärztin loszulassen. Er fuhr mit dem Daumen an der Unterseite ihrer Sohlen entlang und registrierte, wie sich die Zehen unter seinen Fingerspitzen bewegten. Mit diesem Lebenszeichen wollte er sich zufriedengeben, einschlafen, hier vor dem

Treppenhaus der Teufelsbergklinik, auf dem Teppich der Empfangshalle. Er wusste, dass es falsch war, dass er wach bleiben musste. Dennoch war er schon fast weggedämmert, als ihn sein eigener Husten durchschüttelte. Er musste sich aufrichten, um nicht an dem Gemisch aus Blut und Speichel in seinem Mund zu ersticken.
Caspar spuckte aus, und ein kleiner Schwall des ekligen Gemischs besprenkelte die schwarzen Stiefel, die auf einmal neben ihm standen.
Er sah hoch.
»Wo bist du gewesen?«, fragte er Tom mit letzter Kraft.
»Ich hab das Telefon gesucht. Der Wichser hat den Eigenruf aktiviert und es wieder vor das Mikrophon der Hausanlage gestellt, damit wir es auch im Keller hören können.«
Caspar nickte. Das hatte er vermutet.
»Und das hat so lange gedauert?«
»Nein.« Schadeck lachte und trat noch einen Schritt näher.
»Den Rest der Zeit habe ich euch zugesehen«, sagte er und zog zum zweiten Mal innerhalb einer halben Stunde seine Betäubungspistole. Doch dieses Mal benutzte er nur ihren Griff und ließ ihn mit voller Wucht auf Caspars Schädel hinabsausen.

Echorausch

»Halt, nicht so ziehen, Tarzan. Es ist glatt.«
Er rief nur halbherzig nach seinem Hund, der sich gegen die Leine warf. Was war nur los? Hatte er sich erschreckt? Oder war Tarzan sauer, weil er ihn hier so lange angebunden hatte? In der Kälte. Dachte vermutlich, er würde wieder ausgesetzt. So wie von seinem Vorbesitzer, der ihm erst ein Auge ausgestochen und ihn dann mit den anderen Welpen zum Sterben in dem Autowrack zurückgelassen hatte.
»Ja doch. Ich will hier genauso schnell weg wie du ...«, rief er dem jungen Tier nach.
Bestimmt hatte der Mischling eine Witterung aufgenommen. Ein Fuchs oder ein Wildschein vielleicht. Aber dann würde es nach Maggi riechen. Wildschweine rochen immer nach Gewürzverstärker. Oder nach verfaultem Schmalz, das hatte er auf ihren zahlreichen Waldspaziergängen gelernt. Der Duft hing manchmal noch Stunden in der Luft, lange nachdem die Tiere diese Stelle überhaupt passiert hatten, doch davon war hier in der Zufahrt nichts zu spüren. Hier roch es nur nach verbranntem Papier, nach Holzkohle, was kein Wunder war, bei den vielen Kaminen in der Villa hinter ihm.
»Warte doch ...« Er überlegte, ob er besser die Leine loslassen sollte. Mit jedem Schritt den Hang hinab wurde es schwieriger. Der Schnee war frisch gefallen, hatte die Eisflächen über dem Asphalt verdeckt, und der Pförtner

konnte ja noch gar nicht gestreut haben. Er hatte ja extra so lange gewartet, bis er weg war. Doch genutzt hatte es gar nichts.

Er tastete in die Innenseite seines Wintermantels, doch da war nichts mehr. Das war ja alles verbrannt. Gerade eben, vor seinen Augen.

Der tiefe, melancholische Schmerz der Trauer baute sich wie eine unüberwindliche Wand vor ihm auf. Alles vergebens. Alles umsonst. Er hatte einen letzten Versuch unternommen und war gescheitert, erwartungsgemäß. Und jetzt stand er hier in der Zufahrt, unfähig, sich zu bewegen, unfähig, die Mauer seiner Depression zu zerschlagen, die ihn an der Rückkehr in ein normales Leben hinderte.

Sein Arm schnellte nach vorne, als Tarzan wieder anzog, doch sein Körper blieb stehen. Erstarrt. Kalt, wie die vereisten Tannenzweige am Wegesrand, die unter der Last des Neuschnees zu zerbrechen drohten. Er wankte etwas, stemmte sich gegen die Kraft, die an ihm zerrte. Und dann ... hörte er das Brodeln. Während er fiel, begann es um ihn herum zu rauschen, wie ein Topf mit überschäumender Milch. Das Geräusch mischte sich mit einem Flüstern. Die Welt drehte sich um ihn, er hörte Zweige brechen, sah die Bäume plötzlich aus einem anderen Winkel, spürte, wie sich die Leine fester um sein Handgelenk zog, und dann knackte es wieder, obwohl keine der Fichten einen Ast verlor. Gleichzeitig wurden sowohl das Brodeln wie auch das Flüstern lauter, was eigentlich gar kein Flüstern mehr war, sondern jetzt einer hellen, leicht

verzerrten Stimme glich, die sich immer weiter von ihm entfernte.
Dann hörte er etwas brechen, ein Stück Holz oder einen Knochen, und er begriff, dass es in dem Moment geschehen sein musste, als sein Kopf aufschlug. Kurz bevor die Flammen kamen, direkt vor ihm. Nicht aus dem Armaturenbrett, wie damals, an dem Tag, als alles begann. Sondern aus dem Kamin, in dem die Zweige knackten und in dem das brodelnde Feuer von einem eisigen Wind über dem Schornstein nach oben gesaugt wurde. Und dann hörte er auch die Stimme. Metallisch verfremdet, dafür laut und klar.
»Du kannst sie haben«, sagte sie. »Hol sie dir doch.«

03.20 Uhr

Caspar wollte die Augen aufschlagen, um dem Traum zu entfliehen, doch es gelang ihm nicht. Denn er war bereits wach. Das Feuer vor ihm, in das er seit geraumer Zeit starrte, war ebenso real wie die Worte, die er über die Haussprechanlage hörte.

»Komm und hol sie dir!«, knarrte Schadecks Stimme aus dem Lautsprecher über seinem Kopf.

Tom? Verdammt, was macht er da?

Caspars Versuch, von seinem Stuhl in der Bibliothek aufzustehen, schlug aus mehreren Gründen fehl. Hauptsächlich, weil sowohl seine Psyche als auch sein Körper nach den Folter- und Gewaltexzessen der letzten Stunden nicht mehr in der Lage waren, die einfachsten Dinge zu verrichten. Er hatte sich beinahe eine Rauchvergiftung zugezogen, war gegen seinen Willen unter Betäubungsmittel gesetzt worden, und abgesehen von seinen Schnittwunden an Händen und Füßen, hatte ihm der Seelenbrecher vermutlich das Nasenbein zertrümmert, wobei die Kopfschmerzen und die frostige Übelkeit ganz sicher von seiner Gehirnerschütterung herrührten, die er Schadeck verdankte. Er hatte nicht mehr die Kraft zum Aufstehen. Die Bademantelkordel, mit der Schadeck seine Hände hinter dem Rücken mit der Stuhllehne zusammengebunden hatte, wäre gar nicht mehr notwendig gewesen.

»Du kannst sie haben, Bruck. Ich habe Sophia in die Eingangshalle geschoben.«

Das Mikrophon der Hausanlage erzeugte eine leichte Rückkoppelung, bevor Schadeck die Sprechtaste wieder losließ.
O mein Gott. Er will sie opfern.
Als würden Schadecks Worte den letzten Funken Hoffnung in ihm ersticken wollen, wurden die Flammen im Kamin auf einmal schmaler, und dichter Qualm schlug in die Bibliothek.
Caspar schloss seine tränenden Augen und hoffte, der Schneesturm, der von außen in den Schornstein hineindrückte, würde wieder etwas nachlassen.
»Du willst sie haben? Du kriegst sie. Sie ist dein Weihnachtsgeschenk, Bruck. Nimm dir die Ärztin, mach mit ihr, was immer du willst, aber dann hau ab. Das ist unser Deal, okay?«
Caspar startete einen weiteren Versuch, sich aufzurichten. Alles, was er erreichte, war, dass er beinahe ins Feuer gefallen wäre. Er begann zu schwitzen.
»Du kannst auch die anderen haben. In der Bibliothek, dort wo du schon Yasmin abgestochen hast. Die Oma lebt noch.«
Caspar drehte den Kopf nach hinten und sah, dass sich Gretas Körperhaltung tatsächlich etwas verändert hatte. Ihr Mund war jetzt geschlossen.
»Und der Psycho ist gefesselt. Also hast du leichtes Spiel. Schnapp sie dir oder hol dir nur Sophia ... ganz egal, Hauptsa...«
Schadeck erstarb mitten im Wort, hielt aber die Sprechtaste weiterhin gedrückt.

»Scheiße, nein ... was ...«
Kurz darauf hörte Caspar ein Geräusch, als ob jemand unter einem gedeckten Tisch eine Decke wegreißen würde.
Zwei Sekunden später knackte es, und der abgeschnittene Schrei hallte in den leeren Räumen der Villa nach. Und in seinem dröhnenden Kopf.
Du bist ein Idiot, Schadeck. Du bist ein solcher Idiot ...
Was hatte Bachmann gesagt? Es gab nur zwei Orte, an denen man die Hausanlage bedienen konnte? Der Pfleger hätte sich gleich neben eine Zielscheibe setzen können. Fraglich war nur, ob Bruck ihn ausgeschaltet hatte, bevor oder nachdem er zu Sophia gegangen war.
Ganz sicher ist nur eins ...
Caspar ruckelte verzweifelt an seinen Fesseln und spähte zu der angelehnten Flügeltür zum Flur, von der Schadeck den Schlüssel abgezogen hatte.
... jetzt ist Bruck auf dem Weg zu uns!
Es dauerte nicht lange, da sollten die Schlurfgeräusche draußen im Gang ihm recht geben.

03.23 Uhr

Feuer.

Rauch.

Bücher.

Greta.

Auf der Suche nach einer Chance, dem Unvermeidlichen zu entkommen, hatte sein Gehirn den Energiesparmodus aktiviert. Caspar war nur noch zu Einwortgedanken fähig, während seine Augen die Bibliothek abtasteten.

Rätselkarten.

Bruck.

Greta.

Bücher.

Während er auf einer Ebene seines Bewusstseins die Tatsache abspeicherte, dass das Schlurfen auf dem Gang bereits für mehrere Sekunden ausgesetzt hatte, verbrauchte sein Selbsterhaltungstrieb die allerletzten Reste seines Adrenalinvorrats. Er starrte ins Feuer, dachte an das Auto, in dem er fast verbrannt wäre, und fragte sich, ob das ein gnädigerer Tod gewesen wäre. Dann schloss er die Augen und wurde das Bild von einer imaginären Uhr in einem brennenden Armaturenbrett nicht los, die seine verbleibende Lebenszeit maß. Der Zeiger war bereits im roten Bereich.

Feuerrot.

Das war es. Die letzte Möglichkeit.

Kamin.

Rauch.

F e u e r!
Caspar hörte mit den zwecklosen Versuchen auf, die Schulterblätter zu dehnen und an der Kordel zu reißen, sondern ruckelte stattdessen mit seinem gesamten Gewicht auf der Sitzfläche des Stuhls nach vorne. Dem Rauch entgegen.
Das Feuer. Ich muss zum …
Er warf sich seitwärts, einmal. Dann ein zweites Mal. Schließlich überschritt er den Scheitelpunkt, und die Schwerkraft waltete ihres Amtes. Langsam fiel er zu Boden. Er schlug auf und wurde schmerzhaft daran erinnert, dass er sich die Schulter bereits beim Sturz vom Seziertisch verrenkt hatte. Sein Kopf fiel etwas sanfter in einen Haufen kalter Asche, in die er jetzt seine Qual hineinbrüllte.
Ich muss zum Feuer, dachte er und wiederholte diesen Gedanken fortan wie ein Mantra. Immer und immer wieder.
Noch lag er an den Stuhl gebunden, etwas zu schräg und viel zu weit von den Flammen entfernt. Aber wenigstens hatte er so die Tür besser im Auge, die sich noch keinen Millimeter bewegt hatte. Noch war nicht alles verloren.
Er zog seine Beine an, warf das Kaminbesteck um, als er sich dagegen stemmte, doch an der wachsenden Hitze in seinem Rücken merkte er, dass er seinem Ziel etwas näher gekommen sein musste.
Als Nächstes warf er sich mit voller Wucht gegen die ächzende Lehne, noch einmal, und dann, ohne Vorwarnung, wurde die Qual unerträglich. Caspar schrie so laut,

wie er es erst einmal in seinem Leben getan hatte. Damals, als er fast in seinem Wagen verbrannt wäre. Jetzt schienen die Flammen ihre zweite Chance zu wittern, das Werk zu vollenden, das sie vor langer Zeit begonnen hatten. Diesmal versengten sie nicht seine Brust, sondern schnitten mit glühenden Rasierklingen in die Oberarme. Also lag er schon fast richtig.

Fast. Nur noch einen winzigen Zentimeter, und das brennende Holzscheit würde nicht nur die Haut über seinen Pulsadern aufreißen, sondern auch die darüberliegende Baumwollfessel.

Caspar schrie noch einmal und biss gleich darauf die Zähne aufeinander. Er glaubte neben dem süßlichen Geruch versengten Fleisches endlich auch den von brennenden Baumwollfasern zu bemerken.

Und tatsächlich wurde die Fessel etwas lockerer.

Oder ist das nur Einbildung? Macht der Schmerz mich völlig irre?

Er zog beide Arme so gut es ging auseinander, um dem Feuer möglichst viel Angriffsfläche anzubieten.

Lockert sie sich? Ich glaube …

Ja.

Nein.

Ja.

Nein.

Zu spät.

Er zog die Arme aus dem Feuer und sah zur Eingangstür. Sie stand offen. Viel weiter als noch Sekunden zuvor. Ein kühler Zug wehte von draußen über den Boden in seine angstgeweiteten Augen, die ihren Blick nicht von dem Seelenbrecher abwenden konnten, der gerade den Raum betrat.

03.25 Uhr

Caspar rückte wieder von der unerträglichen Hitze ab und ließ den Kopf sinken. Seine Handgelenke hatten in der Tat etwas mehr Spielraum. Aber wozu sollte er den nutzen?
Einem zweiten Kampf war er nicht gewachsen.
Er öffnete die Finger, griff nach der Asche hinter seinem Rücken, erwischte ein kleines Stück glühender Holzkohle und ließ sie vor Schmerz sofort wieder fallen. Es war zwecklos.
Aus seiner Position, zumal mit hinter dem Rücken zusammengebundenen Händen, konnte er Bruck nichts ins Gesicht werfen. Und selbst wenn?
Wir hätten den Kamin hochklettern sollen, schoss ihm durch den Kopf. Ironischerweise in einem Augenblick, in dem alle Chancen verspielt und sämtliche Fluchtwege versperrt waren. Und überhaupt – ganz sicher hätte oben am Ausstieg ein mehrfach verriegeltes Gitter auf sie gewartet. *Wie auch immer.* Diese Überlegungen waren sinnlos. Jetzt, da der Seelenbrecher nur noch fünf seiner

hinkenden Schritte von seiner gefesselten Beute entfernt war. Von ihm.

Bruck keuchte, sein Atem pfiff aus der Halswunde. Er zog das rechte Bein nach, und ein funkelnder Gegenstand wanderte von der rechten in seine linke Hand.

Noch vier Schritte.

Ein Messer? Eine Schere?

Das Licht war zu unstet, und ohne seine Kontaktlinsen verschwammen die kleineren Objekte aus dieser Entfernung vor seinen Augen. Vermutlich hielt er ein Skalpell, das er sich in der Zwischenzeit in der Apotheke besorgt haben musste. Vielleicht hatte er damit auch schon Schadeck ausgeschaltet.

Drei Schritte noch.

Caspar zappelte ziellos auf dem Boden umher, wie eine Spinne, der man ein Bein ausgerissen hat und die sich bei ihrem Fluchtversuch immer nur um die eigene Achse dreht. Er hoffte auf ein Wunder, betete, dass Greta wieder zu Sinnen kommen, aufstehen und dem Seelenbrecher von hinten die Kaminschaufel in den Rücken rammen würde, doch ein Blick aus den Augenwinkeln verriet ihm, dass ihre Beine weiterhin teilnahmslos über der Stuhlkante baumelten, eine Marathonstrecke von mindestens drei Metern von ihm entfernt.

Er wollte um Hilfe brüllen und musste bei dem Rauch in seiner Lunge paradoxerweise an die Empfehlung denken, bei Gefahr im Verzug besser »Feuer« zu schreien, da die meisten Passanten bei Hilferufen verschreckt wegsahen, und dieser Gedanke hätte ihn beinahe zum La-

chen gebracht, wenn der Tod nicht schon so nah gewesen wäre.
Noch zwei Schritte.
Und dann, in dem Moment, in dem er erkannte, dass es tatsächlich ein Skalpell war, das Bruck wie einen Bleistift in seinen langen Fingern hielt, exakt in der Sekunde, in der sein Schmerzbewusstsein durch eine letzte große Panikwelle in seinem Körper vollständig überflutet war, genau in diesem Augenblick begann der Seelenbrecher zu tanzen.

03.26 Uhr

Es war ein Ballett des Grauens, aufgeführt von einem verwahrlosten Wahnsinnigen, der sich nicht mehr unter Kontrolle zu haben schien. Caspar kam es vor, als laufe die Inszenierung des Totentanzes in Zeitlupe vor ihm ab, doch in Wirklichkeit dauerte alles nur wenige Sekunden.
Es begann damit, dass Brucks Mund sich öffnete, langsam und kaulquappengleich. Sein linkes Bein zitterte spastisch, er hob den Fuß an und ruderte gleichzeitig mit beiden Armen, augenscheinlich, um das Gleichgewicht zu halten, was ihm aber wenig nutzte.
Dann krümmte er sich, als hätte ihm jemand einen Magenschlag versetzt, ein Arm erstarrte in der kreisenden Bewegung, der andere versuchte seinen Fuß zu berühren.

Bruck drehte sich, als wolle er, dass Caspar seine kümmerlich behaarten Beine von der Seite begutachten könne, und dadurch sah er sie.

Das gibt es nicht. O mein Gott …

Die Spritze.

Natürlich. Ich selbst habe sie vorhin auf den Boden gelegt, als ich Greta untersuchen wollte.

Caspar konnte sein Glück kaum fassen. Noch vor wenigen Minuten hatte Schadeck ihn damit foltern wollen. Jetzt war der Seelenbrecher, nur noch einen winzigen Schritt von ihm entfernt, auf den Plastikzylinder getreten und hatte sich die Injektionsnadel in den nackten Fuß gejagt, direkt in den Spann. Wäre er nicht so geschlurft, hätte er nicht das eine Bein schleppend hinter sich hergezogen, wäre sie wahrscheinlich in seinem Zeh steckengeblieben oder an einem Knochen abgebrochen. Doch so war die Nadel bis zum Anschlag in weiches Gewebe eingedrungen, und Bruck hatte mit seinem Eigengewicht den Kolben heruntergedrückt.

Daher der Tanz. Daher das Zittern.

Als Bruck sich die Spritze aus dem Fuß hatte ziehen wollen, war es bereits zu spät gewesen. Thiopental war eines der schnellstwirkenden Barbiturate, das in Brucks geschwächtem Zustand die Betäubung bereits nach wenigen Sekunden einleitete.

Der Seelenbrecher riss erstaunt die Augen auf, dann wanderten seine Augäpfel nach oben, und Caspar konnte nur noch das Weiße sehen, bevor der Psychopath nach vorne stürzte.

Er klappte direkt über Caspar zusammen und begrub ihn unter seinem Körper.
Erst knackten seine Rippen, dann die Rückenlehne des Stuhls. Caspar bekam keine Luft mehr, und seine Todesangst wurde nun auch noch um eine klaustrophobische Dimension erweitert.
Was jetzt? Was soll ich tun?
Die Spritze war halb leer gewesen, ihr Restinhalt vermutlich stark verdünnt, also würde Bruck in wenigen Minuten wieder aufwachen. Und Caspar war jetzt doppelt gefesselt durch das drückende Gewicht des Seelenbrechers, der mit jedem schmerzhaften Atemzug schwerer zu werden schien.
Das Skalpell, das Bruck aus der Hand gefallen war, lag viel zu nah am Feuer und war damit unerreichbar.
Außerdem bin ich kein Entfesslungskünstler. Ich bin Niclas Haberland. Arzt für Neuropsychiatrie und Experte auf dem Gebiet der medizinischen Hypnose. Und ich habe einen Fehler gemacht.
Er hielt die Luft an, zog beide Beine an, soweit es das auf ihm lastende Gewicht erlaubte, und versuchte einen Hebel zu finden, mit dem er den bewusstlosen Körper von sich wegschaffen konnte.
Krack.
Es knackte erneut, doch dieses Mal war es weder ein brennendes Scheit noch eine angebrochene Rippe. Es war der Stuhl, der für die doppelte Belastung einfach nicht ausgelegt war.
Seine Hände waren zwar immer noch gefesselt, aber der

Rücken des Hussenstuhls war zum Glück nur schlecht verleimt und hatte sich durch den Sturz von der Sitzfläche gelöst.
Caspar zog wieder die Beine an, langsam, bis sie sich unter der Magengrube Brucks befanden, und dann biss er die Zähne zusammen. Er stemmte den Seelenbrecher, der jetzt wie bei einer Leichtathletikübung mit dem Bauch auf seinen Knien ruhte, nach oben und rollte sich ab. Es funktionierte gleich beim ersten Mal. Glücklicherweise, für eine Wiederholung hätte ihm sicher die Kraft gefehlt, und er wäre wohl unter Brucks tödlicher Umarmung eingeschlafen.
Von der leblosen Belastung befreit, stemmte Caspar als Nächstes die Fußballen in den Boden und rutschte parallel zum Kamin nach hinten. Als das nicht den gewünschten Erfolg zeigte, startete er einen letzten, verzweifelten Versuch. Er drehte sich zur Seite, belastete einmal mehr seine verletzte Schulter und rollte vom Kamin weg. Es brauchte nur eine Umdrehung, dann splitterte die Lehne vollends und riss vom Stuhl. Seine Hände waren immer noch hinter dem Rücken gefesselt, aber ansonsten war er frei. Er konnte sich bewegen, hätte aufstehen und das sperrige Holz abschütteln können, das noch gegen den Rücken drückte, doch im Augenblick wollte er einfach nur die Augen schließen. Schlafen, die schreckliche Realität gegen einen Traum eintauschen. So wie Bruck, der schwer und unruhig atmend in fötaler Haltung mit dem Kopf zu seinen Füßen ruhte.
Aber wie lange noch? Zehn Minuten? Fünf?

Er schloss die Augen und hörte seinen bronchitischen Atem, der das Gemisch aus Blut, Speichel und Rauchpartikeln aus seinem Mund abführen wollte. Er ging stoßweise, in einem ähnlichen Rhythmus wie der des Kernspins. Unten im Keller. Dort, wo sie vermutlich gerade war. Allein. Fast tot.

Vor seinem geistigen Auge baute sich das Bild von Sophia auf. Die Ärztin, die sich so liebevoll um ihn gekümmert hatte, als er ihre Hilfe brauchte, um zu sich selbst zu finden. Und zu seiner Tochter, die er im Stich gelassen hatte, als ihre Not am größten war. Jetzt, wo er einige Scherben der Erinnerung wieder zusammengesetzt hatte, waren sie und Sophia noch viel mehr verloren, als er es jemals gewesen war. In sich selbst gefangen, eingeschlossen in dem Gefängnis ihres eigenen Körpers. *Wer weiß, vielleicht kann ich mich ja mal revanchieren?,* hatte er Sophia damals gefragt, als sie dabei war, seine Schmerzen zu lindern, die lächerlich gewesen waren im Vergleich zu dem, was sie alle in diesem Augenblick ertragen mussten.

Yasmin, Sybille, Bachmann, Mr. Ed, Linus, Raßfeld … Sophia.

Er presste noch einmal die Augen zusammen, um das Bild nicht zu verlieren. Das Bild der jungen, zerbrechlichen Frau, die nur noch eine einzige, hoffnungslose Chance hatte. Ihn.

In der Gewissheit, sich einer bereits verlorenen Schlacht zu stellen, schlug Caspar die Augen auf und rollte sich auf die Knie. Zwei Minuten später hatte er seine Fesseln gelöst und stand auf, um Sophia und damit sich selbst zu retten.

03.29 Uhr

Es heißt, der Mensch würde sein wahres Ich erst in Extremsituationen erkennen. In Momenten, in denen es die Umstände unmöglich machen, nach den antrainierten Werten zu handeln, die in jahrelanger Konditionierung durch Eltern, Schule, Freunde und sonstige Bezugspersonen von außen an einen herangetragen wurden. Eine Krise sei wie ein scharfes Obstmesser. Sie schäle die Hülle und lege den inneren Kern frei; den ungeformten, meist instinktgeprägten Urzustand, in dem die Selbsterhaltung die Moral dominiert.

Wenn diese Theorie stimmte, dann machte Caspar gerade die erstaunliche Entdeckung, dass er im tiefsten Inneren seiner Seele ein schwacher Mensch war. Denn er konnte es nicht tun, auch wenn es richtig schien, ja sogar überlebenswichtig war, und eine bessere Gelegenheit, Bruck zu töten, sich wahrscheinlich nie wieder bieten würde.

Caspar starrte abwechselnd auf den bewusstlosen Mann zu seinen Füßen und auf das Skalpell in seiner Hand und wollte sich dazu überreden, dem Wahnsinnigen die Kehle durchzuschneiden oder wenigstens seine Pulsadern zu öffnen. Aber es ging nicht. Er konnte es beim besten Willen nicht.

Er wandte sich ab, humpelte zu Greta und redete sich ein, dass ihm lediglich die physische Kraft fehlen würde, dem Seelenbrecher das Leben zu nehmen. Doch er kannte die Wahrheit. Er hatte noch nie zuvor einen Menschen umgebracht. Er hatte noch nie zuvor jemanden absichtlich geschädigt. Aber manchmal traf er Entscheidungen, die ähnliche Folgen nach sich zogen.

Ich bin Niclas Haberland. Und ich habe einen Fehler gemacht.

Greta atmete flach durch den halbgeöffneten Mund. Ihre Augenlider flatterten, und die gekrümmten Finger in ihrem Schoß trommelten zu dem Takt einer Melodie ihrer künstlichen Träume. Ein weißes Filztuch lag wie ein etwas zu klein geratener Sabberlatz auf ihrer Brust. Caspar musste nicht erst daran riechen, um zu wissen, womit es getränkt war.

Aber wieso? Wieso bleibt Bruck nicht seiner Methode treu? Weshalb tötet er Raßfeld, während er Greta nur mit Chloroform betäubt? Und wieso will er ausgerechnet Sophia in einen Zustand versetzen, der sie auf Dauer zwischen Leben und Tod gefangen hält?

Als er den Stuhl nach hinten kippte, grunzte Greta unwirsch, und ihr Kopf neigte sich bedrohlich zur Seite, doch sie rutschte zum Glück nicht herunter, sonst wäre es ihm wohl nie gelungen, sie aus der Gefahrenzone zu bringen. Trotz ihres federleichten Gewichts rissen die kantigen Stuhlbeine kleine Furchen in das alte Parkett, als er sie aus der Bibliothek hinauszog.

Und jetzt?

Auf dem dicken Flurteppich war die Reibung um ein Vielfaches stärker, er konnte den Stuhl nicht mehr weiterziehen und musste sich ausruhen. Schweißgebadet lehnte er sich an die Wand, hinter der sich die Speisekammer befinden musste, in der Sybille ihre verhängnisvolle Begegnung mit Bruck gehabt hatte. Hier im Gang war das windverstärkte Rauschen des Feuers leiser, dafür hörte er jetzt wieder den hämmernden Kernspin eine Etage unter ihnen.

Klack. Klack. Klack.

Die Magnetwellen peitschten wie Pistolenschüsse in regelmäßigen Abständen die Kellertreppe hinauf. Wie ein Uhrwerk, als brauchte Caspar eine dringende Warnung, dass die Zeit ablief.

Eine halbe Spritze verdünntes Thiopental. Wie lange noch?

Er griff Greta unter die Arme und hob sie hoch. In ihrem seidenen Morgenmantel ließ sie sich so jetzt leichter über den Teppich in die Kammer hineinziehen.

Gott sei Dank.

Im Gegensatz zur Bibliothek steckte hier noch der Schlüssel. Caspar zog ihn ab und verriegelte von außen die Tür. Erst jetzt merkte er, dass er am ganzen Körper unkontrolliert zitterte. Der einzige Unterschied zwischen seiner und Sophias Verfassung war jetzt nur noch seine Fähigkeit, bewusste Entscheidungen zu treffen. Momentan hätte er noch nicht einmal um Hilfe rufen können. Insofern war es richtig gewesen, die letzte Kraft darauf zu verwenden, Greta in Sicherheit zu bringen. Bruck war einfach zu schwer. Mit ihm wäre er auf halber Strecke zusammengebrochen.

Weiter. Ich muss weiter.

Caspar zog den Schlüssel ab und versuchte, ob er auch in die Bibliothekstür passte. Natürlich nicht. Er hatte sein Glückskonto in der Sekunde aufgebraucht, in der sich der Seelenbrecher versehentlich die Spritze in den Fuß gerammt hatte.

Klack. Klack.

Wohin?

Er fühlte sich wie ein dehydrierter Marathonläufer auf der Zielgeraden, nur dass sich die erlösende Schlaufe, in die er sich am Ende eines gnadenlosen Spurts stürzen musste, immer weiter von ihm entfernte. Trotzdem lief er weiter, den Gang hinunter, bis er im Halbdunkel des Eingangsbereichs stand. Er sah sich um und konnte nichts erkennen. Weder Reifenspuren im Teppich noch einen Rollstuhl und erst recht keine Sophia. Wenn Schadeck sie hier ausgesetzt hatte, dann hatte Bruck seine Opfergabe bereits abgeholt.

Doch wo ist sie jetzt?

Klack. Klack. Klack.

Er sah nach vorne, zog mit beiden Zeigefingern seine Brauen nach hinten, um dadurch den Fokus seiner Pupillen zu verändern, doch selbst mit Kontaktlinsen hätte seine Sehschärfe nicht ausgereicht, um zu erkennen, was sich am anderen Ende des Flurs befand. Ein dichter Nebel aus Rauch und Tränen verschleierte seine müden Augen. Er glaubte, direkt hinter dem Wasserspender einen Licht-

balken zu sehen, der durch den Spalt einer angelehnten Tür fiel. Raßfelds Büro. Er überlegte, ob er stark genug war, um sich dorthin zu schleppen.
Aber wozu? Um Schadecks ausblutende Leiche zu finden? Um zu erfahren, mit welchen medizinischen Folterinstrumenten sich Bruck aus der Klinikapotheke noch bewaffnet hatte, bevor er Sophia verschleppte und zu ihnen in die Bibliothek gekommen war? Eines davon, das Skalpell, hielt Caspar ja gerade fest umklammert.
Klack. Klack.
Er wirbelte herum, starrte in den Aufzug, und sein erster Impuls war, vor der Gestalt zu fliehen, die offenbar in der Dunkelheit auf ihn wartete und die ihm auf unheimliche Art vertraut schien.
Dank seines nur noch eingeschränkt arbeitenden Bewusstseins merkte er erst, als er die Hand hob, dass der Mann, der ihm von der Statur so sehr ähnelte, sein Ebenbild war.
Klack.
Er setzte einen Fuß nach vorne auf sein Spiegelbild zu, verhedderte sich in seinen Beinen und stolperte mit dem Kopf voran in die dunkle Fahrstuhlkabine. Etwas splitterte, und dem pulsierenden Ziehen in seinem großen Zeh nach musste es wohl die Scherbe einer ausgeschlagenen Glühbirne gewesen sein.
Klack.
Er sah auf die Anzeigetafel. Raßfelds silbrig glänzendes Schlüsselbund steckte in der Knopfleiste des Fahrstuhls.
Caspar schossen die Tränen in die Augen, als er sah, was

für einen Anhänger der Seelenbrecher dem Ring hinzugefügt hatte. Sophias Halskette baumelte wie das Pendel eines Hypnotiseurs vor seinen Augen und schlug ein letztes Mal gegen das Messingblatt.

Das Amulett. Er hat Sophias Schmuck als Trophäe missbraucht. Nein …

Caspar korrigierte sich.

Nicht als Trophäe. Sondern als Wegweiser. Statt einer Rätselkarte.

Caspar griff nach dem Perlmuttanhänger, und er fühlte sich feucht an, was aber auch an seinen schwitzenden Fingern liegen konnte.

Also gut. Jetzt gibt es ohnehin kein Zurück mehr.

Er streckte den Arm aus und drückte auf ›minus zwei‹. Er glaubte, noch nie eine solche Finsternis erlebt zu haben wie in dem Augenblick, als sich die Türen schlossen.

03.31 Uhr

Auf seiner Fahrt zur Quelle der Angst konnte sich Caspar nicht daran erinnern, ob er gläubig oder Atheist war. Er meinte, früher gerne Kirchen aufgesucht zu haben, doch das musste lange her sein, denn ihm wollte kein Gebet einfallen, dessen Worte ihn jetzt hätten beruhigen können.

Er drückte mit den Fingern auf seine Augäpfel, um eine Reaktion seiner Sehnerven zu stimulieren. Normalerweise erzeugte er damit kaleidoskopartige Blitze, die in Regenbogenfarben vor seiner Netzhaut tanzten, doch selbst diese Illusion wollte sich nicht einstellen. Stattdessen litt er unter einer anderen Sinnestäuschung, denn die Fahrstuhlkabine begann sich zu drehen. Sein Kreislauf spielte vollends verrückt. Sein Gleichgewichtsorgan hatte in der Dunkelheit den letzten Anker verloren, und Caspar kreiste innerlich um sich selbst, ohne seinen Körper auch nur einen Millimeter zu bewegen.

Eine halbe Spritze, stark verdünnt.

Schwindelnd musste er daran denken, dass Bruck womöglich gerade wieder zur Besinnung kam, und er war erstaunt, wie gelassen er die Vorstellung akzeptierte, dass der Seelenbrecher in dieser Sekunde seine Hände um die Beine der Esstafel schlingen könnte, um sich an ihnen hochzuziehen.

Solange ich hier im Fahrstuhl stecke, bin ich sicher.

Für einen Moment war Caspar sogar der festen Überzeugung, den Aufzug nie wieder verlassen zu können. Mit jeder Sekunde nahm in ihm die Gewissheit zu, nie wieder anzuhalten, sondern auf ewig einen endlosen Schacht hinunterzugleiten, in dem es immer dunkler und heißer wurde.

Umso erstaunter war er, als ein gleißendes Licht seine Augen blendete. Die Türen hatten sich geöffnet.

Minus Zwei.

Er war dort angekommen, wo er niemals hinwollte.

Er blinzelte und trat in das Licht.

Tock. Klack. Tock. Tock.

Das hellerleuchtete Laborgeschoss musste über die Lüftung mit dem darüberliegenden Stockwerk verbunden sein, jedenfalls dröhnte der Kernspintomograph hier unten wesentlich lauter, als er eben noch im Erdgeschoss zu hören gewesen war. Dennoch nahm Caspar das tranceartige Gestampfe aus der Radiologie nur noch gedämpft wie durch einen akustischen Filter wahr.

Er schirmte die Augen vor dem grellen Halogenstrahler an der Decke ab, der die nackten, armeegrün gestrichenen Betonwände wie ein Kinoscheinwerfer ausleuchtete.

Tock. Klack. Tock. Tock.

Caspars Ohren hatten die bedrohlich wechselnden Klopfgeräusche des Kernspins bereits als unvermeidliche Störung akzeptiert, etwa so, wie die menschliche Nase sich an einen schlechten Geruch in einem fensterlosen Raum gewöhnen kann, der für Neuankömmlinge unerträglich bleibt. Seinem geschwächten Bewusstsein war es gelungen, die hypnotischen Laute hinter einen Schutzwall in eine hintere Region seines Bewusstseins zu verschieben. Leider gelang ihm das nicht mit den dumpfen, fast animalischen Schreien, die Caspar im Vorraum des Labors empfingen.

03.32 Uhr

Der innere Kampf drohte ihn zu zerreißen. Zwei Urgewalten hatten sich darauf geeinigt, ihr letztes, klärendes Duell in seinem Körper auszufechten. Und deshalb spürte Caspar, wie die eine Macht ihn nach hinten zog, um

ihn zur Flucht zu drängen, während die andere ihn nach vorne schubste, um Sophia zu retten. Er selbst war völlig willenlos, ein Spielball seiner widerstreitenden Instinkte, der wie ein unbeteiligter Dritter eine Szenerie beobachtete, die sein Gehirn nicht akzeptieren wollte.
Sophia saß apathisch, nur wenige Schritte von ihm entfernt, in ihrem Rollstuhl vor einer gläsernen Tür, die das kleine Vorzimmer von dem dahinterliegenden Labor abtrennte.
Köder, schoss es Caspar durch den Kopf. Erst der Schlüssel, dann die Ärztin. *Bruck hat die Köder gelegt, die mich ins Verderben führen.*
Die geriffelte Milchglasscheibe hinter ihr musste gepanzert sein, denn sowohl die verzweifelten Faustschläge als auch die schweren Fußtritte, die von der anderen Seite gegen den Eingang donnerten, kamen auf seiner Seite nur als höfliches Türklopfen an.
Caspar schlurfte einen Schritt auf Sophia zu und bemerkte gar nicht, dass sein Selbsterhaltungstrieb dabei war, zu unterliegen.
Sophia. Er wollte sie retten. Vielleicht auch nur deshalb, um einen Fehler wiedergutzumachen, an den er sich kaum erinnern konnte.
Die Augen der Ärztin waren geschlossen, ihr Kopf lehnte seitlich gegen den Schürhaken, der immer noch in dem zweckentfremdeten Rohr für die Kopfstütze steckte. Der Infusionsbeutel, der daran befestigt gewesen war, musste bei dem Angriff durch Bruck abgerissen sein, der leere Plastikschlauch baumelte ebenso leblos neben den Spei-

chen der Gummiräder wie Sophias Arme. Kein Zweifel, die Ärztin befand sich in einer anderen, hoffentlich glücklicheren Sphäre. In jedem Fall schien sie von dem Drama, das sich hinter ihrem Rücken abspielte, nichts wahrzunehmen.

Sie wollen, dass ich sie raushole. Himmel, was tut Bruck ihnen da drinnen nur an?

Er sah, wie sich eine Hand im Labor von innen gegen die Scheibe presste. Blut und Haut füllten die Unebenheiten des rauhen Glases aus.

Caspar war sich nicht sicher, aber sie wirkte dick und grobschlächtig. Wie die von …

Bachmann?

Als Nächstes bemerkte er einen dunklen Abdruck, etwa in Kniehöhe des Hausmeisters. Es sah aus wie eine …

Caspar strich sich die feuchten Haare aus der Stirn.

… wie eine Zunge?

Nein. Eine Nase.

Mr. Ed, Bachmann. Mein Gott, sie leben …

Wie um ihn zu verhöhnen, verschwanden in diesem Moment die schemenhaften Gestalten hinter der Tür, und auch das Geklopfe hörte auf.

Was hat der Seelenbrecher nur mit ihnen vor? Weshalb hat er sie in das Labor geschafft? Und sie eingesperrt?

Caspar taumelte noch ein weiterer Gedanke durch seinen Hinterkopf.

Ein Fehler. Ich habe einen Fehler gemacht. Nicht nur damals, sondern heute. Eben gerade. Ich habe irgendetwas …

Er ging einen Schritt weiter und fuhr im selben Moment erschrocken wieder zurück.
Die Milchglasscheibe bebte. Erst einmal, dann erneut. Etwas Schweres, Bachmann vermutlich, warf sich von innen mit voller Wucht dagegen. Wirkungslos. Die metallverstärkten Angeln zuckten noch weniger als das bruchsichere Glas.
Irgendetwas habe ich übersehen.
Caspar stand jetzt neben der Tür. Er presste die graue Klinke hinunter. Vergeblich.
Wie erwartet hatte Bruck sie abgeschlossen, wobei er keinen Schlitz in dem Blatt unter dem klobigen Türgriff erkennen konnte.
Natürlich nicht.
Raßfeld hatte sich eine intelligentere Methode ausgedacht, um Unbefugten den Zutritt zu verwehren. Das Labor war durch eine elektronische Magnetkarte gesichert, die der Seelenbrecher dem Klinikleiter entwendet haben musste. Zusätzlich hing rechts neben dem Rahmen ein schwarzer Metallkasten, eine elektronische Codesicherung, die aussah wie das Eingabefeld eines Bankautomaten.
Der Code. Natürlich.
Wenn Sophia den Code für das Schott kannte, dann vielleicht auch für diese Tür. Womöglich war er sogar identisch. Er musste den Code in Erfahrung bringen und die anderen befreien, bevor der Seelenbrecher wieder zu ihnen zurückkam.
Aber dazu muss ich sie …

Caspar drehte Sophia zu sich herum und erschrak über den kleinen Blutstropfen, der ihr aus der Nase lief.
Er zog mit einer Hand ihr linkes Augenlid hoch. Ihre Augenlider flatterten, was in Anbetracht der Umstände ein gutes Zeichen war. Denn das könnte bedeuten, dass Sophia gerade dabei war, die Spirale des Todesschlafs zu durchbrechen. Der Moment, da Caspar die Hypnose lösen konnte, indem er den Befehl löschte, den der Wahnsinnige in der Psyche seines vierten Opfers verankert hatte.
Vielleicht. Eventuell. Hätte. Könnte, äfften seine Gedanken mit Toms Stimme durch seinen Kopf.
»Sophia, hörst du mich?« Er griff ihre kalten Handgelenke und massierte sie.
»Du musst aufwachen, verstehst du? Du musst dich auf mich konzentrieren. Du bist der Schlüssel.«
Der Schlüssel! O nein!
Ihre reglosen Handgelenke entglitten ihm.
Er drehte sich um, quälend langsam, als ob er in einem reißenden Fluss stehen würde und sich gegen die Strömung kämpfen müsste. Zurück zum Fahrstuhl. Dorthin, wo ihm der verhängnisvolle Fehler unterlaufen war.
Solange ich mich im Fahrstuhl befinde, bin ich sicher.
Eben. Vor wenigen Sekunden. Als er den verdammten Schlüssel steckenließ, ohne ihn wieder zurückzudrehen, damit die Sperre einrasten konnte.
Das habe ich übersehen.
Als Caspar endlich vor dem Fahrstuhl stand, starrte er sich selbst in die Augen. Doch dieses Mal wurde sein

Spiegelbild nicht aus dem Inneren der Kabine zurückgeworfen – sondern von den Aluminiumtüren, die sich längst wieder geschlossen hatten. Der Seelenbrecher hatte den Aufzug gerufen.

03.34 Uhr

Das Zittern begann in der Sekunde, in der sich die Stahlseile spannten. Sophias Körper zuckte epileptisch und brachte den gesamten Rollstuhl unter ihr zum Klappern. Er besaß kein Zeitgefühl mehr, hatte nicht darauf geachtet, wie lange der Fahrstuhl tatsächlich für die wenigen Etagen benötigte, aber ihm war klar, dass es nicht länger als zwanzig verzweifelte Atemzüge dauern konnte, bis Bruck hier unten bei ihnen eintraf. Caspar hielt die Luft an, als könne er alleine dadurch die Zeit dehnen und das Unvermeidliche hinauszögern.

Kawumm.

Die Geiseln hinter der Milchglasscheibe pressten wieder ihre Münder und Fäuste gegen die Tür, schrien aus voller Kehle und für ihn dennoch kaum hörbar durch das Panzerglas, während Sophia sich immer heftiger in ihrem Stuhl aufbäumte. Sie riss den Kopf in den Nacken, drückte den Oberkörper durch und klammerte sich wie eine Ertrinkende an die Plastikgriffe des Rollstuhls. Ihr durchgeschwitzter, von Staub, Blut und Infusionslösung verschmutzter Kittel rutschte über eine ihrer Schultern. Dann schlug ihr Kopf gegen den lackierten Metallgriff des Schürhakens. Es klang, als prallten zwei Billardkugeln aneinander. Caspar eilte zu ihr,̇ packte mit beiden Händen ihren Kopf und federte mit der Rückseite seiner Hand einen weiteren Zusammenstoß zwischen dem Eisenstab und ihrer Schläfe ab. Damit sie sich nicht weiter verletzen konnte, zog er den Schürhaken hinaus. Als er ihn aus der verklemmten Verankerung gerissen hatte, begriff er, dass er womöglich seine letzte Rettung in den Händen hielt.

Der Fahrstuhl! Die Tür!

Caspar versuchte gar nicht erst den letzten Rest ihrer kostbaren Zeit dadurch zu vertrödeln, indem er mit der Stange auf das unzerbrechliche Milchglas einschlug. Er schleppte sich so schnell es ging zum Aufzug zurück und beobachtete die Anzeige.

Erstes Untergeschoss. Nur noch wenige Meter.

Es muss funktionieren. Bitte, lieber Gott, lass es funktionieren.

Das L-förmige Kaminbesteck war etwa so lang wie ein Tennisschläger und wies an dem Haken schon deutliche Gebrauchsspuren auf. Zum Glück war es an seinem Ende seitlich etwas abgeflacht, ähnlich wie die Kante eines Schraubenziehers. Caspar benutzte den Schürhaken als Brechstange und rammte ihn zwischen den mittleren Spalt der Fahrstuhltüren.

Wenn der Lift so etwas wie eine Sicherung besitzt, dann …

Er biss sich auf die Lippe, während es ihm gelang, die Türen für wenige Zentimeter auseinanderzuhebeln.

… dann würde er stehenbleiben, sobald … Mist. Nein.

Ihm war der Griff aus den Händen gerutscht, und die Tür schnappte wieder quietschend zusammen. Sie war gerade einmal lange genug offen gewesen, um ihm zu zeigen, wie nahe der Tod bereits gekommen war. Die Unterseite der Kabine hatte knapp über seinem Kopf geschwebt.

Also gut. Neuer Versuch. Der letzte …

Wieder steckte er den Schürhaken in den Schlitz, wieder presste er sich mit aller Kraft dagegen, und wieder öffneten sich die Türen für wenige Zentimeter. Caspar spürte einen muffigen Luftzug, roch das Schmieröl, das ihm mit der staubigen Brise aus dem Schacht entgegenschlug, und hörte auf einmal den Kernspin wieder lauter wummern, was vermutlich daran lag, dass seine Sinne jetzt auf Hochtouren arbeiteten oder, was noch wahrscheinlicher war, dass das waschmaschinenartige Dröhnen dank der geöffneten Türen jetzt noch besser im Keller verteilt wurde.

O nein …

Er dachte schon, er würde wieder versagen, würde den Stab ein zweites Mal verlieren, doch dann gelang es ihm, den Spalt so weit aufzubrechen, dass er den nackten Fuß in die Schwelle stellen konnte, gerade noch rechtzeitig, bevor die Aufzugtüren wieder zusammenfuhren. Es knackte laut, und Caspar vermutete schon, seine Zehen wären zermalmt worden, doch tatsächlich war das eingetreten, worauf er gehofft hatte. Der Fahrstuhl blieb stehen, nachdem das digitale Hirn seines Sicherungssystems eine unsachgemäße Türöffnung festgestellt hatte.

Geschafft.

Keine Sekunde zu früh. Brucks Kabine befand sich mittlerweile in Augenhöhe. Caspar streckte sich, damit er durch den schmalen Schlitz in den Aufzug hineinspähen konnte, und sein Blick traf direkt auf die blutigen Füße des Seelenbrechers.

Er wandte sich angewidert ab und verkeilte den Schürhaken zwischen der Tür, so dass jetzt der untere Knick des L zwischen den Aluminiumwänden steckte. Dann wischte er sich den Schweiß von der Stirn, schluckte zweimal, um den Druck aus den Ohren zu bekommen, der sich durch die Anstrengung aufgebaut hatte, und drehte sich zu Sophia herum.

Gott sei Dank.

Sie wirkte ruhiger. Die unheilvollen Vibrationen hatten nachgelassen und erstreckten sich jetzt nur noch auf ihre Augen. Und das war ein gutes Zeichen. Sie wachte auf.

Oder etwa nicht?

Caspar stolperte zu ihr zurück.

»Sophia? Kannst du mich hören?«, fragte er, als er zu ihren Füßen kniete

Er überlegte, ob er seine Fingerspitzen auf ihre zuckenden Lider legen sollte, um sie zu beruhigen. Vorerst begnügte er sich damit, ihre langen Wimpern zu streicheln, sie von dem verkrusteten Sekret zu befreien, das sich in ihnen verfangen hatte, um ihr das Öffnen der Augen zu erleichtern.

Er massierte erneut die Innenfläche ihrer Hände, registrierte mit wachsender Euphorie, wie ihre klammen Finger einen leichten Gegendruck ausübten, und musste an die Rätselkarte denken, die sie gehalten hatten.

Es ist die Wahrheit, obwohl der Name lügt.

»Hypnose«, flüsterte er die Lösung und rückte mit seinem Mund ganz dicht an ihr Ohr. Er musste zu ihr durchdringen, den Moment abpassen, in dem ihr Unterbewusstsein eine Schleuse öffnete, damit er den posthypnotischen Befehl wieder aufheben konnte, doch er hatte keine Ahnung, wie groß das Zeitfenster war, das ihm blieb.

Hinter ihm ächzte etwas, womöglich der Fahrstuhl, vielleicht auch der Seelenbrecher, dessen unverständliches Gebrüll sich sowohl mit dem Krach des Kernspins wie mit den Hilfelauten hinter der Milchglasscheibe mischte.

Caspar hörte all das nicht mehr. Er konzentrierte sich nur noch auf Sophia. Die Frau, mit der er in diesem Moment die Rollen getauscht hatte. Jetzt war er der Arzt und sie die Patientin, die aus ihrem seelischen Gefängnis, aus dem Todesschlaf, befreit werden musste.

Er strich ihr das Haar hinter das leicht abstehende Ohr, so wie sie es selbst immer getan hatte, berührte sanft ihren Nacken in der Hoffnung, eine positive Reaktion hervorzurufen, und wiederholte das Lösungswort:

»Hypnose.«

Immer und immer wieder sprach er ihr es direkt ins Ohr, während der Krach um ihn stetig zunahm.

»Hypnose. Hypnose. Hypnose.«

Die Welt des Kellers um ihn herum war verschwunden. Er hörte es nicht: das Knarren, Klacken, Ächzen, Stöhnen, Wimmern und Klopfen. Metallisch, menschlich, knöchern und dumpf. Er hörte noch nicht einmal mehr seine eigenen Worte.

Hypnose. Hypnose. Hypnose.

Seine Lippen berührten ihr Ohrläppchen wie bei einem intimen Kuss, und dann, kurz vor der letzten Silbe, reagierte sie endlich.

Sie schlug die Augen auf.

Ein Tsunami aus Endorphinen flutete seine Blutgefäße, als er in ihre klaren, ausdrucksstarken Augen sah.

Er hatte sein Ziel erreicht, er war zu ihr durchgedrungen, hatte sie nicht nur äußerlich, sondern auch von innen heraus berührt.

Caspar schossen die Tränen in die Augen. Er wollte sie an sich reißen, sie drücken, umarmen, küssen und nie wieder loslassen. Und dann, gleich als Nächstes, wollte er schreien.

Doch das gelang ihm nicht. Er öffnete den Mund, aber kein Laut wollte herausdringen, als Sophias Gesicht sich verzerrte.

Zu einem grauenhaften Lächeln.

»Du hast das Rätsel gelöst, Niclas«, sagte sie, stand mühelos aus dem Rollstuhl auf und rammte ihm eine Spritze in den Arm.

03.37 Uhr – Eine Minute vor der Angst

»Wo waren wir bei unserer letzten Behandlung stehengeblieben, bevor der blöde Hund anfing zu bellen?«, fragte Sophia mit sanfter Stimme und zog ein kleines Plastikfläschchen aus der Tasche ihres Kittels hervor.
»Ach ja, richtig, Liebling. Deine Augentropfen.«
Er wollte sich wehren, den Kopf zur Seite drehen, aber was immer sie ihm gespritzt hatte, schien jeden dazu notwendigen Nervenstrang zu blockieren.
Zusätzlich stemmte sie beide Knie gegen seine Oberarme und saß rittlings auf seinem rumorenden Magen. Unter anderen Umständen hätte er ein doppelt so schweres Gewicht mühelos mit einer Hand abschütteln können, doch jetzt war er paralysiert, weitaus heftiger, als sie es ihm die ganze Zeit vorgespielt hatte.
Warum?
Es sah ihr in die Augen, hoffte, eine Erklärung darin zu finden, einen Ausdruck des Zögerns, doch das war ein Fehler, denn sie nutzte die Gelegenheit, um einen dicken Tropfen stark konzentriertes Scopolamin auf seiner Hornhaut zu plazieren.
Es brannte heftig, und er reagierte sofort auf das Alkaloid, mit dem Augenärzte normalerweise die Pupillen erweiterten, bevor sie einen Sehtest durchführten. Nachdem Sophia die Prozedur wiederholt und somit auch seine andere Pupille »weitgetropft« hatte, spürte er bereits die

bekannten Nebenwirkungen des Extrakts dieses Nachtschattengewächses.

»Warum?«, stöhnte er, seltsam beruhigt. Die Tropfen lähmten den Parasympathikus, dämpften seinen ohnehin geschwächten Zustand und nahmen ihm den Brechreiz. Seine verkrampften Muskeln entspannten sich, und er fühlte sich auf einmal so unbeschwert wie seit langer Zeit nicht mehr, obwohl die Bedrohung direkt über ihm schwebte.

Sophia lächelte ihn an und strich sich die Haare hinter die Ohren.

»Marie«, sagte sie nur. Ein schlichter Name, doch er genügte, um ihm die entsetzliche Wahrheit begreiflich zu machen.

Das war es also. Richtig. Jetzt fiel es ihm ein. *So heißt sie. Marie!*

Der blondgelockte Engel, bei dessen Behandlung etwas schiefgelaufen war. Sein erster Kunstfehler. Aber Marie war nicht nur seine, sie war …

»Unsere Tochter«, bestätigte Sophia ruhig.

Natürlich. Deshalb hatte er sich die ganze Zeit so zu ihr hingezogen gefühlt. Aus diesem Grund war Sophia ihm so vertraut gewesen. Weil er sie kannte. Doch das war schon lange her. Jahre.

»Du hast sie mir weggenommen.«

Nein, habe ich nicht, wollte er sagen. *Du hast mich doch damals verlassen, als Marie drei Jahre alt war, und bist nach Berlin gezogen. Zu deinem neuen Freund.*

»Doch jetzt werde ich sie rächen.«

Ich werde kämpfen. Bald habe ich einen wichtigen Gerichtstermin. Drücken Sie mir die Daumen.

Das hatte sie also gemeint. Es war paradox.

Je stärker er dagegen ankämpfte, dass die Gifte sein vegetatives Nervensystem aushebelten, desto klarer erinnerte er sich an ihre gemeinsame, grauenhafte Vorgeschichte.

Acht Jahre lang hatte er Marie kaum gesehen. Bis der besorgte Anruf kam. Von Katja Adesi, ihrer Grundschullehrerin.

Deshalb war er nach Berlin gereist und hatte Marie zu sich geholt. Nach Hamburg. In seine Praxis.

»Es kann losgehen. Ihre Tochter ist jetzt so weit. Wir haben alles vorbereitet, Herr Dr. Haberland.«

Er hatte sie hypnotisiert. Ohne das Wissen von Sophia, weil er herausfinden wollte, ob seine Tochter womöglich missbraucht wurde.

Und jetzt richtete Sophia über ihn, weil Marie während dieser Hypnosesitzung einen Schlaganfall erlitten hatte. Seitdem war sie gelähmt und vegetierte in einem wachkomaartigen Zustand vor sich hin, aus dem sie nie wieder erwachen würde.

Gefangen in sich selbst. Wie in einem Todesschlaf. Wie die Opfer des Seelenbrechers.

Aber das war nicht möglich. Das Schlimmste, was bei einer fahrlässig durchgeführten Behandlung auftreten konnte, war ein Rapportverlust. Maries Schäden waren unmöglich eine Nebenwirkung seiner medizinischen Hypnose.

Die Krämpfe. Die unkontrollierten Bewegungen ihrer Gliedmaßen. Die auf ewig eingeschränkten Reflexe.
Deswegen gab es keine Gitter vor den Fenstern. Niemand hatte seine Tochter gewaltsam verschleppt.
Ich habe Angst. Bist du denn schnell wieder zurück, Papi?
Das Gefängnis, aus dem er sie hatte befreien wollen, war Maries eigener Körper. Sie war lebendig in sich selbst begraben.
»Du irrst dich …«, versuchte er sich vergeblich zu artikulieren. Wie alle anderen Muskeln seines Körpers konnte er nun auch die Zunge nicht mehr bewegen. Trotzdem schien Sophia zu antworten. Sie sprach mit fester, monotoner Stimme auf ihn ein, erklärte ihm offenbar etwas, das er aus den Hintergrundgeräuschen nicht herausfiltern konnte, doch er ahnte, was sie ihm begreiflich machen wollte. Sie war jetzt seine Richterin. Sie hatte ihm den Prozess gemacht für eine Tat, an die er sich erst in dieser Sekunde erinnerte. Als Gerichtssaal hatte sie sich die Klinik ausgesucht, und die Hauptverhandlung hatte sie vor wenigen Stunden eröffnet, ohne dass ihm sein Platz auf der Anklagebank bewusst gewesen wäre. Jetzt musste nur noch das Urteil vollstreckt werden, hier in dem Vorraum zum Labor.
»Halt, bitte nicht. Du begehst einen großen Fehler«, wollte er sagen und musste gleichzeitig daran denken, wie dumm sie alle gewesen waren. Und wie blind.
Das war es also. Die Lösung des Rätsels.
Alles war nur ein Schauspiel gewesen, eine grausige

Scharade. Sophia hatte ihnen die ganze Zeit über einen Zerrspiegel der Angst vor Augen gehalten, in dem sich ihnen die schonungslose Wahrheit gezeigt hatte, deutlich und für jeden sichtbar, allerdings seitenverkehrt. Der Seelenbrecher war eine Frau, das Opfer ein Täter, ihre Beschützer die Gejagten. Und in ihrer Verblendung hatten sie den Einzigen, der Bescheid wusste und sie retten wollte, bis aufs Blut bekämpft: Bruck. Nicht er, sondern Sophia hatte Raßfeld ermordet und in die Pathologie verschleppt. Sie war es gewesen, die die Gruppe auseinandertreiben und ihr letztes Opfer isolieren wollte: ihn.
Dazu hatte sie die Rätsel plaziert – in ihrer eigenen Hand, in Raßfelds Mund und in Sybilles Tüte.
Natürlich. Wir haben sie ja nie länger beobachtet. Ihr Anblick war einfach zu schmerzhaft. Und wieso sollten wir auch?
Die ersten Zettel hatte sie vermutlich vorbereitet, später musste sie improvisieren. Yasmin hatte Sophia ja ihren Kittel umgelegt, in dem sich ein Stift und ihr Rezeptblock befanden. Ihre Schrift war kaum lesbar, weil sie blind schreiben musste. Unter der Decke, die sie umhüllte.
Caspars Erinnerungen an die Ereignisse der letzten Stunden zersplitterten in Millionen blutiger Scherben und setzten sich sofort wieder zu einem neuen, schauderhaften Mosaik zusammen.
Deshalb also all die verschiedenen Vorgehensweisen. Das erklärte auch, wieso Bruck im Fahrstuhl so wenig Gegenwehr geleistet hatte. Er hatte Sophia niemals töten, sondern nur isolieren wollen. Und er war mit dem Skal-

pell zurückgekommen, um ihn zu befreien. Bruck hatte ihn nie erstechen, sondern losbinden wollen und damit kostbare Zeit verloren, die Sophia nutzen konnte, um erst Tom auszuschalten und danach in den Keller zu fahren, um sich hier vor dem Labor selbst in Szene zu setzen.

»Hör auf, bitte, …«, setzte Caspar noch einmal an. »Ich weiß, du denkst, ich sei schuld an dem Schlaganfall unserer Tochter. Aber so war es nicht. Ihre Lehrerin hatte einen Missbrauchsverdacht. Marie machte komische Zeichnungen, deshalb hat sie mich angerufen. Das weißt du doch. Ich habe sie nur hypnotisiert, um herauszufinden, ob sie misshandelt wurde. Und ja, dabei ist etwas schiefgegangen, aber …«

Ich bin Niclas Haberland, Arzt für Neuropsychiatrie und Experte auf dem Gebiet der medizinischen Hypnose, und ich habe einen Fehler gemacht.

»… aber die Hypnose war dafür nicht ursächlich. Deshalb bin ich doch gekommen, um es dir zu erklären.«

Deshalb hatte er sie in der Klinik besucht, vor zehn Tagen. Um sich endlich mit ihr auszusprechen. Und ihr das Gutachten zu geben, aus dem hervorging, dass die Schäden, die Marie erlitten hatte, nicht durch eine fehlerhafte Hypnose verursacht worden sein konnten.

Der Brief mit dem Gutachten von J. B., Jonathan Bruck. Ein Kollege Raßfelds. Und ein Experte auf dem Gebiet der Schlaganfälle.

All das wollte er ihr sagen, während seine Exfreundin ihm eine Hand auf die Stirn legte und sich mit der anderen ihre blutige Nase abwischte, die sie sich im Zweikampf mit Bruck zugezogen haben musste. Oder mit Yasmin, deren Stichwunde sicherlich auch auf ihr Konto ging.

Es war unfassbar. Er war der Spinne von alleine ins Netz gegangen. Er hatte sogar seinen einzigen Retter im Fahrstuhl ausgehebelt, mit einem Werkzeug, auf das ihn Sophia erst hatte aufmerksam machen müssen.

Jetzt, da die Amnesie sich verflüchtigte, wünschte er sich die Gnade eines weiteren Gedächtnisverlusts herbei. Warum konnte nicht alles so unerklärlich bleiben wie die Frage, weshalb Bruck hier überhaupt bei ihnen in der Klinik war? Weshalb er sich das Messer in den Hals gerammt hatte und wieso Sophia auch all die anderen Frauen hatte quälen müssen?

Wieso durfte das im Dunkeln bleiben, während ihn die grauenhafte Erkenntnis heimsuchte, dass Bruck ihnen nie etwas hatte antun wollen? Im Gegenteil. Die ganze Zeit über hatte er sich wegen seiner Atemwegsverletzung nicht verständigen können, hatte mehrfach Sophias Namen gebrüllt und sogar versucht, ihn mit seinem eigenen Blut an die Glasscheibe der Radiologe zu schreiben. Doch sie hatten alle Zeichen falsch gedeutet und sich dagegen gewehrt, wenn er sie aus der Gefahrenzone schleppen wollte. Weit weg von Sophia, hierher in die abgeschlossene, sichere Zuflucht des Labors, hinter deren Türen die Menschen nicht als Geiseln, sondern als Befreite gegen die Scheibe hämmerten. Auch nicht, weil sie um Hilfe schrien, sondern um ihn vor Sophia zu warnen, bevor es zu spät war.

Ich war so dumm. So blind. So unwissend.

Caspar öffnete den ausgetrockneten Mund. Seine Augen tränten, weil die künstlich geweiteten Pupillen schutzlos dem grellen Deckenlicht ausgesetzt waren. Sie schmerzten, weil er das reinigende Sekret nicht mit seinen Wimpern verteilen konnte. Das Licht brach sich wie durch ein Prisma an den Spitzen seiner verklebten Wimpern und gaben Sophias hübschem Gesicht einen Rahmen aus verschwommenen Regenbogenfarben.

Und dann konnte er wieder hören.

Nur für einen winzigen Moment brach der akustische Schutzwall zusammen. Das Fiepen in seinen Ohren, das er erst in dem Augenblick wahrgenommen hatte, als es verschwand, wurde durch Sophias einfühlsame Stimme ersetzt.

»Je stärker du dagegen ankämpfst, desto tiefer wirst du fallen«, sagte sie ruhig, den Blick auf seine starren Pupillen geheftet.

Was meint sie? Ein letztes Rätsel? Ist es das? Meine letzte Chance?

»Je stärker du dagegen ankämpfst, desto tiefer wirst du fallen«, wiederholte sie, und dann zog ihn jemand von Sophia weg.

Er wollte sich schon freuen, dachte an Bruck, dem es irgendwie gelungen sein musste, den Schürhaken zu lösen, oder Linus, der bestimmt Hilfe von außen geholt hatte, doch dann fiel ihm ein, dass die Bewegung seines Körpers physikalisch unmöglich war. Denn er fiel nach unten. Durch den Fußboden hindurch, der unter seinem

Rücken auf einmal weich wurde. Der Beton hatte sich in Treibsand verwandelt, aus dem eine eisige Hand nach oben schnellte und ihn hinabzerren wollte. Und jetzt erst begriff er vollends seine Lage.

Jetzt kämpfte er dagegen an. Gegen den hypnotischen Blick. Gegen Sophias ruhige Stimme. Gegen das Gemisch aus Thiopental und Scopolamin, das seinen Willen zum Widerstand gebrochen hatte.

Hollywoodmärchen, brüllte Schadecks Stimme aus der Vergangenheit in seinem Kopf umher. *Es ist nicht möglich, einen Menschen gewaltsam zu hypnotisieren.*

Es kommt nur auf die Umstände an, hatte er ihm in der Pathologie geantwortet

Nach Zufügung stärkster physischer Schmerzen und psychischer Folter, insbesondere durch die Herbeiführung schwerster, traumatisierender Schockzustände, kann es mit Hilfe der Verabreichung bewusstseinsverändernder Drogen gelingen, beeinflussbare Menschen gegen ihren Willen in eine hypnotische Trance zu versetzen und ihr Bewusstsein zu dominieren.

Caspar dachte an seine Schnittwunden, die verletzte Schulter, die Folter durch Schadeck, seine verbrannten Handgelenke und die Angst, die er in den letzten Stunden durchlitten hatte. Er spürte die Barbiturate, die ihn in Apathie versetzten, und hörte über das Lüftungssystem die psychedelischen Stampfklänge des Kernspins. Die passende Untermalung für die Einleitung einer Hypnose, der er sich nicht mehr entziehen konnte, weil Sophia bereits eine Verbindung zu ihm aufgebaut und in seinem

Bewusstsein einen perfiden Befehl verankert hatte, den er nicht mehr aus eigener Kraft durchbrechen konnte.
Je stärker du dagegen ankämpfst, desto tiefer wirst du fallen.
Und deshalb hörte er auf, schloss von innen seine weit geöffneten Augen, wehrte sich nicht mehr gegen den Sturz ins Leere.
Er fiel nach unten. Tief, hinab in einen kalten, dunklen Schacht, in dem noch niemals zuvor ein Licht gebrannt hatte. In das Gefängnis seiner Seele.

05.13 Uhr – Fünfundneunzig Minuten seit Beginn der Angst

Der Rauch war ein lebendiges Wesen. Ein Schwarm mikroskopisch kleiner Zellen, die durch seine Haut drangen, um ihn von innen heraus zu zersetzen.

Besonders auf seine Lunge hatten es die Partikel abgesehen, die seine Luftröhre hinab bis in die Bronchien vorstießen. Doch das war bei weitem nicht so schlimm wie die Flammen. Mit rotglühenden Klingen schlugen sie aus dem Armaturenbrett, zerfetzten sein Oberhemd und rissen ihm die Haut auf, die unterhalb seines Herzens bereits Blasen warf. Wie schmelzendes Plastik unter einem Feuerzeug.

Er sah an sich hinab, dann nutzte er die Kraft, die ihm der unerträgliche Schmerz verlieh, um das Gaspedal durchzutreten. Nicht, um das Auto wieder in Fahrt zu versetzen, sondern um sich nach hinten zu stemmen. Er wollte so viel Abstand wie möglich zwischen sich und das Feuer bringen.

Er spuckte einen Pfropfen aus Blut und rußgeschwärztem Schleim in die Flammen und rekapitulierte die Geschehnisse, die ihn in diese aussichtslose Lage gebracht hatten.

Er hatte Marie behandelt, ohne die Einwilligung ihrer Mutter, in der unumstößlichen Gewissheit, dass eine Hypnose keine Nebenwirkungen haben könnte.

Und dann hatte das Mädchen einen Schlaganfall erlitten.

Während der Sitzung. Marie würde nie wieder gesund werden, nie mehr lachen. Ihr Stammhirn war derart geschädigt, dass sie von Glück reden konnten, wenn sie ihren Schluckreflex wiedererlangte.
Wie hatte das nur geschehen können?
Er hörte die Flasche im Fußraum zersplittern, mit der er sich betäubt hatte. *Nach* dieser schicksalhaften Behandlung. *Vor* seiner letzten Fahrt.
Und jetzt saß er hier. Eingeklemmt, in einem Autowrack, mit dem Foto seiner Tochter in der Hand, die niemals wieder ein normales Leben führen würde. Und er verbrannte innerlich und äußerlich zugleich.
Er streckte seine Hände dem Feuer entgegen, als könne er damit den Tod aufhalten, der ihn mit gleißenden Armen umfing. Und dann, in einem Moment, in dem er bereits glaubte, den Geruch versengten Fleisches nicht mehr ertragen zu können, gerade als er sich mit eigenen Händen das juckende Fleisch von der Brust reißen wollte, wurde alles durchsichtig. Das Unfallauto, das er auf der regennassen Straße gegen den Baum gesetzt hatte, während er in den Akten nach Maries Foto suchte, verschwand. Der Rauch, das Feuer und, ja, sogar die Schmerzen verflüchtigten sich, zurück blieb ein schwarzes Nichts.
Gott sei Dank, dachte er, *nur ein Traum.* Er schlug die Augen auf. Und begriff nichts.
Der Alptraum, in dem er eben noch gefangen gewesen war, hatte seine Gestalt nicht verloren, sondern nur verändert.

Wo bin ich?

Dem ersten Eindruck nach ganz offensichtlich in dem Flur eines Kellers. Zwei maskierte Männer standen vor ihm, beide mit gezogenen Waffen. POLIZEI stand in reflektierenden Großbuchstaben auf ihren schwarzen Tarnanzügen.

»Können Sie mich hören?«, fragte einer der beiden und klappte sein Visier hoch. Er hatte eine zackenförmige Narbe direkt über seiner linken Augenbraue.

»Ja«, antwortete Haberland.

Wieso bin ich nackt? Wieso sitze ich, nur mit einer verdreckten Pyjamahose bekleidet, in einem Rollstuhl und starre auf eine grüne Betonwand?

»Sieh nur, Morpheus, seine Pupillen.«

Der Beamte hörte auf seinen Spitznamen. Er trat etwas näher heran, senkte seine Maschinenpistole und klappte nun ebenfalls das Visier hoch.

»Der steht unter Drogen.«

»Vielleicht kann er deshalb nicht reden«, vermutete der Mann mit der Narbe.

»Doch«, sagte Haberland und wollte sich an seine brennende Kehle fassen. Aber es ging nicht.

»Wir haben hier unten einen Zehn/Dreizehn«, hörte Haberland Morpheus in ein Funkgerät sprechen. »Er lebt, zeigt aber kaum Reaktionen. Wir brauchen dringend einen Arzt.«

»Wie heißen Sie?«, fragte der andere Polizist, der jetzt vor ihm kniete. Er zog sich seine Skimaske vom Mund und entblößte einen unsauber gestutzten Kinnbart.

»Casp…«, wollte er antworten, korrigierte sich dann aber.

»Ich bin Niclas Haberland.«

Ich bin Niclas Haberland. Arzt für Neuropsychiatrie und Experte auf dem Gebiet der medizinischen Hypnose. Und ich habe einen Fehler gemacht.

Er wiederholte es, doch der Beamte des Sondereinsatzkommandos schüttelte nur bedauernd den Kopf.

»Sind da unten noch mehr?«, zischte es aus dem Sprechfunkgerät.

»Ja, sieht so aus. Hier gibt es einen Zugang zu einem Labor oder so. Scheibe scheint gepanzert zu sein. Dahinter bewegt sich was.«

»Verstärkung kommt.«

»Verstanden.«

Morpheus schaltete sein Funkgerät ab, und wenige Sekunden später öffnete sich rechts von ihm eine Fahrstuhltür. Mindestens zwei weitere Männer marschierten mit schweren Stiefeln und entsicherten Maschinenpistolen den Gang hinunter.

»So eine verdammte Scheiße, was ist hier nur abgegangen, Jack?«, fragte eine neue Stimme. Offenbar galt das dem Mann mit der Narbe, der jetzt hinter Haberlands Rollstuhl stand und antwortete: »Keine Ahnung. Der hier ist völlig zu, nicht ansprechbar.«

Was soll das? Warum wollt ihr mir denn nicht zuhören?

Haberland spürte, wie er nach hinten kippte, sein Oberkörper wanderte in Schräglage, dann sah er direkt in das blendende Deckenlicht.

»Hat der Typ schon was erzählt, den ihr aus dem Fahrstuhl befreit habt?«, wollte Jack von den Neuankömmlingen wissen.
»Nein, der steht unter Schock. Außerdem hat er einen Luftröhrenschnitt. Der pfeift wie ein Teekessel.«
Haberland wurde mitsamt seinem Rollstuhl nach vorne geschoben.
»Und wie sieht's sonst oben aus?«
»Dreckig. Überall Blut und Kampfspuren. Und in der Radiologie scheint es gebrannt zu haben. Bislang zwei Tote. Einem wurde die Kehle durchgeschnitten, der andere lag in einem Kühlfach in der Pathologie.«
»Identifiziert?«
»Positiv. Thomas Schadeck und Samuel Raßfeld. Dem einen gehört der umgekippte Krankenwagen in der Einfahrt, der andere war wohl der Klinikleiter.«
Schadeck? Raßfeld? ... Natürlich.
Haberland sah sein eigenes Spiegelbild. Er registrierte die Blutflecke auf dem Boden des Fahrstuhls, in den sie ihn gerade hineinschoben, und schrie:
»Ich kann es euch erklären. Ich weiß, was passiert ist.«
»Hast du das gehört?«, fragte Morpheus. Jack drückte die Taste für das Erdgeschoss und drehte sich um. Die Türen schlossen sich, und beide Polizisten schalteten ihre Taschenlampe ein.
»Was?«
»Ich dachte kurz, der hätte was gesagt.«
Jack zuckte mit den Achseln.
»War wohl eher der Fahrstuhl«, grinste er, leuchtete aber

sicherheitshalber Haberland noch einmal direkt ins Gesicht.

»Sieh nur.«

»Was?«

»Seine Hände. Da ist doch was.«

Haberland fühlte, wie zwei Finger, die in einem schwarzen Lederhandschuh steckten, vorsichtig nach seiner Hand griffen.

»Tatsächlich.«

»Was ist das?«

Der Schein der Lampe wanderte von ihm weg.

»Ein Zettel«, stellte Morpheus fest.

»Was steht drauf?«

O mein Gott.

Haberland suchte panisch nach einer Möglichkeit, sich bemerkbar zu machen.

»Das ist merkwürdig.«

»Was?«

»Der Typ hier hält eine Rätselkarte in der Hand.«

»Scheiße, du meinst …«

»Ja, ja, ja«, brüllte Haberland und sah zu seinem Entsetzen, dass sich die Lippen seines Spiegelbilds in der Fahrstuhlkabine nicht einen Millimeter geöffnet hatten.

»Das war der Seelenbrecher. Nein. Die Seelenbrecherin! Sophia Dorn.«

»Wirf mich weg, wenn du mich brauchst. Hol mich zurück, wenn du mich nicht mehr benötigst«, las Morpheus ab.

»Hä?«

»Das ist bestimmt nur ein übler Scherz. Oder ein Trittbrettfahrer.«

»Wieso?«

»Überleg doch mal. Der Seelenbrecher hat es nur auf Frauen abgesehen.«

NEIN, brüllte Haberland und wollte vor Grauen die Augen schließen, doch selbst das gelang ihm nicht.

Bitte. Das ist kein Scherz, schrie er in Gedanken. *Ihr müsst das Rätsel lösen. Ihr müsst mich hier rausholen. Nicht aus der Klinik, sondern aus mir selbst. Versteht ihr denn nicht?*

Nein, natürlich nicht.

Er wusste, er konnte in diesem Augenblick weder sprechen noch schreiben noch lesen. Sie hatte ihm jegliche Fähigkeit zur Kommunikation genommen. Auf dem Messingblatt mit den Etagenknöpfen leuchtete der Knopf für das erste Untergeschoss auf. Gleich würden sie oben ankommen.

Sophia hat das getan. Sie hat mich hypnotisiert und mich zu meinem schlimmsten Trauma zurückgeführt. In das brennende Auto. Hin und wieder erwache ich aus meinem Alptraum, kehre in die Realität zurück. Dann öffnen sich meine Augen, und ihr habt die Chance, den Rapportverlust wieder aufzuheben. Indem ihr das Lösungswort sagt. Begreift ihr nicht? Wenn ihr den Moment verpasst, wandere ich wieder zurück. Dann dreht sich die Spirale des Todesschlafs von vorne. Bitte, ihr müsst mir helfen.

»Hast du eine Idee, was damit gemeint ist?«, fragte Jack.

»Wirf mich weg, wenn du mich brauchst. Hol mich zurück, wenn du mich nicht mehr benötigst?«

»Keine Ahnung«, hörte er den anderen Polizisten antworten, doch die Stimme rückte in weite Ferne. Haberland spürte auch nicht mehr, wie sich die Türen im Erdgeschoss öffneten und er von einem Notarzt in Empfang genommen wurde.

Eine unsichtbare Macht hatte schon wieder ihre kalte Hand nach ihm ausgestreckt und begann ihn zurückzuziehen. Zurück zu dem Ort, den er niemals im Leben wieder betreten wollte und den er erst vor wenigen Minuten verlassen hatte: die Flammenhölle seines Unfallwagens.

Er hatte noch versucht, den Polizisten ein Zeichen zu geben, dass sie nach Sophia suchen mussten. Seiner Exfreundin, die er vor fünfzehn Tagen heimlich besucht hatte, um mit ihr ein klärendes Gespräch zu führen. Er wollte sie um Verzeihung bitten und ihr das Gutachten des Arztes geben, bei dem er nach seinem Unfall in Behandlung gewesen war. Laut Dr. Jonathan Brucks sachkundiger Meinung wäre der Schlaganfall Maries auch ohne die Hypnose eingetreten.

Doch Sophia hatte ihm nicht zuhören wollen. Hatte den Brief samt Gutachten in den Kamin geworfen und ihn zu seinem Hund gejagt, den er vor der Klinik angebunden hatte. Er erinnerte sich daran, wie die Leine spannte, weil Tarzan, oder Mr. Ed, wie sie ihn hier alle nannten, Witterung aufnahm, und dann war er gestürzt. Direkt auf die Schläfe.

All das konnte er dem Tross aus Polizisten und Ärzten nicht mitteilen, deren Konturen sich langsam vor seinen Augen auflösten, während er wieder in seinen hypnotischen Alptraum fiel.
Zurück in das brennende Auto. Hinein in das Flammenmeer, das Sophia als ewige Strafe für ihn vorgesehen hatte.

Heute, 14.56 Uhr – Sehr viel später, viele Jahre nach der Angst

Lydia war zuerst fertig. Ihr Freund brauchte länger und schlug erst zwanzig Minuten später die letzte Seite um.

»Wie jetzt?«, fragte er und sah ungläubig auf die Rückseite des Aktendeckels. »Das war's? Mehr kommt da nicht?«

Der Professor setzte seine Lesebrille ab und nickte sanft. Die letzten Minuten hatte er die Mienen seiner Studenten aufmerksam verfolgt. Wie sie sich unbewusst hinter dem Ohr kratzten, bevor ihre Augen zum nächsten Absatz sprangen, oder einzelne Worte lautlos mitlasen.

Lydia war auf den letzten Seiten dazu übergegangen, ihre Unterlippe herunterzuziehen, während Patrick den Kopf beim Lesen weiterhin auf beide Hände stützte. Jetzt zeichneten sich rote Flecken auf seinen Wangen ab.

»Ich hatte Ihnen doch gesagt, dass Sie anfangs nicht konzentriert genug gelesen haben, oder, Patrick?«

»Na ja, wie hätte man denn bitte auf dieses Ende kommen sollen?«

Der Student streckte den Rücken durch und dehnte sich müde.

»Ganz einfach.« Der Professor tippte auf die Akte. »Die Antwort stand bereits auf Seite 21 des Protokolls. Erinnern Sie sich noch an die Lösung von Gretas erstem Rätsel, das sie Caspar gestellt hat?«
»Der Chirurg ist eine Frau.« Lydia tippte sich an die Stirn. »Das gibt's doch nicht.«
»Okay, okay, hab ich nicht geschnallt. Aber wie geht's denn weiter mit der Geschichte?«, fragte Patrick ungeduldig und schlug die Arme fröstelnd um seinen Oberkörper. Auch Lydia sah sich nach ihrer Winterjacke um.
Während der Lektüre war ihnen die Kälte nicht bewusst geworden, die sich mit der einsetzenden Dunkelheit um sie herum noch verstärkt hatte.
Der Professor schlug seinen Schreibblock auf und machte sich eine Notiz.
»Alles der Reihe nach. Zunächst würde ich gerne Ihre spontanen Gedanken erfahren. Was dachten Sie, nachdem Sie den letzten Satz gelesen hatten?«
Er nickte Lydia zu, die fragend auf sich selbst zeigte.
»Also, ich …« Die Studentin räusperte sich und griff nach der Wasserflasche. »Ich habe mich die ganze Zeit gefragt, ob das wirklich so passiert ist.«
Sie trank einen Schluck. Der Professor legte den Stift weg und griff nach dem Originalprotokoll.
»Gute Frage. Dadurch, dass diese Patientenakte fast ausschließlich aus der subjektiven Sicht einer einzigen Person verfasst ist, gibt es natürlich Lücken, und es besteht genügend Spielraum für Interpretationen. Als

gesichert gilt aber, dass Niclas Haberland ein Experte auf dem Gebiet der medizinischen Hypnose war, der sich auf die therapeutische Behandlung von Kindern spezialisiert hatte. Vor Jahren hatte er eine heftige Affäre mit einer Kollegin, aus der ein Kind hervorging. Marie. Die Beziehung zerbrach sehr schnell, Sophia Dorn bekam das Sorgerecht und zog in die Hauptstadt.«

Der Professor schlug die Beine unter dem Tisch zusammen.

»Eines Tages erhielt Haberland einen besorgten Anruf aus Berlin. Marie malte im Kunstunterricht verstörende Bilder. Ihre Klassenlehrerin, Katja Adesi, war sich nicht sicher und wollte die Behörden noch nicht einschalten. Sie wandte sich zuerst an den leiblichen Vater. Haberland kam nach Berlin und beschloss, den Dingen auf den Grund zu gehen.«

»Er hypnotisierte Marie?«, warf Lydia ein.

»Hamburg ist von Berlin in anderthalb Stunden mit dem Zug zu erreichen. Er nahm sie mit zu sich in die Praxis und wollte sie noch am Abend zu ihrer Mutter zurückbringen. Doch dazu kam es nie. Die Sitzung endete in einem Desaster. Seine Tochter erlitt während der Behandlung einen Stammhirninfarkt.«

»Verdammt.« Patrick sah aus, als hätte er Zahnschmerzen. »Der Stecker war also gezogen.«

»Was meinst du damit?«, fragte Lydia und drehte sich zu ihrem Freund. Der Abstand zwischen den beiden war deutlich größer als noch zu Beginn des Experiments. Als hätte die Akte einen unsichtbaren Keil zwischen das Paar getrieben. Der Professor machte sich eine weitere Notiz.

»Nun, Ihr Freund benutzte gerade eine Metapher für das, was wir das Locked-in-Syndrom nennen«, sagte er und sah wieder auf. »Ein Zustand, in dem das Gehirn noch funktioniert, aber keinerlei Verbindung zur Außenwelt mehr herstellen kann. Stellen Sie sich vor, Sie können nicht sehen, hören, schmecken, riechen, atmen oder fühlen. Nur noch denken.«

»Grundgütiger.«

»Noch nie zuvor war eine solch schwere Nebenwirkung durch eine fehlerhafte Hypnose beobachtet worden.«

Lydia räusperte sich erneut. »Ist das Mädchen gestorben?«

»Nein, schlimmer. Marie blieb für den Rest ihres Lebens körperlich und geistig zerstört. Und auch ihre Mutter zerbrach innerlich, ohne sich äußerlich etwas anmerken zu lassen. Ihr Freund verließ sie kurze Zeit nach diesem Schicksalsschlag. Bis heute bestreitet er, Marie etwas angetan zu haben.«

Ein Kieselstein klackte gegen die großen Fensterscheiben. Noch trug der auffrischende Wind nur Dreck und Geröll mit sich. Die Trauerweide senkte sich, als der Professor weitersprach.

»Erst versuchte Sophia, auf legalem Weg Genugtuung zu erhalten. Sie suchte sich eine Anwältin, Doreen Brandt, doch die lehnte es schließlich ab, eine Klage gegen Niclas Haberland zu führen, weil sie es für sehr schwierig hielt, ihm einen Fehler nachzuweisen. Sie schlug einen Vergleich vor.«

Der Professor stand auf und zog ebenfalls die Schultern nach hinten, um sich zu lockern. Allen Übungen zum Trotz würden seine schmerzenden Gelenke ihn spätestens morgen wieder daran erinnern, dass er heute zu lange gesessen hatte.

»Sophia wurde immer verzweifelter«, sagte er und ging zu dem leise gurgelnden Ölradiator in der Nähe des Kamins.

»Wo auch immer sie nachfragte, immer bekam sie die gleiche Auskunft: eine Hypnose könne derart schwere Schäden nicht hervorrufen. Ihre Trauer steigerte sich zum Wahn, in dem sie den perversen Plan fasste, Marie zu rächen. Sie wollte allen beweisen, dass es sehr wohl möglich war, unter Hypnose einem Menschen die Seele zu brechen. Noch schlimmer. Sie wollte die Schuldigen bestrafen, indem sie sie in den Zustand versetzte, in dem sich Marie befand.«

»Locked in. Eingesperrt im Todesschlaf.«

»Richtig.« Er quittierte Patricks Einwurf mit einem zustimmenden Nicken.

»Während ihres Medizinstudiums hatte sich Sophia für medizinische Hypnose interessiert, ihren Einsatz in der Therapie jedoch immer abgelehnt. Jetzt übte sie mit der Verzweiflung einer Wahnsinnigen, um diese Technik als Waffe einsetzen zu können. Die Methode, die sie ersann, war eigentlich sehr einfach. Als Erstes brachte sie ihre Opfer unter Hypnose zu dem Moment ihrer schlimmsten Alpträume zurück. Dann führte sie einen künstlichen Rapportverlust herbei.«

»Sie warf die Menschen in die Hölle und schlug die Tür zu.« Patrick schüttelte entsetzt den Kopf.

»Bildlich gesprochen, ja. Sophia verlor ganz bewusst die Kontrolle über ihre Geiseln und ließ sie in einem Zustand, in dem sie nicht mehr steuerbar waren. Da jede fehlerhafte Hypnose irgendwann unweigerlich in einen normalen Schlaf übergeht, aus dem man aufwacht, gab sie ihren Opfern schließlich noch einen posthypnotischen Befehl. Sobald sie erwachten, sollten sie wieder einschlafen.«

»Wie hat sie das geschafft?«

»Haben Sie schon einmal eine Showhypnose erlebt, Lydia?«

»Im Fernsehen. Ein Mann wurde vor Publikum in Trance versetzt. Der Hypnotiseur suggerierte ihm, er wäre ein Hund und könne sich nach dem Aufwachen an nichts mehr erinnern. Doch wann immer die Zuschauer ›Hasso‹ riefen, sollte er dreimal bellen.«

»Was er auch tat, wie ich vermute.«

»Ja.«

»Das ist ein vulgäres, aber perfektes Beispiel für einen einfachen posthypnotischen Befehl, wie ihn auch Sophia in ihren Opfern verankert hat. Nur, dass hier niemand ›Hasso‹ rufen musste. Es reichte aus, dass ihre Opfer die Augen öffneten und Lichtphotonen auf die Netzhaut fielen. Das war der Auslöser. Je stärker das

Licht, desto schneller sank das Opfer nur kurze Zeit später unweigerlich wieder in die Hypnose zurück.«

»Grauenhaft.« Lydia zog fröstelnd den Reißverschluss ihrer Jacke hoch.

»Aber es funktionierte. So ist es Sophia gelungen, ihre Opfer in einen spiralartigen Todesschlaf zu versetzen, der nur beendet werden konnte, wenn man in der Aufwachphase das richtige Codewort nannte: die Lösung der Rätsel auf den entsprechenden Karten.«

Der Professor legte beide Hände auf die Rillen der elektrischen Heizung. Obwohl die starke Hitze beinahe seine Fingerkuppen versengte, breitete sich die Wärme nur bis zu den Handgelenken aus.

Als Patrick seine nächste Frage stellte, überzog sich der Körper des Professors mit einer fast schmerzhaften Gänsehaut.

»Was ist mit Haberland passiert?«

Heute, 15.07 Uhr

Haberland?«, wiederholte er leise und ging zu den gläsernen Flügeltüren.

»Ich denke, bevor ich Ihnen etwas über seine Zukunft erzählen kann, müssen wir uns noch etwas mit seiner Vergangenheit beschäftigen.« Er sprach jetzt mit dem Rücken zu ihnen.

»Maries Schlaganfall war selbstverständlich das schlimmste Trauma seines Lebens. Er konnte es nicht fassen, was er bei seiner eigenen Tochter angerichtet haben sollte, und betrank sich noch am Tag des Unglücks. Infolgedessen verursachte er einen schrecklichen Unfall, der ihn beinahe das Leben gekostet hätte. Nachdem seine äußerlichen Wunden verheilt waren, kam er bei Dr. Jonathan Bruck in Behandlung. Im Verlauf der Therapie sprachen sie auch über Marie. Bruck hatte sich ihre Patientenakte aus der Klinik besorgt, in der Haberlands Tochter intensivmedizinisch betreut wurde.«

»So viel zum Thema Arztgeheimnis«, hörte er Patrick flüstern.

»Nach Auswertung von Maries Blutwerten waren die Ärzte zur Überzeugung gelangt, dass ihr Schlaganfall *während*, aber nicht *anlässlich* der Hypnose aufgetreten war. Sophia war über diese Diagnose so erbost, dass sie ihre Tochter nach Berlin überführen ließ.«

Er drehte sich wieder zu seinen Studenten um.
»Aber die Hamburger Ärzte hatten recht. Wie gesagt, nach heutigen Erkenntnissen der Schulmedizin ist eine fahrlässige Herbeiführung derartiger Schäden tatsächlich nicht möglich.«
» Seite 216 des Protokolls«, sagte Lydia und blätterte zurück.
»Richtig. Bruck ermunterte Haberland, mit der Mutter ihres gemeinsamen Kindes ein klärendes Gespräch über diese neuen Erkenntnisse zu führen. Haberland war sich zunächst nicht sicher, dann aber machte er sich kurz vor Weihnachten auf den Weg. Er reiste mit seinem Hund ...«
»Tarzan alias Mr. Ed.«
Der Professor überging Lydias Kommentar mit einem gutmütigen Lächeln.
»... und dem Gutachten im Gepäck mit dem Zug nach Berlin. Vor der Zufahrt zur Teufelsbergklinik wollte ihn zunächst der Mut verlassen. Wie würde Sophia reagieren, die bislang jegliche Kontaktaufnahme verweigert hatte und ihn seit der Tragödie als Mörder bezeichnete? Was würde sie tun, wenn er nun unangemeldet vor ihr stünde, obwohl sie ihm genau das verboten hatte? Erst nach langem Zögern gab er sich einen Ruck und schlich die Zufahrt hoch, um es herauszufinden.«
»Nun, was immer er befürchtete, es war sicherlich nicht halb so schlimm wie das, was dann wirklich geschah.«

Der Professor lachte trocken.
»In der Tat. Zu diesem Zeitpunkt hatte Sophia ihre Seelenbrecher-Methode bereits an drei Frauen geübt. Wie Sie vielleicht wissen, ist nicht jeder Mensch hypnotisierbar. Schon gar nicht gegen seinen Willen. Vanessa Strassmann hingegen schon. Sie war komplett unschuldig, ihr einziges Pech lag darin, mit Sophia einen Laienschauspielkurs an der Volkshochschule belegt zu haben. Als stark esoterisch veranlagte Persönlichkeit war sie ein leicht zugängliches erstes Übungsobjekt für Sophia. Kein Wunder, dass Haberland sich nicht an sie erinnern konnte, als er das Zeitungsbild von ihr sah. Vanessa hatte nie Kontakt mit ihm oder Marie gehabt.«
Patrick sah ihn fragend an und blätterte jetzt auch zu den ersten Seiten zurück. Der Professor nickte ihm aufmunternd zu.
»Mit Frau Strassmann begann die Serie. Sophia hat sie unter einem Vorwand in ein Hotelzimmer gelockt. Offenbar war Vanessa einmal vergewaltigt worden, und Sophia konfrontierte sie unter Hypnose immer und immer wieder mit ihrem Peiniger.«
»Ich hab schon ab dieser Stelle nicht mehr weiterlesen wollen«, murmelte Patrick.
»Angestachelt von ihrem Erfolg, probte Sophia Dorn nun ihre Methodik an der in ihren Augen ersten wirklich Schuldigen: der Grundschullehrerin Katja Adesi, die den Stein durch ihre Missbrauchsvermutungen ja erst ins Rollen gebracht hatte.«

»Und das dritte Opfer?«, fragte Lydia. »Doreen Brandt?«

»... war die Anwältin, die die Klage gegen Haberland ablehnte«, erklärte der Professor. »Da sie das Mandat nie angenommen hatte, konnte lange keine Verbindung zwischen ihr, Sophia und den anderen Opfern hergestellt werden. Außerdem suchte man ja nach einem Mann.«

»Okay, aber wir waren eigentlich bei Caspar, also, ich meine Haberland«, erinnerte Patrick ungeduldig.

»Ach ja, Verzeihung. Nun, der war die ganze Zeit über Sophias eigentliches Ziel. Ihr Meisterstück. Auf Seite 214 der Akte wurde geschildert, mit welchen Täuschungsmethoden eine Zwangshypnose ermöglicht werden kann. Allen Techniken allerdings ist eines gemein: Sie basieren auf dem Überrumpelungseffekt.«

»Doch der war mit Haberlands Besuch dahin.«

»Sehr richtig. Sie können sich vorstellen, wie schockiert Sophia gewesen sein musste, als Haberland plötzlich vor ihr stand. Jetzt war er es, der sie überrumpelt hatte. Und schon wieder wollte er sich mit Lügen herausreden. Er präsentierte ihr sogar ein Gutachten des angesehenen Arztes Jonathan Bruck, das seine angebliche Unschuld belegte. Ha!« Der Professor hieb mit der flachen Hand auf die Holztafel.

»Dabei hatte sie doch schon dreimal bewiesen, wie es möglich war, jemanden durch Hypnose lebensgefährlich zu verletzen.«

»Also feuerte sie das Gutachten in den Kamin und

spritzte ihm ein Betäubungsmittel?« Patrick war jetzt ebenfalls aufgestanden, um sich die Beine zu vertreten. Nur Lydia rührte sich nicht vom Fleck und spielte nervös mit einer Haarsträhne.

»Ja und nein«, sagte der Professor. »Sie warf den Brief ins Kaminfeuer und jagte ihn zum Teufel. Genauer gesagt zu Tarzan, den Haberland draußen in der Kälte angebunden hatte. Später musste sie es sich dann anders überlegt haben und zog die halbverkohlten Reste des Gutachtens doch wieder aus den Flammen.«

»Und Haberlands Amnesie?« Lydia schob sich aufgeregt die Haarsträhne in den Mund.

»Wurde durch einen simplen Sturz ausgelöst.«

Patrick runzelte die Stirn, und der Professor sah ein, dass er konkreter werden musste.

»Sehen Sie, Haberland war psychisch angeschlagen. Er hatte etwas Schreckliches erlebt, was er unbedingt vergessen wollte. Wegen dem, was er seiner Tochter angetan hatte, war er sogar bei Bruck in Behandlung gewesen. Und jetzt war sein erster Versuch, das Trauma in einem persönlichen Gespräch mit Sophia Dorn zu verarbeiten, gescheitert. Er war verletzt, verwirrt, aufgebracht und depressiv. Sein Gehirn schrie danach, die schlimmen Erinnerungen an Marie vergessen zu können. Und er nutzte dafür die erste Gelegenheit, die sich ihm bot, um vor seiner Schuld zu fliehen.«

»Den Sturz?«, fragte Lydia.

»Ja. Tarzan zog an seiner Leine, Haberland verlor auf dem vereisten Abhang das Gleichgewicht, und als er mit der Schläfe auf dem Asphalt aufschlug, wurde er ohnmächtig. Erst Stunden später brachte Bachmann den unterkühlten Körper in die Klinik.«

»Zurück zu der Wahnsinnigen.«

Der Professor nickte.

»Sophia nutzte die unerwartete Gelegenheit, die sich ihr nun bot. Durch Haberlands Amnesie hatte sie den Überrumpelungseffekt wieder auf ihrer Seite. Sie nahm ihrem ...«, der Professor malte mit den Fingern Anführungszeichen in die Luft, »... ›Patienten‹ gleich bei der Erstuntersuchung alle Gegenstände ab, die einen Rückschluss auf seine wahre Identität zuließen, und täuschte dadurch indirekt einen Raubüberfall vor. Natürlich hat sie niemals jemanden bei der Polizei unterrichtet. Raßfelds Hinhaltetaktik und seine Abneigung gegen äußere Einflüsse kamen ihr für ihren Racheplan ebenfalls zupass. «

»Aber wieso hat sie Caspar nicht sofort hypnotisiert?«, wollte Lydia wissen. »Weshalb hat sie ihm sogar das Foto seiner Tochter gezeigt? Er hätte sich doch erinnern können, und dann wäre ihr Plan wieder zunichte gewesen.«

»Gute Frage. Sophia war in der Tat hin- und hergerissen. Einerseits wollte sie Haberland bestrafen und ihn in die Hölle schicken. Doch die wäre nur halb so schlimm, wenn er sich nicht an Marie und damit an seine Schuld erinnern würde. Deshalb wollte sie ihn zuerst aus der gnädigen Amnesie herausreißen und ihm dann die Seele brechen. Die Ereignisse in dieser

Nacht gaben ihr die Gelegenheit, beides zu kombinieren.«
»Und wie kommt Bruck jetzt ins Spiel?«, fragte Patrick.
»Ist doch logisch«, antwortete Lydia anstelle des Professors. »Wenn Sophia sich an allen rächte, die ihr weismachen wollten, eine Hypnose sei ungefährlich, dann hatte Haberland ihr mit seinem Gutachten ein neues Opfer geliefert. Frei Haus sozusagen.«
»Sehr gut kombiniert«, lobte der Professor.
»Wirklich?« Lydia lächelte.
»Genauso war es. Bevor Haberland zu ihr gekommen war, kannte sie diesen Mann gar nicht. Jetzt stand er auf ihrer persönlichen Racheliste, und Sophia kürte ihn zu ihrem vierten Opfer.«
»Und wie?«, fragte Patrick.
»Sophia ging hier völlig skrupellos vor«, sagte der Professor. »Sie hat Bruck einfach angerufen und ihn um kollegialen Rat wegen eines eingelieferten Amnesiepatienten gebeten. Bruck war hilfsbereit und reiste extra aus Hamburg an, zumal er die Vermutung hatte, es könne sich um Haberland handeln, der sich seit zwei Tagen nicht mehr bei ihm gemeldet hatte. Sie reservierte für Bruck ein Zimmer im Teufelsseemotel, nahe der Klinik. Dort trafen sie sich auch.«
»Und sie setzte ihn gewaltsam unter Hypnose.«
»Fast.«
»Was heißt ›fast‹?« Die Flecken auf Patricks Wangen stammten jetzt nicht mehr von seinen Händen. Ob-

wohl das Thermometer immer weiter fiel, wurde ihm anscheinend von Sekunde zu Sekunde wärmer. Der Professor machte sich im Geiste eine weitere Notiz, ohne zu wissen, ob diese Reaktionen überhaupt ergebnisrelevant waren. Dann beantwortete er die Frage.

»Nun, es gelang ihr nicht ganz. Sophia träufelte Bruck das Scopolamin in die Augen und versetzte ihn in Trance. Danach übergoss sie ihn mit Alkohol aus der Minibar, damit er für einen Trinker gehalten würde, wenn man ihn fand. Aber dieses Mal funktionierte es nicht richtig. Vielleicht wurden sie gestört, vielleicht hat sie einen Fehler gemacht. Und, wie ich schon sagte, nicht jeder Mensch ist hypnotisierbar. Bruck war auf jeden Fall ein schwieriger Kandidat. Sophia gelang es zwar, sein Kommunikationszentrum lahmzulegen. Deshalb konnte er zum Beispiel keine schriftlichen Nachrichten für Caspar hinterlassen, obwohl auch diese Fähigkeit im Laufe der Zeit mehr und mehr zurückkam. Sie erinnern sich daran, wie er versucht hat, Sophias Namen mit seinem Blut an die Fensterscheibe zu schreiben.«

Die beiden Studenten nickten.

»Wie dem auch sei. Sophia hatte Bruck stark beeinträchtigt, aber es war ihr nicht gelungen, den posthypnotischen Befehl zu plazieren. Als Bruck von Schadeck in dem Motel aufgegriffen wurde, gelang es ihm, sich aus eigener Kraftanstrengung heraus aus seinem Todesschlaf zu befreien.«

»Wie das?«
»Indem er sich ein Messer in den Hals rammte.«
»Wie bitte?« Blankes Entsetzen spiegelte sich in Lydias Gesicht, während Patricks Miene völlig ausdruckslos wurde.
»Ja. Die Hintergründe hierfür sind nicht ganz klar. Recherchen haben ergeben, dass Bruck in seiner Kindheit einmal eine Wespe verschluckt hatte und an dem Stich in seine Luftröhre beinahe erstickt ist. Ich vermute, dass Sophia dieses Trauma reaktivierte und ihn zurück zu diesem Alptraum führte.«
»Sie meinen, deshalb hat er sich selbst die Luftröhre punktiert?« Lydia fasste sich an den Kehlkopf und musste schlucken.
»Ja. Als er in dem Krankenwagen lag, schwebte er in der Aufwachphase des Todesschlafs und glaubte zu ersticken. Gleichzeitig wusste er, dass ein extremer Reiz, wie zum Beispiel ein intensiver Schmerz, die Hypnose beenden kann, die bei ihm, wie gesagt, nicht so gut gelungen war wie bei den Opfern zuvor. Als Arzt war ihm zudem bekannt, dass ein derartiger Luftröhrenschnitt nicht lebensbedrohlich ist, aber zu sofortigem Handeln zwingt. Außerdem wusste er, dass sie sich in der Nähe der Teufelsbergklinik befinden mussten, in der nicht nur die Täterin, sondern auch ihr nächstes Opfer lag: Haberland, sein Patient. Hier geraten wir in den Bereich der Spekulation, denn Bruck hat nach dem Trauma jener Nacht gegenüber der Polizei nur sehr lückenhafte Angaben gemacht.

Nicht alle sind mir zugänglich. Vielleicht war es Zufall, vielleicht wollte er zwei Fliegen mit einer Klappe schlagen, um ein altes Wortspiel zu bemühen. Jedenfalls erzielte er die gewünschte Wirkung, wenn auch auf sehr drastische Art und Weise. Schadeck hielt an, weil er die Kontrolle über seinen Wagen verlor, und Bruck wurde eingeliefert.«

»Und die Geschichte begann.«

»Noch nicht.«

»Wieso?«

Der Professor sah zum wiederholten Mal in die fragenden Gesichter seiner Versuchsobjekte.

»Nun, Sie haben Linus vergessen.«

Heute, 15.13 Uhr

Patrick sah auf seine Uhr, aber es war mehr eine Übersprungshandlung, so flüchtig, wie er das Ziffernblatt betrachtet hatte. Heute war der dreiundzwanzigste Dezember. Einen Tag vor Heiligabend. Aber Zeit, so wusste der Professor, war sicherlich im Augenblick die geringste Sorge seiner Probanden.

»Linus. Ja, richtig. Was ist mit ihm geschehen?«

Sophilpatiöten.

Der Professor blinzelte und fuhr mit seinen Erläuterungen fort.

»Sophia manipulierte die Benzinleitung, damit Bruck in der Nacht im Krankenhaus gefangen war.«

»Warum?«

»Um ihn zu töten, Lydia. Er war ihr stärkster Belastungszeuge. Außerdem musste sie unbedingt ein Zusammentreffen zwischen Bruck und Haberland verhindern, den sie sich ja als ihr letztes Opfer zum krönenden Abschluss vorbehalten hatte. Sie schlich sich mitten in der Nacht in Brucks Zimmer und wollte ihn vermutlich mit einem Kissen ersticken, was angesichts seiner Atemwegsverletzung ein unverdächtiger Tod gewesen wäre. Doch dabei wurde sie von Linus beobachtet, der nachts schlecht schlafen konnte und immer gerne neugierig durch die Krankenhausgänge streifte.«

»Und Linus weckte Haberland und sagte ihm, was passiert war: *Sophilpatiöten*. Sophia will den Patienten töten!«

»Und *damit* begann dann die Geschichte.« Patrick zog seine Hände aus den Taschen seiner Jacke und griff zitternd nach der Wasserflasche, ohne sie jedoch zum Mund zu führen.

»Richtig. Wegen der Störung durch Linus konnte Sophia ihre Tat nicht vollenden. Bruck floh durch das Fenster, und die Ärztin musste eine Entscheidung treffen. Wie sollte sie erklären, was sie nach Mitternacht im Nachthemd auf Brucks Zimmer verloren hatte? Wie konnte sie Linus ausschalten, der sich zwar schlecht artikulieren konnte, aber kein Idiot war? In Panik geraten, entschied sie sich für die Flucht nach vorn. Sie schrieb ein kurzes Rätsel auf einen Notizzettel, zog sich aus und setzte sich in die Badewanne. Als Haberland kam und das Papier in ihrer Hand fand, musste er davon ausgehen, dass Sophia kein Täter, sondern das vierte Opfer des Seelenbrechers geworden war. In Wahrheit wollte sie dadurch erst einmal Zeit gewinnen, ablenken und Verwirrung stiften. Und ihr bot sich eine unerwartete Chance. Wenn sie es geschickt anstellte und gut improvisierte, könnte sie Haberlands Seele brechen und gleichzeitig all ihre Taten Jonathan Bruck in die Schuhe schieben. Sie hätte sogar zahlreiche Zeugen gehabt, die seine Untaten bestätigen würden. Doch dazu musste das Schott unten bleiben.«

»Und deshalb tötete sie Raßfeld?«, fragte Lydia.

»Den Einzigen neben ihr, der den Code kannte. Genau. Als Yasmin die Ohrenstöpsel holte, Schadeck sich umzog und die anderen das Schott herunterließen, hat sie ihm einen Stuhl über den Schädel geschlagen. Daher das Blut auf dem Boden der Radiologie. Dann zog sie ihn in die Pathologie und legte den bewusstlosen Chefarzt in eines der unteren Kühlfächer.«

»Und das Rätsel? Wie konnte sie zu diesem Zeitpunkt wissen, dass man Raßfeld später finden würde?«

»Konnte sie nicht. Das war Zufall, und das Rätsel selbst hatte keine zielgerichtete Bedeutung. Yasmin war ja leider so fürsorglich gewesen und hatte Sophias Anziehsachen aus ihrem Zimmer geholt. Unter anderem ihren Kittel. Darin befand sich bereits die Rätselkarte, die Sophia eigentlich für Caspar vorbereitet hatte. Die steckte sie jetzt Raßfeld in den Mund, schlich sich in die Radiologie zurück und legte sich in die Röhre. Yasmin kam zurück, stellte fest, dass der Professor nicht da war, und holte Hilfe. In der Zeit begann Sophia sich selbst festzuschnallen.«

»Deshalb der eine lockere Arm auf Seite 87.«

Der Professor bestätigte Patricks Einwurf mit erhobenem Zeigefinger.

»Richtig. Und dann begann sie zu schreien, um jeden Verdacht von sich zu lenken.«

»Teuflisch.« Lydia massierte nervös ihre Unterlippe.

»Sie hat die Menschen dazu gebracht, den Freund zu jagen und den Feind zu beschützen.«

»Aber was war das dann im Kernspinraum?« Patricks Stimme wurde wieder misstrauischer. »Als Caspar und Bachmann das Feuer gelegt haben? Wieso hat Bruck sie da eingesperrt?«

»Weil sie dort vor Sophia in Sicherheit waren«, erklärte der Professor. »Natürlich nur, wenn sie sich nicht selbst ausräucherten. Deshalb aktivierte er den Kernspin, um sie zu erschrecken, bevor sie den Brand legten. Doch es war zu spät. Sie hatten das Feuer bereits entfacht, und er selbst hatte keinen Schlüssel für die Tür, um sie wieder zu öffnen.«

»Okay, verstehe. Und die Geräusche, die sie in der Radiologie gehört haben – war das doch Linus, der die Polizei holte?«

»Nein. Noch nicht. Das war der Schneesturm. Aber dennoch war es der Musiker, dem sie alle an jenem Abend ihre Rettung zu verdanken haben. Bevor das Schott aktiviert wurde, floh er auf den Balkon, wo er wenige Minuten später Yasmin von draußen zu Tode erschreckte, als sie die Zimmer abschließen sollte. Beim Sprung in die Tiefe zog er sich einen Knöchelbruch zu, dennoch schaffte er es bis zur Straße hinunter und zum Villenviertel, wo ihn Stunden später Mike Haffner beinahe zu Tode gefahren hätte.«

»Und der hat dann die Polizei geholt?«

Der Professor nickte.

»Es hat zwar etwas gedauert, bis die Beamten Linus' Kauderwelsch verstanden hatten, aber zum Glück hatte Bruck trotz der Gegenwehr ja doch noch die meisten Menschen vor Sophia in Sicherheit bringen können: Dirk Bachmann, Sybille Patzwalk, Greta Kaminsky und Mr. Ed haben die Nacht überlebt. Auch Yasmin konnte in letzter Sekunde aus dem Labor befreit und gerettet werden.« Er seufzte. »Aber für Haberland kamen die Männer leider zu spät.«

»Zu spät? Was geschah denn mit ihm? Und wo ist Sophia?«

Patrick hob den Kopf und sah seinen Professor mit zusammengekniffenen Augen an, als blende ihn etwas.

Der Professor drehte sich wieder zum Fenster und starrte in das fahle Dämmerlicht.

»Nun, deswegen sind wir heute hier«, flüsterte er leise.

»Wie meinen Sie das?«, hörte er Lydia hinter sich fragen.

»Das genau ist Teil des Experiments. Deshalb sollten Sie die Patientenakte so genau studieren.«

»Weshalb?«

Er drehte sich langsam zu seinen Studenten um.

»Um den Wahrheitsgehalt dieser Geschichte zu überprüfen. Um herauszufinden, was letzten Endes wirklich mit ihnen geschah.«

Heute, 15.15 Uhr

Das Gurgeln des Ölradiators war lauter geworden, dennoch schien die Temperatur in der Bibliothek immer weiter zu fallen, je länger er redete.

»Alles, was ich Ihnen noch erzählen kann, ist, dass Sophia in jener Nacht für immer verschwand.« Der Professor schien auf einmal um Jahre gealtert. »Marie wird seitdem im Westend-Krankenhaus intensivmedizinisch gepflegt. Sie muss nicht mehr künstlich beatmet werden und kann über das rechte Augenlid kommunizieren, aber von weiteren nennenswerten Fortschritten wissen die Ärzte leider nichts zu berichten.«

»Moment mal, Sophia hat ihre Tochter einfach so zurückgelassen?«, fragte Patrick. »Nach alledem?«

»So schien es zunächst.«

Der Ölradiator knackte, und der Professor war versucht, sich nach einem glimmenden Holzscheit im Kamin umzudrehen. Gleichzeitig fragte er sich, ob seine Zuhörer die zunehmenden Schwingungen in seiner Stimme bemerkten.

»Doch dann, ein Jahr später, fanden die Schwestern auf einmal ein kleines Geschenk auf Maries Nachttisch.«

»Was für ein Geschenk?«, fragten Patrick und Lydia fast gleichzeitig.

»Es kam in einem fliederfarbenen Geschenkkarton, so groß wie eine Ringschatulle. Darin lag eine Kette mit einem Amulett. Sie können sich vorstellen, wem sie gehörte.«

Lydia hob zweifelnd die Hand, als wären sie in der Schule.

»Hat denn keiner die Besucherin gesehen?«

»Eine Intensivstation ist kein Hochsicherheitstrakt«, wehrte der Professor ab. »Und viele Besucher tragen Mundschutz. Nein. Man hat nie jemanden kommen oder gehen sehen.«

»Nie?«

»Es ist nicht bei der Kette geblieben. Jedes Jahr um Weihnachten fand man ein neues Präsent. Mal war es ein kleines Parfümfläschchen, nach dessen Inhalt Maries Stirn bereits duftete, wenn die Kontrolle kam, mal eine Spieluhr oder eine kostbare Münze. Und jedes Mal lag ein kleiner, doppelt gefalteter Zettel daneben.«

Lydia sog hörbar die Luft ein.

»Was steht drauf?«

»Nichts. Er ist leer.«

Der Professor öffnete die Hände wie ein Zauberer, der gerade ein Einstecktuch in seiner Hand verschwinden ließ.

»Und diese Geschenke sind das einzige Lebenszeichen von Sophia?«, fragte Patrick argwöhnisch.

»Nicht ganz. Der Legende nach soll sie sich Jahre später bei einem bekannten Psychiater in Therapie be-

geben haben. Natürlich unter einem Pseudonym. Sie nannte sich angeblich Anna Spiegel.«
Bei der Erwähnung des Namens zuckten diesmal beide Studenten zusammen. Patricks Lippen öffneten sich langsam.
»Und der Psychiater hieß ...?«
»Viktor Larenz. Wir sprachen bereits zu Beginn des Versuchs über ihn. Leider kann man Larenz heute zu diesem Vorfall nicht mehr befragen. Nach seiner Praxisauflösung fand man aber diese Akte, in der Sie gerade lasen, und die Wissenschaftler streiten bis heute, ob er selbst oder seine unheimliche Patientin sie verfasst hat. Allein die Beschäftigung mit dem Fall soll ihn jedoch krank gemacht haben. Es heißt, Sophia Dorn alias Anna Spiegel wäre das reale Vorbild einer Figur, die Larenz später als Wahnvorstellung in einem schizophrenen Schub reaktiviert habe, aber das ist eine andere Geschichte, die nicht eindeutig belegt ist und nicht hierher gehört.«
»O doch, das finde ich schon. Immerhin haben Sie uns diesen Mist hier zu lesen gegeben.« Patrick tippte mit dem Zeigefinger auf den geschlossenen Deckel.
»Was glauben Sie, von wem es stammt?«
»Also ...« Der Professor zögerte. »Wenn ich ehrlich bin, finden wir darauf einen Hinweis im Text selbst. Auf Seite 214, Zeile 18.«
»Die Alzner-Protokolle?«, las Lydia stockend vor.
Der Professor atmete tief aus. »Was ein Anagramm von Larenz sein könnte«, sagte er.

»Aber wieso sollte Larenz in seiner eigenen Akte ein Wortspiel einbauen?«
»Eben, das will der Professor uns doch gerade sagen.« Lydia warf ihrem Freund einen hitzigen Blick zu. »Sophia hat es geschrieben.«
»Moment mal.« Patrick lachte ungläubig. »Wie soll das gehen? Der Bericht ist fast komplett aus Caspars Perspektive geschrieben. Wie soll sie wissen, was er erlebt, gedacht und gefühlt hat ...?« Er stockte, und dann entglitten ihm die Gesichtszüge.
»... wenn Sophia nicht in seinem Kopf war. Ganz genau.« Die Hand des Professors zitterte, als er sich durch das schüttere Haar fuhr.
»Zwischen der Hypnose Haberlands und dem Erscheinen der Polizei sind über anderthalb Stunden verstrichen. Zeit genug für Sophia, um alles aus erster Hand zu erfahren. Sie hielt ja den Schlüssel zu seinem Bewusstsein in ihren Händen. Die restlichen Fakten, die Haberland ihr nicht verriet, könnte sie später von der Presse erfahren haben. Zum Beispiel, wie Linus von Mike Haffners Schneepflug angefahren wurde.«
Jetzt hielt es Patrick nicht mehr auf seinem Stuhl. Er sprang wütend auf.
»Soll das etwa heißen, wir haben uns die ganze Zeit ein Dokument reingezogen, das eine irre Mörderin verfasst hat und das schon mal einen Psychiater in den Wahnsinn getrieben hat?«
»Halt, halt, halt!« Der Professor hob beschwichtigend die Hände. »Das ist nur ein Gerücht. Das muss ja nicht

der Fall sein. Außerdem stehen Sie ja beide unter medizinischer Aufsicht. Wann immer Ihnen in den kommenden Tagen etwas seltsam erscheinen sollte, bitte ich Sie, mich umgehend zu kontaktieren.«

Er hob seine Aktentasche auf den Tisch und zog einen kleinen Block gelber Post-its aus ihr hervor.

»Weshalb? *Was* sollte uns denn auffallen?«, fragte Patrick, während der Professor zu einem Kugelschreiber griff.

»Wie wir ja nun alle wissen, war Sophia Dorn von dem Gedanken besessen, Menschen gegen ihren Willen zu hypnotisieren. Die Fachwelt ist sich darüber einig, dass sie in den Jahren auf der Flucht ihre Methoden verbessert und fortentwickelt haben muss.«

»Kommen Sie zum Punkt, bitte.« Der Student ließ jetzt jeden Respekt in seiner Anrede vermissen, was der Professor ihm aber angesichts der Umstände nicht verübelte.

»Die Wissenschaft streitet sich seit langem, ob es möglich ist, einen Menschen allein durch das Lesen eines Textes zu hypnotisieren.«

»Bitte was?«

»Ob es tatsächlich diese Alzner-Protokolle gibt, von denen auf Seite 214 die Rede ist. Es könnte sein, dass Sie gerade eines in den Händen halten. Ein Dokument mit einem unsichtbaren Subtext, den nur das Unterbewusstsein lesen kann.«

»Das ist nicht Ihr Ernst?« In Patricks Stimme schwang ein Hauch Panik mit.

»Wir sollen jetzt beide hypnotisiert sein, nur weil wir im Schnelldurchlauf diese Akte von der Wahnsinnigen durchgeackert haben?«

Der Professor nickte.

»Darum geht es in dem Test. Damit er funktioniert, konnte ich Sie im Vorhinein nicht einweihen. Dafür entschuldige ich mich. Ich persönlich glaube aber nicht daran und halte es für eine moderne Legende. Einen wissenschaftlichen Mythos, den wir gemeinsam widerlegen werden.«

»Aber wenn doch? Was passiert jetzt mit uns?«

»Ich weiß es nicht. Aber wie gesagt, sobald Sie irgendein zweifelhaftes Erlebnis haben, das Sie beunruhigt, rufen Sie mich bitte an.«

»Können Sie uns dann wieder rausholen? Aus dieser Trance, meine ich? Wenn wir darin stecken?«

Lydias Augen flatterten.

»*Falls* Sie darin stecken, ja. Auf jeden Fall. Ich kenne ja das Lösungswort.«

»Das Lösungswort?«

»Die Antwort auf das letzte Rätsel: ›Wirf mich weg, wenn du mich brauchst. Hol mich zurück, wenn du mich nicht mehr benötigst.‹ Wenn es eine Subliminal-Botschaft, also einen versteckten Subtext gegeben hat, dann vermuten wir, dass seine posthypnotische Wirkung durch dieses Lösungswort wieder aufgehoben werden kann.«

»Sie *vermuten* es. Wie beruhigend. Raus mit der Sprache: Wie lautet es?«

Der Professor schüttelte den Kopf, als Patrick ihm mit dem Zeigefinger drohte.
»Wenn ich es Ihnen jetzt sagen würde, wäre das Experiment fehlgeschlagen. Warten Sie doch einfach ab, ob sich etwas in Ihrem Leben verändern wird. Machen Sie sich Notizen, aber bitte keine Sorgen. Ich bin zu jeder Tages- und Nachtzeit erreichbar. Ihnen wird nichts geschehen.«
»Ich geh hier nicht raus, bevor ich nicht das verdammte Lösungswort weiß.« Der Student brüllte fast. Die Tür hinter ihm knarrte, und ein Kopf erschien im Rahmen.
»Alles okay, kein Problem, bei uns ist alles in Ordnung hier«, sagte der Professor zu dem älteren Herrn, der zwar seine Augenbrauen hochzog, dann aber die Tür von außen wieder schloss.
»Nein, nichts ist okay. Sie sagen uns jetzt sofort die Lösung des letzten Rätsels, oder …«
»Schon gut, schon gut«, unterbrach er den hitzigen Redeschwall des Studenten.
Er war vorbereitet. Damit hatte er ja gerechnet. Der Professor ging zu ihnen hinüber, griff sich ihre Akten und klebte einen dieser gelben Zettel hinein, auf denen er gerade eine E-Mail-Adresse notiert hatte.
Lydia und Patrick sahen ihn fragend an.
»Wenn Sie über irgendetwas im Zweifel sind, schicken Sie mir eine Mail. Sie erhalten umgehend die Antwort, um die Sie mich eben gebeten haben. Damit haben Sie es also selbst in der Hand, ob Sie den Versuch abbre-

chen wollen. Ich bitte Sie, es aber nur zu tun, wenn es gar nicht mehr anders geht. Im Namen der Wissenschaft. Können wir uns darauf verständigen?«

Der Professor ging wieder an seinen Platz, griff sich seine Unterlagen und verstaute sie in seiner abgewetzten Aktentasche.

Lydia stand auf.

»Aber es wurde geknackt, ja?«, fragte sie zaghaft. »Das Haberland-Rätsel – er hat die Geschichte am Ende also überlebt?«

Der Professor wollte gerade das Originalprotokoll einpacken und hielt inne.

»Nein«, sagte er leise, und der traurige Nebel schob sich wieder vor seine Augen. Lydia nickte ihm zu, als würde es einer einfachen Aufmunterung bedürfen, um die schmerzhafteste aller Wahrheiten auszusprechen. Damals, in der schummrigen Bar mit der viel zu lauten Musik und dem viel zu wässrigen Bier, hatte sie sich ihm nicht so nackt und verletzlich präsentiert, wie er es gerade vor ihr tat. Er fragte sich, ob sie sich dessen bewusst war, als er sagte:

»Es tut mir leid, ich fürchte, Niclas Haberland konnte nicht mehr gerettet werden.«

Heute, 15.42 Uhr

Das verrostete Tor fiel donnernd ins Schloss.

»Ganz schön mutig«, grunzte der ältere Mann und zog das schwere Schlüsselbund ab. Dann steckte er es in die Seitentasche seiner Arbeitsjacke und streifte sich einen Handschuh über.

»Hätt ich nicht gedacht, dass Sie einfach so noch mal hierherkommen.«

»War eine einmalige Sache mit meinen Studenten.« Der Professor lachte. »Aber Sie sind ja auch noch hier.«

»Leider.« Der Hausmeister grunzte abfällig, und sie entfernten sich einige Schritte vom Haus.

»Einmal im Monat schau ich hier nach dem Rechten. Muss die Rente aufbessern, wenn es meine Frau schon nicht tut.«

»Hat denn niemand den Kasten kaufen wollen?« Bachmann zog die Nase hoch, und sein Blick wanderte über die vereiste, efeuberankte Fassade bis unter das Giebeldach der Villa.

»O doch, nach Raßfelds Tod war das Ding natürlich erst einmal geschlossen. Stand zwar nie was Konkretes in der Presse, aber Gerüchte gab es zuhauf. Kein Wunder, denn offiziell hat sich ja kaum einer geäußert. Bruck ist zurück nach Hamburg und hat jedes Angebot abgelehnt, ein Buch über diese Nacht zu schreiben. Die Köchin ist ins Hotelfach gewechselt, und

Yasmin hat ihren Job ebenfalls geschmissen. Ich hab gehört, sie hätte mit Linus eine Platte aufgenommen. Soll sogar ganz erfolgreich gewesen sein. Passen würde es zu dem verrückten Huhn.«
Bachmann sah nach oben. Ein Schwarm Krähen zog über ihre Köpfe hinweg.
»Greta war die Einzige, die mal ein Interview gegeben hat. Sie meinte doch allen Ernstes, seit dieser Nacht wäre sie von ihrer Angstphobie geheilt und könne Weihnachten ab sofort alleine feiern. Kann man das glauben?«
Der Schwarm stob auseinander und schloss sich nur Sekunden später wieder zusammen. Bachmann hatte das Interesse an den Vögeln verloren und sah wieder zu dem Professor. Seine Augen waren trüb geworden, und mittlerweile benötigte er sicherlich eine wesentlich stärkere Lesebrille.
»Bis heute denken die Leute, dass es hier ein Massaker in der Irrenanstalt gegeben hat, bei dem sich die Patienten gegenseitig umbrachten. Viele glauben deshalb, auf dem Gelände würde es spuken. Albern, aber irgendwie scheint das Investoren abzuschrecken. Viel war schon geplant. Ein Luxuswohnviertel, Restaurants, sogar ein Hotel. Ist nichts draus geworden.«
»Spricht man auch über Sophia?«
Der alte Hausmeister zuckte bei der Erwähnung des Namens unmerklich zusammen und rieb sich seine ergrauten Koteletten.
»Die Kinder sagen, sie wäre eine Hexe und würde im-

mer noch im Haus leben. Unter dem Dach, mit ihrer behinderten Tochter. So Zeugs halt.«
Er lachte bemüht und sah gleichzeitig so traurig aus, wie der Professor es selten bei einem erwachsenen Menschen gesehen hatte.
»Nichts für ungut. Ich dreh noch mal eine Runde ums Haus, Cas…« Der alte Hausmeister stockte. »Entschuldigung.«
»Schon okay.« Haberland streckte ihm die Hand hin. »Frohe Weihnachten. War schön, Sie wiederzusehen. Und danke fürs Aufschließen.«
»Keine Ursache. Hauptsache, es wird nicht zur Gewohnheit.«
Sie nickten sich ein letztes Mal zu, dann ging jeder in seine Richtung. Zwei Menschen, die in einer einzigen Nacht so viel durchmachen mussten, dass für weitere gemeinsame Erlebnisse einfach kein Platz mehr in diesem Leben vorhanden war. Nicht einmal für eine kurze Unterhaltung.
Haberland drehte sich in den Wind und zog den Kragen seines ausgebeulten Mantels hoch. Er setzte vorsichtig einen Fuß auf den Gehweg, der sich sanft den Abhang hinunter zur Straße schlängelte. Heute hatten sie Schneeregen angesagt, und es war mit Blitzeis zu rechnen, deshalb hatte er sich seine schweren Winterstiefel angezogen. Damals war er mit Lederschuhen gekommen, die ihm letztlich zum Verhängnis geworden waren.
Damals. In einem früheren Leben.

Jetzt war er ein anderer Mensch. Es war keine Lüge gewesen, als er Lydia sagte, Niclas Haberland wäre gestorben. Ein Mensch dieses Namens lag für immer zerbrochen auf dem Grund seiner eigenen Seele. Auch wenn Bruck das Rätsel gelöst und ihn schon nach zwei Tagen befreit hatte, war allein diese kurze Zeit in seinem inneren Gefängnis zu lang gewesen. Dank Bruck hatte er zwar in die Realität, aber nie wieder zu sich selbst zurückgefunden.

Wirf mich weg, wenn du mich brauchst. Hol mich zurück, wenn du mich nicht mehr benötigst.

Oft hatte er sich gefragt, weshalb Sophia ihre Rätselkarten überhaupt hinterlassen hatte. Immerhin hatte sie ihren Opfern damit einen Ausweg ermöglicht, der Marie nicht offenstand. Zuerst hatte er es als ein Relikt ihrer Menschlichkeit gedeutet, später als Ausdruck einer irrationalen Hoffnung, auch seine Tochter könne vielleicht mit nur einem einzigen Wort aus dem Labyrinth ihrer Qualen herausgeführt werden. Heute, nach langen Jahren des Leidens wusste er es besser. Die Rätsel waren ein wesentlicher Teil der Strafe. Der Beweis ihrer Allmacht. Sophia hatte ihn in die Hölle geschubst und den Schlüssel von außen steckenlassen, weil es ihr gleich war, ob jemand kam, um das Verlies zu öffnen. Denn sie besaß die Macht, es jederzeit wieder zu verschließen.

… hol mich zurück …

Seit jener Nacht lebte er in der irrationalen Angst, dass Sophia nur deshalb noch nicht wiederaufgetaucht war, weil sie sich in ihm selbst versteckt hielt. Natürlich nicht körperlich, sondern im übertragenen Sinne. Wenn sie dafür gesorgt hatte, dass man ihn mit einem einzigen Wort aus seinem Todesschlaf erlösen konnte, weshalb sollte sie dann nicht daran gedacht haben, einen weiteren posthypnotischen Befehl zu plazieren, von dem er gar nichts wusste? Immerhin hatte sie ihn lange genug unter Kontrolle gehabt, um alle Informationen aus seinem Kopf zu holen, die nötig gewesen waren, um diese Patientenakte zu schreiben.

Das war der Grund, warum er bei jedem Telefonklingeln, jeder unbekannten Stimme und bei jedem Fremdwort eines Nachrichtensprechers zusammenzuckte. Weil er immer mit dem Schlimmsten rechnete, seitdem er dem Fegefeuer seiner Seele entflohen war. Und das war auch der Grund für dieses Experiment. Er musste wissen, wie stark sie wirklich war. Ob sie einen Weg gefunden hatte, sich auch noch Jahre nach ihrem Verschwinden in der Psyche eines Menschen zu verankern.

Haberland schluckte und überlegte, ob das Kratzen im Hals der Beginn einer Erkältung war. Seine Narben juckten ein wenig, was sie meist taten, wenn Schnee im Anzug war. Als Erstes meldeten sich die Risse auf der Brust, doch auch das abgestorbene Gewebe rund um die Handgelenke wurde Jahr für Jahr etwas wetterfühliger. Plötzlich spürte er etwas Nasses an seiner rechten Hand und sah nach unten.

»Da bist du ja«, begrüßte er den schwanzwedelnden

Hund, der sich während seines Gesprächs mit Bachmann in den Wald verzogen hatte. Doch er blieb nie länger weg. Sein rechter Hinterlauf lahmte in letzter Zeit immer heftiger, selbst nach kurzen Spaziergängen, und auch sein rechtes Auge hatte nun einen großen Teil seiner Sehkraft eingebüßt. Die Zeiten, in denen er Tarzan mit einer Leine bändigen musste, waren schon länger vorbei.

»Jetzt müssen wir wohl beide aufpassen, dass wir nicht stolpern, was? Wir wollen heute doch noch Marie besuchen.«

Er streichelte dem alten Hund über den Kopf und drehte sich ein letztes Mal um. Die Villa stemmte sich wie ein dunkler Monolith in den grauen Winterhimmel. Die unteren Fenster waren mit Stahlplatten verrammelt, weiter oben hatte sich der letzte Makler damit zufriedengegeben, die verschlissenen Vorhänge vorzuziehen. Nicht ein einziges Licht brannte im gesamten Haus. Nur eine kleine Baulaterne wackelte über dem Eingang.

Haberland kniff die Augen zusammen. Für einen kurzen Moment glaubte er eine Bewegung hinter der ausgeblichenen Gardine ausgemacht zu haben. Dort, ganz oben im vierten Stock unter dem Dach. Doch es war schon dunkel, und außerdem hatte er lernen müssen, dass es hier auf diesem Gelände selbst am helllichten Tag schwer war, zwischen Realität und Täuschung zu unterscheiden.

Wahrscheinlich war es nur eine Einbildung. Oder eine

Ratte. Vielleicht auch ein Luftzug, weil irgendwo eine Scheibe eingeworfen war. Haberland zog einen Ärmel hoch und kratzte sich am Handgelenk.

Die Meteorologen haben recht. Es wird Schnee geben, dachte er und drehte sich zu Tarzan um, der erwartungsvoll zu ihm aufsah.

»Was meinst du? Vielleicht feiern wir ja dieses Jahr eine weiße Weihnacht?«

Der Hund schnappte freudig in die Luft, und Haberland ging ihm nach. Etwas zu schnell. Er schwankte und hob erschrocken seinen linken Arm. Fast hätte er das Gleichgewicht verloren, doch dann fassten seine Schuhe sicheren Tritt, und er folgte den Spuren, die seine Stiefel schon auf dem Hinweg in dem angefrorenen Matsch hinterlassen hatten. Vorsichtig, Schritt für Schritt, stakste er die Zufahrt hinunter. Fort von der alten Villa auf dem Teufelsberg, die einst die Quelle seiner größten Ängste beherbergt hatte und die nun leer und ausgeblutet hinter ihm darauf wartete, dass ein Wunder geschah. Dass irgendjemand vorbeikommen, den Staub der Vergangenheit von den Möbeln wischen, ein warmes Feuer im Kamin entfachen und ein helles Licht in jedes Fenster stellen würde, das die dunklen Erinnerungen fernhielt und die bösen Geister in den Keller der Vergessenheit jagte.

Auf dass alles wieder so werden würde, wie es früher einmal war.

Ergänzung, Danksagung und Entschuldigung

Ich weiß nicht, wie Sie es machen, aber ich selbst zähle zu den Menschen, die immer zuerst die Danksagung lesen, bevor sie mit dem ersten Kapitel beginnen. Das hat mir schon so manchen Lesespaß verdorben, da viele Autoren die letzten Zeilen ihres Buches dafür nutzen, um den Leser mit weiterführenden Literaturhinweisen zu versorgen, die oft das Schlüsselthema und damit die Pointe des Romans verraten.
Letztens las ich zum Beispiel einen historischen Thriller, bei dem man erst am Ende darauf kommen sollte, dass der Mörder eine multiple Persönlichkeit war. Ich wusste das wegen der Danksagung von der ersten Seite an.
Warum schreibe ich das hier? Weil ich Ihnen jetzt selbst sehr gerne Hinweise geben würde, wie Sie die medizinischen Themen nochmals vertiefen könnten, die ich in diesem Psychothriller angesprochen habe. Auch wenn vieles davon unglaublich erscheinen mag, so ist das meiste davon tatsächlich gerade (wieder) in der Diskussion.
Aber wie beweise ich Ihnen das, ohne zu viel vom Inhalt vorwegzunehmen? Glücklicherweise gibt es ein Sachbuch, das den unverfänglichen Titel *Unsichtbare Ketten* trägt und von Dr. Hans Ulrich Gresch (Di-

plom-Psychologe) verfasst wurde. Caspar kann sich in dem konkreten Augenblick zwar nicht daran erinnern, aber er zitiert fast wörtlich aus diesem Werk. Bei Drucklegung war *Unsichtbare Ketten* kostenlos als Download im Internet erhältlich, wofür ich dem Autor sehr dankbar bin. (Bitte googeln Sie das erst nach der Lektüre.) Auch das faszinierende Standardwerk *Neuropsychologie*, das Caspar in der Bibliothek entdeckt, gibt es wirklich und ist von Bryan Kolb und Ian Q. Whishaw. Die entsprechenden Quellenangaben sind korrekt.
Die Teufelsbergklinik hingegen ist, so wie der Rest der Handlung, reine Fiktion. Wie bei jeder guten Lüge hat sich aber auch hier ein Fünkchen Wahrheit versteckt. Denn ich habe mir erlaubt, eine existierende, ähnlich aufgebaute Privatklinik auf den realen Berliner Teufelsberg zu verlegen, den ich in einem Anflug von autorenhaftem Größenwahn einfach etwas tiefer in den Grunewald hineinrückte. Die Entstehungsgeschichte des Trümmerberges allerdings ist wieder verbrieft.
Übrigens: Der Song, den Caspar so gerne mag, heißt *Inbetween Days* von The Cure, aber das haben Sie ja sicherlich sofort erkannt. Sollten Sie jedoch das letzte Seelenbrecher-Rätsel noch nicht geknackt haben – hier ein kleiner Tipp: Das Lösungswort versteckt sich in der nun endlich folgenden Danksagung. Nicht wahr, Gerlinde?

Wie immer bedanke ich mich zuerst bei Ihnen, denn wenn Sie meine Bücher nicht lesen würden, müsste ich Dinge tun, die mir weitaus weniger Spaß machen als Schreiben – Arbeiten zum Beispiel. Vielen Dank auch für Ihre zahlreichen Hinweise, Anmerkungen, Verbesserungsvorschläge, für die Kritik und den Zuspruch und sonst alles, was mich vorwiegend über meine E-Mail-Adresse fitzek@sebastianfitzek.de oder via Gästebuch unter www.sebastianfitzek.de erreichte.

Manchmal fühle ich mich so wie der Sänger, der nur sein Mikrophon zum Auftritt mitbringen muss, während eine Armee von Roadies hinter ihm die wirklich harte Aufbauarbeit machen muss. Zum Beispiel:

Roman Hocke, der einzige Mensch, dem man immer wieder sagen kann, dass er der beste Literaturagent der Welt ist, ohne dass es ihm zu Kopf steigen könnte.

Manuela Raschke – ohne Dein Management wäre ich schon längst aufgeschmissen, verwahrlost und vermutlich verhaftet.

Gerlinde – als der weltweit größte Horrorthrillerfan waren Deine Verbesserungsvorschläge auch für dieses Buch wieder einmal unentbehrlich. Danke, dass Du der Anker in dem verrückten Strudel unseres Lebens bist.

Sabine und Clemens Fitzek – ihr ermöglicht es mir, mit eurem medizinischen Wissen zu glänzen, indem ihr mich zum Beispiel mit den Grundzügen der Virtopsie vertraut gemacht habt. Zum Dank schiebe ich euch die Schuld für meine Fehler in die Schuhe. Fairer Deal, oder?

Christian Meyer – cool, dass Dich alle für meinen Bodyguard halten, nur weil Du so aussiehst. Ich nehm Dich jetzt auf alle Lesungen mit und werde Dich dabei weiterhin mit Fragen über Schusswaffen löchern.

Sabrina Rabow – es heißt, arbeite mit wenigen zusammen, aber die müssen die Besten sein. Nicht nur deshalb bin ich froh, dass sich vor Jahren unsere Wege gekreuzt haben und Du Dich seitdem um meine PR kümmerst.

Es gibt viele Menschen, von deren Können, Wissen und Kreativität ich begeistert bin und denen ich unendlich dafür danke, dass sie mich inspirieren: Zsolt Bács, Oliver Kalkofe, Christoph Menardi, Jochen Trus, Andreas Frutiger, Arno Müller, Thomas Koschwitz, Simon Jäger, Thomas Zorbach, Jens Desens, Patrick Hocke, Peter Prange und natürlich nicht zu vergessen: mein Vater Freimut Fitzek!

Kommen wir zu den Menschen, die in keiner Danksagung fehlen dürfen, da es den Autor ohne sie nicht geben würde:

Carolin Graehl: Was Dein akribisches und gleichzeitig liebevolles Lektorat so perfekt macht, sind – neben vielen anderen Dingen – Deine präzisen Fragen zum Manuskript. Erst durch Dich wird aus einer Ideensammlung ein lesenswertes, spannendes Buch.

Regine Weisbrod: Unglaublich. Jetzt weiß ich, warum so viele Autoren von Dir schwärmen. Wenn Du nicht auch beim nächsten Buch wieder die Redaktion übernimmst, muss ich Dich leider töten. (Kein Scherz, ich benutze Deinen Namen einfach für eine Leiche!)

Dr. Andrea Müller – Sie haben mich entdeckt und mich damit zum Autor gemacht. Zum Glück konnten wir noch gemeinsam am Exposé arbeiten, bevor Sie wegen Ihres Erfolges schamlos von der Konkurrenz weggekauft wurden.

Beate Kuckertz und Dr. Hans-Peter Übleis – ich danke Ihnen, dass Sie mir auch in den kommenden Jahren das geben, wovon andere nur träumen können: Geld. Nein, ich meine natürlich eine Heimat in Ihrem wunderbaren Verlag Droemer Knaur.

Klaus Kluge – Du scheust nicht davor zurück, auch mal neue und verrückte Marketing-Ideen auszuprobieren, und wirst dafür nicht nur von der Branche, sondern auch von mir mit Anerkennung überhäuft. Nur dass Du Dir von meinem feuchten Händedruck nichts kaufen kannst.

Sibylle Dietzel – Ihnen danke ich für die Aufwertung meiner Ideen durch Ihre kreative Arbeit in der Herstellung.

Wieder einmal finden sich die wichtigsten Personen fast zum Schluss der Danksagung: das Heer der Menschen, die in der Produktion, dem Vertrieb, in den Buchhandlungen und Bibliotheken arbeiten und überhaupt erst dafür sorgen, dass Sie dieses Buch in den Händen halten können.

Zuletzt muss ich mich auch noch bei einigen Menschen entschuldigen, die ich hemmungslos beklaut habe, um dieses Buch schreiben zu können. Da wäre zum Beispiel Helmut Raßfeld, mit dem ich jahrelang beim Radio zusammenarbeiten durfte und der seinen prägnanten Namen nun für einen Menschen hergeben musste, mit dem er glücklicherweise keinerlei Ähnlichkeit besitzt. Frau Patzwalk war tatsächlich die Lieblingsköchin in meinem Kindergarten. (Danke, dass ich bei Ihnen nie Leber essen musste!) Und sorry, Fruti, dass der Vorname Deines Sohnes für eine stark verhaltensauffällige Person herhalten musste. Nur Marc darf sich nicht beschweren. Du hast mich ausdrücklich darum gebeten, irgendwann mal Deinen Nachnamen zu verwenden. Und wie heißt es so schön … Man sollte immer vorsichtig sein mit seinen Wünschen. Sie könnten in Erfüllung gehen, Herr Haberland.

Sebastian Fitzek,
Berlin, im April 2008

PS: Keine Angst, Sie haben nur einen Roman gelesen. Keine real existierende Patientenakte. Da bin ich mir fast sicher.